Gabriele Raspel
Schatten über dem Enzianhügel

Gabriele Raspel

Schatten über dem Enzianhügel

Roman

rosenheimer

© 2014 Rosenheimer Verlagshaus GmbH & Co. KG, Rosenheim
www.rosenheimer.com

Titelfoto: © Wolfgang Zwanzger – Fotolia.com (oben)
und AK-DigiArt – Fotolia.com (unten)
Lektorat: Gisela Faller, Stuttgart
Satz: SATZstudio Josef Pieper, Bedburg-Hau
Druck und Bindung: GGP Media GmbH, Pößneck
Printed in Germany

ISBN 978-3-475-54256-5

1

Der Thurnerhof am Fuße des Enzianhügels war nicht nur eines der stattlichsten, sondern schlicht das schönste Hotel von Seewinkel, stellte Katharina Pichler gut gelaunt fest, als sie trotz der Sommerhitze, die jetzt um zwölf Uhr die Luft flirren ließ, mit weit ausholenden Schritten von der Hauptstraße in die schmale Gasse abbog, in der ihr Anwesen stand. Sie blieb einen Moment stehen und ließ das Panorama auf sich wirken, während sie sich mit ihrem Stofftaschentuch über die Stirn wischte. Nach einem feinen Essen gestern Abend – Spargelcreme-Suppe, Tafelspitz, Vanillepudding mit Kirschen – hatte sie beschlossen, den Gang zum Frisör heute nicht im Auto, sondern mit Laufschuhen und bewaffnet mit Walking-Stöcken zurückzulegen.

Ihr Hotel lag nicht direkt am See, doch von den Holz-Balkonen im oberbayerischen Stil in der ersten Etage des Haupthauses konnte man ihn durch die Ansammlung der Birken, Föhren und Kiefern hindurchblitzen sehen. Zwischen den Bäumen versteckten sich ihre neue Fass'l-Sauna und der Stadl, der den blitzsauberen und ebenfalls neuen Wellnessbereich beherbergte. Die Entfernung zum See störte niemanden, denn die ruhige Gasse, abseits des Trubels der

Seestraße, gewährte den Gästen die erwünschte Ruhe.

Auf der entgegengesetzten Seite des Gartens, der mittlerweile eher einem Park glich, lagen die drei »Alm-Hütten«, die sie als Vier-Sterne-Ferienhäuser vermieteten. Sie sahen aus, als hätten sie einige Jahrhunderte mehr auf dem Buckel als das Haupthaus, das immerhin seit über zweihundert Jahren existierte, waren aber ebenfalls neu erbaut worden.

Seewinkel, der kleine Ort, nicht mehr ganz ein Dorf, aber auch noch nicht ganz eine Stadt, lag eingebettet in saftige Almen und beschützt von den mächtigen Eintausender-Gipfeln des Berchtesgadener Landes. Der See passte in seiner Größe zum Ort. Nicht zu groß und nicht zu klein mit seinem beschaulichen Strandbad am östlichen Ufer, das im vorigen Jahr in ein Naturbad umgewandelt worden war, und dem Schilfgürtel im Westen, der zahlreichen Wasservögeln Schutz bot, war er ein Ort der Behaglichkeit, an dem nicht nur die Urlauber, sondern auch die Einwohner, jung und alt, Vergnügen hatten. Dank der vielen Bänke, die ihn säumten, benutzten nicht nur die Jungen und Verliebten den verträumten Uferweg, sondern auch die älteren Bewohner des Ortes.

Gerade jetzt, zur Zeit der Enzianblüte, die die Matten hinter dem Haus lilafarben aufleuchten ließ, liebte Katharina ihre Heimat ganz besonders. Sie musste an Andreas denken. Obwohl er sonst mit der Natur nicht viel am Hut gehabt hatte, die Zeit der Enzianblüte hatte er gemeinsam mit ihr genossen und sie sogar dann und wann auf ihren Abendspaziergängen begleitet. Daran blieb ihr nur die Erinnerung: Ein unerkannter Herzfehler hatte ihn vor drei Jahren viel zu früh aus dem Leben gerissen.

Katharina setzte ihren Weg fort, denn der Besuch beim Frisör hatte länger gedauert als geplant. Grüßend hob sie die Hand und lächelte Alois Kofler, ihrem Nachbarn, freundlich zu. Er schaute kurz hoch von seiner Arbeit im Bauerngarten, dessen üppige Blumenpracht so manchen Spaziergänger vor dem Jägerzaun Halt machen ließ. Nein, sein Lächeln erschien nicht auf Tastendruck, dachte sie bei sich, weil er so ernst und verhalten dreinsah. Doch wenn, dann ließ es sein Gesicht leuchten, dass es einem warm ums Herz wurde.
Dass dieser schlanke, gut aussehende Mann mit seinen schwarzen Haaren, die jetzt attraktiv an den Schläfen zu ergrauen begannen, nie geheiratet hatte, war allen unbegreiflich. Allen außer mir, dachte sie mit einem Anflug von Eitelkeit. Doch dass er seinen Schwur, nie eine andere als sie zu heiraten, wirklich wahr machen würde, hätte sie sich auch nicht träumen lassen. Ab und zu hatte ja auch ein weibliches Wesen eine Weile an seiner Seite und natürlich zusammen mit seinen Eltern auf dem Hof verbracht. Doch in den letzten Jahren war keine neue Frau mehr mit ihm

gesichtet worden – obwohl man im Dorf munkelte, dass es ihm an weiblicher Entspannung nicht mangele.

»Grüaß di, Katharina«, sagte Alois und stützte sich auf seinen Besen, ein Zeichen, dass er zu einem Gespräch aufgelegt war – das war keineswegs eine Selbstverständlichkeit.

»Grüaß di, Loisl.«

Sie schüttelte ihr glänzendes Haar, damit es in der Sonne aufleuchten konnte, und sie freute sich, dass sie den Mut aufgebracht hatte, es sich heute zum ersten Mal färben zu lassen.

»Deine Stöcke machen einen Heidenlärm, gib acht, dass du nicht die noblen Herrschaften in deinem Hotel aufweckst.«

»Das lass mal meine Sorge sein«, erwiderte sie. »Außerdem sind diese Herrschaften längst auf den Beinen.«

Mit der Hand strich sie den ungewohnten Pony aus der Stirn, der sie laut Elviras Aussage um zehn Jahre verjüngte. ›Plus die fünf durch die neue Haarfarbe‹, hatte die Frisörin einladend zu Katharina gesagt, und da hatte sie sich in das Abenteuer gestürzt. Nun fühlte sie sich wie ein junges Mädel, was hoffentlich auch der Stoffel vor ihr bemerkt hatte.

»Was hast' mit deinem Haar gemacht, du siehst ja so verändert aus.«

Das war nicht ganz, was sie sich von ihm erhofft hatte. »Bin in die Rüttelpresse gefallen.«

»Ihr Frauen, dass ihr immer eure Haarfarbe wechseln müsst«, gab er von sich.

»Wir bleiben halt jung durch diese Veränderungen«, knurrte sie. Noch ein Wort, nahm sie sich vor, und sie würde ihm ihre Stöcke in seinen Allerwertesten rammen. Mit der Spitze voran.

»Jedenfalls brauchst' jetzt abends keine Warnstreifen mehr auf deinen Turnschuhen, du leuchtest auch so mit deinem roten Schopf.«

»Das ist kein Rot, sondern Aubergine«, erwiderte sie, nur mit Mühe den aufkeimenden Ärger unterdrückend, aber ohne ihren finsteren Vorsatz in die Tat umzusetzen. Warum war es nur so schwer, Männern ein Kompliment zu entlocken? Außerdem war ihre Farbe eine raffinierte Kombination aus Rot und Aubergine. Und Braun. Wie auch immer, es sah wunderbar aus.

»Rot oder Lila, was macht das schon für einen Unterschied«, sagte er. »Gefärbt bleibt gefärbt. Ich fand deine alten Haare immer gut genug.«

Na bitte, da hatte sie doch ihr Kompliment.

»Das tut mir jetzt aber leid«, entgegnete sie. »Ich werd sofort zurückgehen und sie wieder in Grau umfärben lassen.«

»Für mich braucht's des nicht.«

»Na dann eben nicht«, sagte sie. »Einen schönen Tag noch.«

Sie steckte energisch das Taschentuch zurück in die Hosentasche und murmelte: »Trottel.«

Mit diesen Worten machte sie sich wieder auf den Weg. Na ja, sie hatte auch schon mal besser gekontert, aber in ihrer Entrüstung war ihr nichts Passenderes eingefallen.

So ein Depp, so ein damischer. Sie sah aus wie vierzig – höchstens –, statt wie zweiundfünfzig, und ihm fielen nur dumme Sprüche ein. Das war aber auch nicht fair, dass er mit seinen dreiundfünfzig Jahren immer noch attraktiv aussah, und das ohne irgendwelche kosmetischen Hilfsmittel. Alois war ein aussichtsloser Fall. Aus ihm würde nie ein Frauenversteher werden, da konnten die Damen im Ort noch so anders darüber denken.
»Nichts für ungut«, rief er ihr hinterher.
Sie hob wortlos die Faust und reckte den Daumen in die Höhe.

Im Hotel angekommen, ging Katharina schnurstracks in ihre Wohnung, die sich im Nebenhaus im hinteren Teil des Grundstücks befand, das an die Wiesen der Koflers grenzte. Bis ins Frühjahr dieses Jahres hatten die Koflers noch einen Hof mit zwölf Mutterkühen bearbeitet. Doch im letzten Jahr war Ludwig Kofler, der Vater von Alois, tödlich verunglückt. Elisabeth, die Mutter, hatte das in ein tiefes Depressionsloch gestürzt, sodass die ganze Arbeit allein auf den Schultern von Alois lastete. Da der Hof ohnehin verschuldet war, hatte Alois sich kurzerhand entschieden, die Kühe zu verkaufen. Wie sie heute hatte munkeln hören, suchte er auch für einen Teil seiner Wiesen einen Käufer. Da hatte sie natürlich sofort an einen lange gehegten heimlichen Traum gedacht, den sie nun endlich realisieren konnte.
Katharina genoss die Kühle, die ihr über das erhitzte Gesicht strich, als sie in den Flur trat.

Beim Bauen hatten Andreas und sie Wert auf solides Material gelegt, das hatte sich schon vielfach bezahlt gemacht. Neben ihr selbst hatten in dem Haus auch Kerstin, ihre jüngere Tochter, und Britta, die Ältere – zusammen mit ihrem Mann Sascha – ihre Wohnungen. Nach dem Tod ihres Mannes hatte Katharina die Erdgeschosswohnung gegen die kleinere Zwei-Zimmer-Wohnung unterm Dach eingetauscht.

Es polterte auf der Treppe, und ein kleines Mädchen mit glatten, blonden Haaren, eine viel zu große Brille auf der spitzen Nase und dazu blass und schmächtig zum Erbarmen, stürzte ihr entgegen. Jeder versuchte, Franzi zum Essen zu animieren. Doch egal, welche Köstlichkeiten Kerstin und sie, die abends für das Familien-Essen zuständig waren, auch auftischten, das Kind aß immer nur wie ein Vögelchen.

»Oh, hallo, mein Schatz. Was machst du denn schon hier? Hast du um diese Zeit nicht noch Schule?«

Franzi war die Tochter von Eva Breitner und zehn Jahre alt. Ihre Mutter arbeitete im Hotel. Einst hatte Katharina ihr aus Mitleid ein Dachzimmer im Hotel angeboten, als sie mit achtzehn Jahren schwanger gewesen war und ganz alleine dastand – die alkoholkranke Mutter war betrunken vor ein Auto gelaufen, der Vater hatte sich schon lange abgesetzt und nie wieder von sich hören lassen. Irgendwo in Italien sollte er angeblich leben. Auch Luise, Evas Mutter, hatte einmal für das Hotel als Zimmermädchen gearbeitet.

Die gute Tat hatte sich für Katharina vielfach bezahlt gemacht. Inzwischen war Eva aus dem Hotel nicht mehr wegzudenken und eher ein Familienmitglied als eine normale Angestellte. Vor allem aber war die kleine Franzi allen ans Herz gewachsen.

»Heut ist Turnen ausgefallen«, kam die fröhliche Antwort. »Die neue Lehrerin ist zwar schon da, aber sie fängt erst nächste Woche an. Und darum haben wir die letzten zwei Stunden frei gehabt.«

Erst dann bemerkte das Mädchen das veränderte Aussehen Katharinas. »Oh, Tante Kathi, du schaust aber schön aus. Deine neue Haarfarbe ist super, die hat die gleiche Farbe wie deine Augen«, sagte sie bewundernd.

Diese Antwort wärmte auf der Stelle Katharinas Seele.

»Das Blau passt so gut zu dir, wo du doch immer so gern alles in Blau hast.«

»Eigentlich ist es ja Aubergine«, sagte Katharina mit leichtem Zweifel in der Stimme und schaute in den großen Flurspiegel.

»Ja, freilich, aber es ist trotzdem schön«, nickte Franzi, reckte sich und strich Katharina übers Haar. »Und der neue Pony ist auch ganz toll.«

»Nicht wahr?«, strahlte Katharina. »Findest du nicht, dass er mich jünger macht?«

»Doch«, erwiderte Franzi eifrig. »Du siehst jetzt so jung wie Mama aus.«

»Nun ja, vielleicht nicht ganz. Aber ich freu mich, dass er dir gefällt«, lachte Katharina. »Was hast du denn gerade vor? Magst du mit mir hinaufkommen? Ich mache dir eine Eisschokolade, mit ganz viel Eis. Ja? Komm mit. Ich spring nur schnell unter die Dusche, dann machen wir es uns auf dem Balkon gemütlich.«

Das Mädchen liebte dieses Refugium unterm Dach ganz besonders, weil die warmen Holzbalken eine kuschelige Nische bildeten und man von hier den schönsten Blick auf den See und die Berge hatte.

Gemeinsam stiegen sie die Holzstufen hinauf. Katharina liebte die Kleine, die ihre Schüchternheit nur im Kreis der Familie und bei ihrer Freundin Annika überwand, einem molligen Irrwisch, die Franzi gleich im ersten Schuljahr unter ihre Fittiche genommen hatte. Franzi wiederum war ein stilles, in sich gekehrtes Persönchen, das sich gern in einen ruhigen Winkel verkroch und las oder mit seinen Puppen spielte. Wie sehr sie darin ihrer jüngsten Tochter glich, Kerstin, die auch anfangs ihre Probleme mit den vielen fremden Menschen im Hotel gehabt hatte! Erst nach und nach hatte sie ihre Scheu verloren, aber noch immer war sie am zufriedensten, wenn sie sich in der Ruhe des Büros mit Papierkram befassen konnte. Britta hingegen, die Ältere, war schon immer nervenstark gewesen und blühte umso mehr auf, je mehr Menschen um sie herumwuselten. Sie hatte Köchin gelernt und leitete heute die Hotelküche, sehr zum Stolz ihrer Mutter.

Sie, Katharina, sorgte für das große Ganze, neckten ihre Töchter sie, denn sie verfügte über keine spezifischen Talente, außer sich nett um ihre Gäste und den reibungslosen Ablauf ihres Vier-Sterne-Hotels zu sorgen. Und die Angestellten im Auge zu behalten, denn ihren scharfen Augen entging nicht der kleinste Schmutzfleck. Doch das tat sie mit Bravour, sodass sie sich über zahlreiche Stammgäste freuen konnten. Ihre Stammgäste waren ihre Freunde – jedenfalls die meisten –, sinnierte Katharina. Sie zahlten zwar einen ordentlichen Batzen Geld für den Aufenthalt in ihrem schönen Haus, aber dennoch waren sie in erster Linie Freunde des Hauses und wurden als solche hochgehalten und geliebt.

Katharina war auch diejenige, die immer wieder neue Ideen hatte, wie man den Hotelbetrieb aufpeppen konnte. Gut, um die Speisekarte kümmerte sich mittlerweile allein Britta. Doch der Wellness-Bereich, auf den sie heute alle zu Recht stolz waren, wäre ohne Katharinas Vision und die Hartnäckigkeit, mit der sie sie verfolgte, nicht entstanden.

Und heute Abend würde sie alle wieder einmal in Erstaunen versetzen. Bei diesem Gedanken musste sie lächeln. Oh ja, dies war ein Projekt, bei dem sie erneut ganz in ihrem Element sein würde. So etwas brauchte sie von Zeit zu Zeit, gewissermaßen als Therapie. Nach dem Tod von Andreas war sie nämlich so in Depressionen versunken, dass sie anfangs kaum aus dem Bett gekommen war. Aber als ihre Töchter sie daran erinnert hatten, dass sie doch schon seit Jahren eine Oase im hinteren Bereich des Parks hatte errichten wollen – was Andreas aber eine zu große Investition gewesen war –, da hatte sie sich mit Haut und Haaren in dieses Projekt gestürzt und sich damit gleichzeitig gewissermaßen an ihren eigenen Haaren aus dem Sumpf gezogen.

Nun, fand sie, war es wieder Zeit für etwas Neues, und das würde sie mit Hilfe von Alois erreichen. Denn mit ihm hieß es zu verhandeln, damit sie ihr Ziel erreichte. Aber ihr Nachbar machte ihr keine Sorgen. Er fraß ihr ja aus der Hand – nun, mehr oder weniger, jedenfalls war auf ihn aber Verlass. Gleich in den nächsten Tagen würde sie ihn aufsuchen, denn hinter seinem brummigen Gehabe versteckte sich eine sensible und sie verehrende Seele. Auch wenn heute davon nicht viel zu spüren gewesen war, dachte sie und verdrehte die Augen.

Katharina duschte in ihrem winzigen Bad und zog sich ein leichtes Sommerkleid an. Dann bereitete sie die Eis-Schokolade zu und setzte sich zu Franzi, die schon auf dem Balkon auf sie wartete. Zum Glück, dachte Katharina, musste man bei diesem Kind nicht mit den Kalorien geizen.

Die eigentliche Arbeit Katharinas sollte heute, da sie den Vormittag dazu genutzt hatte, sich schön machen zu lassen, um Viertel nach drei beginnen, wenn sie sich in ihr Büro begab und all die zahlreichen Telefonate führte und Berge von Papier abarbeitete, die ein so großer Betrieb mit seinen zahlreichen Angestellten mit sich brachte. Kerstin, das Allround-Talent, half ihr dabei. Die jüngere Tochter Katharinas hatte sich auf eine Hotelfach-Ausbildung verlegt und dabei den Betrieb von der Pike auf gelernt. Man konnte sie deshalb überall einsetzen, sie war der Springer, der im Notfall zur Stelle war. Vor allem aber beherrschte sie die Buchhaltung, einen Schwachpunkt Katharinas, aus dem Eff-Eff.

Sechs Uhr war der Fixpunkt des Tages, an dem sich die gesamte Familie in der Küche zum gemeinsamen Abendbrot zusammenfand. Katharina hatte von Anfang an auf dieser gemeinsamen Mahlzeit bestanden, und wie hoch auch die Wogen privat oder im Geschäft gingen, dieses gemeinsame Abendbrot war Pflicht für alle. Den Rest des Tages ging ein jeder seiner Arbeit nach. Auch gefrühstückt wurde nicht gemeinsam, obwohl Kerstin und Katharina oft morgens am Tisch zusammenfanden. Katharina, die nie lange schlafen konnte, stand unter der Woche um sieben Uhr auf, kochte den Kaffee und stellte die Zutaten auf den Tisch. Außerdem bereitete sie die Schulbrote für Franzi. Je nachdem, wie ihr Tag aussehen sollte, setzte sich Kerstin mit an den Frühstückstisch, um halb acht gesellte sich Franzi dazu, und wenn Eva keinen Frühstücksdienst im Hotel hatte, kam auch sie zu ihnen, ansonsten frühstückte sie rasch in der Hotelküche. Britta und Sascha frühstückten morgens dagegen allein in ihrer Wohnung. Sascha Huber, Brittas Ehemann, als einziger Mann in einem reinen

Weiberhaushalt, unternahm gar nicht erst den Versuch, sich gegen die ausgeprägten Persönlichkeiten durchzusetzen, die die drei Damen nun einmal waren. Sascha war Lehrer für Mathe und Physik an der Gesamtschule, die Franzi besuchte, und der ruhige Gegenpol Brittas.

Gegen fünf trafen Katharina und Kerstin sich in der Familien-Küche, um das Abendbrot für sich und die anderen zuzubereiten. Die Küche war ein Viereck von gut und gerne dreißig Quadratmetern mit einem Herd, der eine Normal-Küche in seinen Ausmaßen überfordert hätte. Sie verfügten hier über eine Anzahl von Töpfen und Pfannen, die es ermöglicht hätten, auch eine Fußballmannschaft auf einen Schlag zu verköstigen, und an dem Tisch hätte man die Kicker mit ein bisschen Zusammenrücken notfalls auch untergebracht. Der Familie bot er sehr bequem genügend Platz, nicht nur, um darauf zu essen, sondern zur Not auch zu tanzen – was in der Tat schon vorgekommen war, wenn auch erst in früher Morgenstunde, als es wieder einmal etwas zu feiern gegeben hatte.

Katharina liebte diesen Raum und achtete darauf, dass stets frische Blumen und der Jahreszeit entsprechend Obst auf dem großen Familientisch sowie dem kleinen Tisch am Fenster mit Blick auf den hinteren Teil des Gartens zu finden waren. An diesem kleinen Tisch pflegten sie und Kerstin zu frühstücken.

»Ich hab für heute nur einen Salat, Hühnchen und Weißbrot vorgesehen«, sagte Kerstin.

»Du hast recht, das reicht in der Hitze völlig«, stimmte Katharina ihr zu. »Und zur Not könnte ich noch die Gemüsesuppe von gestern aufwärmen.«

Kerstin wusch sich die Hände an dem großen Granit-Spülstein. »Als Nachtisch Obst?«

»Gern. Und vielleicht einen Klacks Vanilleeis dazu?«, kam die rhetorische Rückfrage.

Kerstin lachte. »Ja freilich.«

Sie machten sich an die Arbeit, die reibungslos vonstatten ging, denn sie waren ein seit vielen Jahren eingespieltes Team. Anfangs hatte Britta oft am Essen herumgemäkelt. Sie konnte natürlich alles noch besser, doch dann hatten Katharina und Kerstin sich durchgesetzt.

»Du bist in deiner Küche der Chef, aber hier, zu Hause, da wird gekocht, wie wir es wollen, und wir erwarten keine kritischen Kommentare dazu. Nur positive«, war Katharina schließlich ernsthaft eingeschritten.

»Anfangs habt ihr auch ganz schön mein Essen bekrittelt«, hatte sich Britta verteidigt.

»Aber nur, weil du neben deiner leichten neuen Küche nicht mehr die traditionelle anbieten wolltest, die schließlich ein Großteil unserer Gäste immer noch sehr schätzt«, hatte ihre Mutter erwidert. In jener Frage hatten sie schließlich einen Kompromiss gefunden, mit dem alle einverstanden waren, auch die Gäste. Und auf die kam es ja an.

Heute freute Katharina sich besonders auf das gemeinsame Mahl, weil sie dann die Bombe platzen lassen würde. Sie sah es schon vor sich, wie die anderen sie mit schreckgeweiteten Augen anstarren und allerlei Einwände haben würden. Aber dann würden sie sich fügen und sie gewähren lassen, damit sie sich bei ihrer neuen Idee austoben konnte. Während sie mit Kerstin den Salat zubereitete, erzählte sie natürlich noch nichts davon.

»Übrigens, Mama, heute kommt Nick zum Essen«, riss ihre Tochter sie aus ihren Gedanken. »Wir haben uns lange nicht gesehen, er war in München. Er ist heute erst zurückgekommen, und da hab ich ihn eingeladen. Du hast doch nichts dagegen?«

Diese Frage war rein rhetorisch gemeint, denn natürlich hatte Katharina noch nie etwas dagegen gehabt, wenn die Töchter ihre Freunde mitbrachten. Heute kam es ihr allerdings ein wenig ungelegen, denn bei Nick, einem gelackten Fitnessjünger, den sie nicht sonderlich mochte, fühlte sie stets leichte Hemmungen. Ihre Begeisterungsausbrüche, zu denen sie nun einmal neigte, quittierte er gar zu oft mit einem spöttischen Verziehen der Lippen.

Aber sie wollte ihn ja auch nicht heiraten, und Kerstin schien glücklich mit ihm. Obwohl Katharina sich manchmal fragte, wie man nur einen Mann lieben konnte, der das Essen in homöopathischen Dosen zu sich nahm und seine Freundin maßregelte, wenn sie mehr aß, als er für richtig hielt, oder sich nicht genug bewegte. Was machte ein solcher Mann, wenn seine Frau mit vierzig möglicherweise rundlich wurde – wie es in ihrer Familie gang und gäbe war? Würde er sie dann austauschen? In seinem Beruf als Makler hatte Nick aber großen Erfolg, denn viele Frauen schätzten sein charmantes Auftreten. Er hatte sein Büro in der Nachbargemeinde, und seiner Kleidung nach zu schließen lohnte sich sein Job.

Nun ja, überlegte sie, vielleicht würde sie sich heute ja noch zurückhalten mit ihrer Absicht. Aber sie kannte sich andererseits zu gut, um wirklich daran zu glauben. Wenn etwas unter ihren Nägeln brannte, dann musste es einfach raus.

Das neue Projekt würde sie zum Teil aus ihrer Privatschatulle bezahlen, das würde Sascha, dem Vorsichtigen, den Wind aus den Segeln nehmen. Wenn es nach ihm gegangen wäre – was Gott sei Dank nicht der Fall war – würden sie ein gemütliches kleines Hotelchen führen – garni, natürlich, denn er war der Meinung, seine Frau arbeite zu viel und gehöre nur in die eigene Küche. Britta sah das zum Glück gar nicht ein. Das Hotel würde auf diese Weise zwar auch laufen, doch die gesamte Familie ernähren könnte es dann natürlich nicht. Vor allem aber würde es ihrem, Katharinas, Drang nach Veränderung und steter Erneuerung Einhalt gebieten, ein Zustand, der sie ersticken ließe.

»Schade, dass Nick gerade heute vorbeikommt, ich habe eigentlich etwas mit euch zu besprechen«, konnte Katharina sich nun doch nicht zurückhalten.

»Ach, was denn?«, fragte Kerstin erstaunt.

»Das erfährst du noch früh genug«, schmunzelte Katharina. »Aber ich kann dir versprechen, es wird der Hammer.«

»Oh weh!« Kerstin krauste die Stirn. »Das letzte Mal kam uns der Hammer ziemlich teuer.«

»Freilich, aber es ist ja auch etwas daraus entstanden. Du musst zugeben, dass die Gästeanzahl seit der Eröffnung des Wellness-Bereiches deutlich gestiegen ist.«

»Ja, und er ist auch ganz toll geworden«, stimmte ihre Tochter bereitwillig zu. »Aber ich habe vor Nick keine Geheimnisse. Irgendwann wird er ja doch zur Familie gehören, da kann er heute ruhig dabei sein.«

»Da hast du eigentlich recht«, sagte Katharina und gab einen Hauch Honig an die fertige Salatsoße.

Gemeinsam deckten sie den Tisch in der Küche, denn draußen störten die Fliegen, die in diesem Jahr wieder einmal extrem lästig waren. Dann holten sie das Mineralwasser, Apfelschorle und einen leichten Weißwein aus dem Kühlschrank. Um Punkt sechs erschien die versammelte Mannschaft und nahm am Tisch Platz. Auch Nick Gschwandner erschien pünktlich, denn Kerstin hatte ihn schon sehr früh an die heilige Regel gewöhnt, dass das Essen pünktlich zu beginnen hatte, damit alle genügend Zeit hatten und auch Britta, die den ganzen Abend in der Küche arbeiten musste, sich nicht abzuhetzen brauchte.

Einen Moment überlegte Katharina, ob sie wirklich heute mit ihrer Neuigkeit ins Haus fallen sollte. Aber wenn sie es nicht tat, musste sie volle 24 Stunden warten, und bis dahin wäre sie bestimmt daran geplatzt. Zu einer anderen Tageszeit war es aber immer schwierig, alle gemeinsam um den Tisch zu bekommen. Die eine Stunde, die sie sich für das gemeinsame Abendessen gönnten, musste reichen, denn einer fehlte immer, wenn sie sich außerhalb dieser Zeit einmal treffen wollten, und an den freien Wochenenden hatte jeder etwas anderes vor und keine Lust auf weitere Familienbesprechungen. Schließlich waren sie ja auch darin bewandert, gleich zur Sache zu kommen und nicht endlose Diskussionen anzuzetteln.

»Haltet euch fest«, begann Kerstin, kaum dass sie Nick mit einem Kuss begrüßt hatte und sie sich alle an den Tisch gesetzt hatten. »Mama plant Neues.«

»Auweia«, sagte Britta grinsend.

Mit ihr würde Katharina keine Schwierigkeiten haben, da war sie sich sicher. Britta war nur daran interessiert, dass genügend Geld für ihre opulenten Lebensmittel-Einkäufe vorhanden war, mit dem Rest konnte ihre Familie schalten und walten, wie sie wollte.

»Ach, Kinder, so schlimm ist es doch gar nicht. Einen großen Teil der Kosten – ich möchte fast behaupten, den größten Teil der Kosten, übernehme ich persönlich, denn für meine neuen Pläne benötige ich einen Teil von dem Grund von Alois.«

Sie machte eine kleine Pause.

»Hört, hört«, unterbrach Sascha die eintretende Stille.

»Das klingt ja interessant«, meinte Kerstin vorsichtig.

Katharina wusste schon jetzt, dass ihre Jüngste ihren Plänen reserviert gegenüberstehen würde. Große Investitionen jagten ihr einen Schreck ein, obwohl das Hotel finanziell bombig dastand. Ihr fehlte oft ein wenig der Mumm, aber sie war ja auch noch jung.

»Ihr wisst, dass ich immer schon gern Golf spielen lernen wollte«, begann sie. Was natürlich gelogen war. Golfen hatte sie noch nie interessiert.

»Tja, Mama, das wussten wir zwar nicht, aber eigentlich bist du gerade im richtigen Alter dafür«, sagte Britta mit einem boshaften Glitzern in den Augen.

»Sag jetzt nicht, dass du einen Golfplatz eröffnen willst«, brachte Sascha mit belegter Stimme hervor. Er ergriff das Wasserglas und Katharina konnte fast fühlen, wie seine feuchten Hände beinahe am Glas abrutschten. »Du lieber Gott!«, gab er theatralisch von sich.

»Du hast es erfasst, lieber Schwiegersohn«, grinste Katharina.

»Einen Golfplatz, Mama, das hätte ich jetzt nie gedacht. Auf was für Ideen du nur kommst«, brachte Kerstin mit großen Augen hervor und nahm ebenfalls einen nervösen Schluck aus ihrem Glas mit der Apfelschorle. Als sie das Glas zurück auf den Tisch stellte, verschüttete sie hektisch ein paar Tropfen, aber die Tischplatte aus Eiche nahm solch ein kleines Malheur nicht krumm.

Katharina betrachtete sie zärtlich. Wieder etwas Neues, womit ihre Jüngste fertig werden musste. Mehrarbeit, neue Überlegungen, Bewegung im täglichen Alltagseinerlei. Vor allem Aufregungen, die mit Sicherheit auf sie zukommen würden und mit denen sie fertig werden musste. Für sie selbst waren dies alles reizvolle Aussichten, für Kerstin jedoch der blanke Horror.

»Ich finde die Idee super«, lachte Britta.

»Und ich auch«, krähte Franzi, die wie ihre Mutter stumm dem Gespräch gelauscht hatte.

»Und wenn Mama alles aus ihrer privaten Tasche zahlen will, was sollte man dagegen haben?« Brittas hellblaue Augen strahlten und sie strich sich ihre blonden Haare aus der Stirn, durch die eine feine Brise fuhr, welche durch die geöffneten Fenster angenehme abendliche Abkühlung brachte. Sie hob ihr Glas mit dem Mineralwasser. »Also meinen Segen hast du.«

»Halt, halt!«, rief Katharina schmunzelnd. »Ich sagte nicht, dass ich alles allein bezahle. Aber den Grund vom Alois, den werde ich privat bezahlen. Ich weiß, dass er seine Wiesen verkaufen will, und ich baue darauf einen wundervollen Golfplatz, der auch internationale Gäste anziehen würde. Mir schwebt aber anstelle eines Golfplatzes für eine kleine elitäre Runde auch ein Golfplatz für alle vor«, begeisterte sich Katharina, »offen für die Bewohner des Dorfes und alle seine Gäste.«

»Du weißt aber schon, dass ein Golfplatz was anderes ist, als ein Fußballplatz?«, grinste Britta. »Und die Bälle, die da durch die Luft fliegen, sind auch alle viel kleiner.«

»Trotzdem können sie hübsche Löcher in die Köpfe der unbeteiligten Spaziergänger schlagen«, kicherte Kerstin.

»Kinder, nun seid doch nicht so pessimistisch, schließlich gibt es für alles Lösungen«, verbat sich Katharina solchen Defätismus. »Und einen verirrten kleinen Ball von den Köpfen Unbeteiligter fernzuhalten, das dürfte für Könner ein Leichtes sein«, setzte sie großspurig hinzu. Sie hatte keine Ahnung, ob so etwas möglich war, aber sie würde schon darauf achten, dass sie keinen abgeschlossenen Park bauten, hinter dem Außenstehende neidisch durch ein Astloch im Zaun schielten.

»Wir könnten«, fuhr sie mit leuchtenden Augen fort, »dazu auch noch unsere eigene Wiese hinter dem Wellness-Bereich nehmen, die ohnehin zu nichts anderem mehr nutze ist, denn Gebäude stehen hier ja nun genügend.«

»Wie wahr«, murmelte Sascha. Er hatte noch jeder Bautätigkeit mit Argusaugen zugeschaut, war aber später mit den Ergebnissen doch ganz zufrieden gewesen. Vor allem, als Andreas noch gelebt hatte und man zu dem Entschluss gekommen war, dass die Familie ein eigenes Refugium benötigte, um wenigstens einen Hauch Abstand zur täglichen Arbeit zu genießen. So war die Familien-Dependance gebaut worden, in der nun alle ausreichend Platz fanden.

Nick fuhr sich durch die gegelten Haare. »Ich muss sagen, ich finde die Idee eurer Mutter wirklich gut«, meldete er sich zu Wort. Sein Hemd mit den feinen grauen Streifen war bis zur halben Brust geöffnet und zeigte eine sorgfältig rasierte Haut. »Golfen ist dermaßen beliebt, ich möchte mit euch wetten, dass ihr damit großen Erfolg haben würdet, denn die Viehweide, die Waldhaus Golfplatz nennt, ist selbst für Nicht-Profis unbespielbar.«

Katharina, die ihm zuerst erfreut gelauscht hatte, ärgerte sich über den Snobismus, den ihr Schwiegersohn in spe an den Tag zu legen beliebte. Von Freunden, die dort spielten, wusste sie, dass sie mit dem Platz vollauf zufrieden waren.

»Natürlich müsstet ihr euch Hilfe aus Schottland holen«, fügte er wichtigtuerisch hinzu.

Sie hob entschieden die Hände. »Schmarr'n. Unsere Architekten sind selber in der Lage, einen gescheiten Golfplatz zu bauen, der den Namen auch verdient. Und bei der Gestaltung hab ich an die Leitners gedacht. Ferdinand ist ein hervorragender Landschaftsgärtner. In ihn und seine Gehilfen hätte ich vollstes Vertrauen.«

Nick verzog keine Miene. »Sicher, ein hiesiger Gärtner würde auch nur den Bruchteil eines Fachmannes aus Schottland kosten.« Es klang fast neutral, wirkte aber dennoch eine winzige Spur abschätzig. »Können Sie denn Golf spielen?«, wollte er von Katharina wissen.

»Keine Spur. Interessiert mich auch nicht.« Dass sie gerade noch das Gegenteil behauptet hatte, hatte sie bereits vergessen. »Aber um einen schönen Platz zu bauen oder bauen zu lassen, muss ich ja nicht das Spiel lernen.«

»Ein guter Plan, Mama«, lachte Britta. »Wer weiß, wohin du in der Lage wärst, so einen Golfball zu schlagen. Wie ich dich kenne, wäre es für alle sicherer, wenn du dich außerhalb der Spielstätte aufhieltest. Ich darf dich nur daran erinnern, wie du Tennis spielst.«

Katharina grinste, als sie an ihr katastrophales Spiel dachte. Tennis hatte sie nie richtig gelernt und erst recht nicht geliebt. Da hatte auch der beste Trainer nichts geholfen. Sie war anscheinend so talentfrei, dass das fast schon wieder Seltenheitswert hatte.

»Ich dachte an einen für alle offenen Platz. Ich will doch nicht, dass die Nicht-Spieler vor dem schönen Park stehen und nur über den Zaun zuschauen dürfen. Das stört mich ja gerade an der Anlage in Waldhaus. Und der Leitner Ferdl hat mir auch gesagt, dass das heute möglich ist.«

»Apropos Leitner«, bemerkte Sascha, der augenscheinlich beschlossen hatte, sich zurückzuhalten – was ihm am besten gelang, wenn er das Thema wechselte. »Heute Morgen hab ich Mathias vor der Schule getroffen. Er ist wieder hierhergezogen und will in die Gärtnerei seines Vaters einsteigen. Hat mich richtig gefreut.«

Im selben Moment schepperte es. Kerstin war der Teller, den sie sich soeben erneut gefüllt hatte, aus den Händen gefallen. Noch knapp zur Hälfte landete er auf der Tischplatte, verlor dann aber umgehend das Gleichgewicht, kippte über den Rand und schlug mit lautem Klirren auf den Steinfußboden auf.

»Da musst du vor Schreck aber nicht gleich das gute Essen fallen lassen«, lachte Katharina, während ihre jüngere Tochter sich bückte und die Scherben aufsammelte. »Nicht, dass Nick meint, du wärst immer noch in den Haudegen verliebt.«

»Entschuldige mein Ungeschick, Mama. Und nein, ich bin nicht in den Haudegen verliebt«, fauchte Kerstin, die mit hochrotem Gesicht wieder unter dem Tisch aufgetaucht war. Die Haare fielen ihr tief ins Gesicht, sodass man nur ahnen konnte, wie heiß es leuchtete.

»Weiß man's?« kicherte ihre Schwester. »So wie du ihn damals angebetet hast ... das vergeht doch nicht so schnell. T'schuldige, Nick«, fügte sie gespielt reumütig in Richtung Kerstins Freund hinzu.

»Mathias war zehn Jahre nicht mehr hier«, kam Eva ihrer Freundin zu Hilfe. »In so einem Zeitraum ändert sich viel.«

Kerstin schenkte sich eine Antwort, ging zum Tresen und nahm die Küchenrolle, um die Bescherung wegzuwischen.

»Kerstin ist verlie ... hiebt«, sang Franzi und klatschte freudig in die Hände, was ihr nicht nur einen warnenden Blick ihrer Mutter, sondern auch einen finsteren ihrer großen Freundin einbrachte, die sonst nie mit ihr schimpfte.

»Können wir bitte wieder zum Thema kommen«, fragte sie spitz. »Wir waren beim Bau eines Golfplatzes – abgesehen einmal davon, dass ihr gegenüber meinem Freund nicht gerade sehr taktvoll seid.«

»Ganz recht, mein Kind«, nickte Katharina. »Also versteh ich das jetzt richtig, ihr seid dafür?«

Alle nickten. »Und was sagst du, Eva?«, wandte sie sich an die junge Frau.

»Ach, Kathi, du weißt doch, dass ich alles gut finde, was du dir vornimmst. Außerdem ginge es mich auch gar nichts an, selbst wenn ich dagegen wäre … was ich aber natürlich nicht bin«, fügte Eva rasch mit ihrer sanften Stimme hinzu.

Zurückhaltend und diplomatisch, so wie immer, dachte Katharina. Alles musste man aus ihr erst herauskitzeln. Sie erzählte es nie, wenn sie etwas auf dem Herzen hatte, war viel zu bescheiden und strömte immer über vor Dankbarkeit, dabei war sie fleißiger als Mutter und Töchter zusammen, und kein Cent an sie war zu viel gezahlt. Die zwei Zimmer, eines für sich und eines für Franzi, die sie im Haupthaus bewohnte, waren nicht allzu groß, auch wenn sie sie hübsch eingerichtet hatte. Darin konnte sie gerade einmal Kaffee kochen und nur kleine Gerichte zubereiten. Das war allerdings nicht so schlimm, weil sie und Franzi als Familienmitglieder galten und deshalb in der Regel mit ihnen gemeinsam aßen.

»Dann, ihr Lieben, lasst uns darauf trinken. Der Champagner steht schon kalt.«

»Das ist doch typisch Mama«, sagte Sascha humorlos. »Immer ihrer Zeit voraus.«

»Du irrst, lieber Schwiegersohn. Der Golfplatz wäre von mir auch ohne die Zustimmung meiner Lieben gebaut worden«, korrigierte Katharina ihn. Das war ihr gerade erst eingefallen, doch warum eigentlich nicht? Schließlich war sie die Chefin vom Ganzen.

»Und da wir schon beim Feiern sind: Ich habe euch auch etwas mitzuteilen. Etwas Schönes!« Brittas Gesicht leuchtete auf, während sie sprach.

»Nein, sag bloß ...« Katharina hatte sofort ihre Schlussfolgerungen gezogen und klatschte begeistert in die Hände. »Ja mei, des ist aber a Freud!«

Alle lachten.

»Du weißt doch noch gar nicht, was ich ... was wir dir sagen wollten, Mama«, schmunzelte Britta.

»Nein! Also sag's schon«, forderte Katharina sie atemlos auf.

»Ja, wir bekommen ein Baby. Im Dezember ist's soweit«, sagte Sascha und ergriff die Hand seiner Frau. »Und darum möchte ich euch auch alle bitten, auf meine Frau Rücksicht zu nehmen und sie nicht mit Arbeit zuzuschütten.«

»Aber sie schütten mich doch nicht zu«, fuhr Britta ihn an, und man sah, wie unangenehm berührt sie war.

»Nein, das tun wir wirklich nicht – jedenfalls nicht die nächsten Monate«, versprach Katharina, und ihre große Freude über diese Nachricht verscheuchte sofort ihren Ärger über die Worte ihres Schwiegersohns. »Ach, des is wirklich a Freud'.«

»Ja, das finden wir auch.«

»Aber Champagner kriegst du dann natürlich nicht.«

»Nur einen winzigen Schluck«, bat sich Britta aus.

Katharina stand auf und holte den Champagner, während Kerstin die Gläser auf den Tisch stellte. Katharina füllte die Gläser und schob sie über den Tisch.

»Aber noch etwas hätten wir beinahe vergessen«, meldete sich Sascha noch einmal zu Wort.

Alle blickten gespannt in seine Richtung. Britta war heftig errötet, wie Katharina bemerkte. Unwillkürlich hielt sie den Atem an.

»Wir haben uns entschieden, uns jetzt, da wir eine eigene Familie haben werden, auch eine eigene Wohnung zu suchen, genauer gesagt ... wir haben bereits eine gefunden.«

»Oh«, entfuhr es Katharina. »Aber ... warum das denn?«, fragte sie in Brittas Richtung, doch die schlug die Augen nieder. »Ich meine, ihr habt doch schon eine und ... und eure Wohnung ist doch wahrlich groß genug.«

»Wir waren der Meinung, dass ein gesunder Abstand zur Familie uns ganz gut tun würde«, sagte Sascha. »Wir glauben, dass dadurch auch ein Riegel vor zu viel Arbeit geschoben wird. Wenn Britta hier ist, kann man sie jederzeit einspannen. Anstatt dass sie sich zum Beispiel jetzt hinlegen und die Beine hochlegen kann, muss sie in die Küche.«

»Ja, nun, wir haben ja nicht gewusst, dass sie schwanger ist«, rief Kerstin.

»Und außerdem bin ich noch lange in der Lage, meine Arbeit zu verrichten«, schaltete Britta sich selbst ein. »Bis zum Mutterschutz dauert es noch monatelang!«

»Trotzdem, Sascha hat recht«, verteidigte Katharina ausnahmsweise ihren Schwiegersohn. »Wir werden sehen, dass du eine Aushilfs-Köchin zur Seite bekommst, damit du dich nicht übernimmst.«

»Nur über meine Leiche«, protestierte Britta.

»Keine Widerrede, Schatz!«, widersprach ihr Mann.

Katharina stöhnte innerlich auf. Ihr Schwiegersohn tat immer so, als beuteten sie ihre älteste Tochter aus, dabei war Britta so mit Leib und Seele Köchin, dass sie in der Küche keine Götter neben sich dulden wollte. Wie oft hatte sie ihr schon angeboten, sich zwei-, dreimal pro Woche vertreten zu lassen! Nun, jetzt würde sich die Herrscherin über Töpfe und Tiegel aber damit abfinden müssen, dass eine Vertretung ins Haus kam, da konnte sie jammern, so viel sie wollte!

Aber den Stachel von Saschas Umzugsplänen beseitigte das nicht.

»Ich hab nicht gewusst, dass wir euch … nun ja … auf die Nerven gegangen sind«, brachte sie etwas gepresst hervor. Womit, da gab sie sich keinen Illusionen hin, Sascha wahrscheinlich allein sie gemeint hatte, denn mit Kerstin hatte er keinerlei Probleme. Das war ja auch nicht weiter schwer, denn Kerstin war pflegeleicht.

Die Nachricht vom Auszug war so unerwartet gekommen, dass sie sich richtig niedergeschmettert fühlte. »Hier zu wohnen, bringt ja nicht nur Nachteile«, fuhr sie fort. Genaugenommen war sie sogar der Meinung, es bringe nur Vorteile. »Wenn ihr euer Baby habt, könnte von uns doch jederzeit einer einspringen, wenn Not am Mann wäre«, sagte sie matt.

»Noch ist ja nichts entschieden«, sagte Britta leise.

»Ach, das klang gestern aber noch ganz anders«, reagierte Sascha scharf. »Die Bruckner-Wohnung wäre perfekt für uns.«

Wohl eher für dich, dachte Katharina. Doch ein wenig war sie jetzt auch erleichtert, denn das Haus der Familie Bruckner lag um die Ecke auf der Seestraße. »Ihr habt den Mietvertrag also noch nicht unterschrieben?«, kombinierte sie.

»Nein«, antwortete Britta in die Stille hinein, die darauf eingetreten war, »das haben wir noch nicht.«

»Halb zugesagt haben wir aber schon!« Sascha wirkte sehr verärgert, und Katharina hatte Mühe, ihre Abneigung gegen ihn so gut wie möglich zu verbergen. Sie holte tief Luft. »Na, dann könnt ihr es euch doch noch einmal in aller Ruhe überlegen.«

»Da gab und da gibt es nichts mehr zu überlegen.« Sascha hob sein Glas, trank und stellte es mit einem vernehmlichen Knall zurück auf den Tisch.

Katharina versuchte die Wogen zu glätten. »Ist ja auch eure Sache, Kinder. Ich bin sicher, ihr werdet die richtige Entscheidung treffen.«

»Unsere Wohnung wäre dann ja auch frei für die Großeltern, und du könntest sie kommen lassen, wie du es geplant hattest«, sagte Britta. In ihren Augen lag eine so große Bitte um Verständnis, dass ihrer Mutter das Herz schmolz, vor allem, da sie erkannte, wie peinlich ihrer Tochter dies alles war. Sie ahnte, dass der Auszug nicht der Wunsch ihrer Ältesten gewesen war. Doch das war nun einmal Sache der Eheleute. Und mit den Großeltern hatte Britta den Nagel auf den Kopf getroffen.

Genaugenommen waren es Katharinas Mutter und ihr Stiefvater, denn ihre Eltern hatten sich schon vor fast zwei Jahrzehnten scheiden lassen. Stefan Wagner, der zweite Mann ihrer Mutter, war exakt fünfzehn Jahre jünger als jene – ganze fünf Jahre älter als Katharina! –, und sie war vor zehn Jahren mit ihm im Schlepptau bei ihnen aufgekreuzt. Die besorgte Tochter hatte lange daran arbeiten müssen, ihn zu akzeptieren – ein Bild von einem Mann, ein charmanter Luftikus, wie sich sehr rasch herausstellte. Aber nicht etwa ein Erbschleicher und Heiratsschwindler, wie man es unter solchen Umständen meinen sollte. Im Gegenteil, er war schon selber reich und willens, sein Leben und seinen Wohlstand mit seiner neuen Flamme zu teilen. Und so hatten die beiden geheiratet.

Das alles hatte Katharinas Misstrauen damals nicht zu lindern vermocht, aber er hatte sich als nicht nur charmanter, sondern auch als liebender Gatte erwiesen, der ihre inzwischen zweiundsiebzigjährige Mutter nicht nur auf Händen trug, sondern vor allem auch auf Trab hielt. Das bekam ihr sehr gut, denn sie hatte sich seinerzeit etliche Kilo aus Frust über die Scheidung angefuttert. Die Liebe kann bekanntlich auch Wunder wirken, und so war es ihr nach und nach gelungen, diese Frustpfunde wieder abzulegen, obwohl Stefan in steter Wiederholung versicherte: »Wegen mir musst du nicht abnehmen, Maria!«

Die beiden schienen mit ihrem Leben rundum glücklich. Katharina sorgte sich dennoch um ihre Mutter, denn sie wurde ja älter. Auch wenn Stefan so viel jünger und noch sehr fit war, sie hätte die beiden gern in ihrer Nähe gewusst.

»Ja, das wäre eine Überlegung wert, freilich«, lächelte Katharina beherrscht und hob ihr Glas. »Egal, wie immer ihr euch entscheidet, erheben wir die Gläser und trinken wir darauf, dass sich alles zum Guten wenden wird, vor allem trinken wir auf eine gesunde Schwangerschaft und Geburt.«

Damit war das strittige Thema vom Tisch, und auf einmal sprachen und lachten alle wieder durcheinander. Nur Katharina hatte Mühe, ihre Tränen zurückzuhalten. Da dachte man, alles wäre in Ordnung, und dann verbirgt sich hinter der äußerlich harmonischen Fassade eine so geballte Wut, dass man von ihr völlig überwältigt wird, wenn sie zum Vorschein kommt, dachte sie melancholisch. Nie hätte sie erwartet, dass Britta und Sascha einmal ausziehen würden, denn in ihren Augen war die Situation perfekt. Für alle. Nur nicht für Sascha, dachte sie traurig. Denn wenn sie sich auch bemühte, ihre Abneigung gegen ihn unter Kontrolle zu halten, so hatte er sie sicher gespürt. Sie tat aber gut daran, nicht weiter in Britta zu dringen, damit die sich nicht zwischen zwei Stühlen fühlte.

Aber Katharina wäre nicht Katharina gewesen, wenn es ihr nicht rasch gelungen wäre, ihre Melancholie zu überwinden, indem sie sich auf das Positive konzentrierte: Bald würde ein neues Familienmitglied die Gemeinschaft bereichern! War das etwa nichts?

2

Kerstin bedauerte fast, dass sie Nick zu sich nach Hause eingeladen hatte. Als Nick nach dem Essen gähnte, während er ihr und ihrer Mutter dabei zusah, wie sie die Spülmaschine bestückten und die Küche aufräumten, fragte sie ihn, ob er nicht lieber gleich nach Hause wollte, da er doch so anstrengende Tage hinter sich hatte, er ging jedoch – zu ihrem Leidwesen, wie sie sich beschämt eingestand – nicht darauf ein. Eigentlich hätte sie jetzt nichts lieber getan, als die Füße hochzulegen und den Fernseher anzumachen. Allein! Wenn sie bei Nick gewesen wäre, hätte sie sich mit Müdigkeit entschuldigt und wäre heimgegangen.

Natürlich hatte sie die Nachricht geschockt, dass Mathias wieder hier war. Nach dem Essen hatte ihre Mutter – die geborene Diplomatin – das Thema Mathias Leitner nicht mehr angesprochen, was angesichts der Schwangerschaft und des geplanten Auszugs Brittas natürlich andererseits auch kein diplomatisches Kunststück gewesen war.

Er war wieder da! Allein bei diesem Gedanken verdoppelte sich jetzt wieder ihr Herzschlag, und das bestürzte sie. Wie war das möglich? Sie hatte einen Verlobten, den sie liebte ... jedenfalls konnte es ja wohl nicht anders sein, da sie drei harmonische Jahre miteinander verbracht und eine gemeinsame Zukunft geplant hatten. Aber seit sie von Mathias' Rückkehr erfahren hatte, schien es, als wäre sie wieder die Sechzehnjährige von damals. Natürlich hatte sie sich alle Mühe gegeben, ihm nichts von ihren Gefühlen zu verraten. Schließlich war er schon achtzehn und der Schwarm aller weiblichen Wesen in der Umgebung und sie nur eine kleine sechzehnjährige Schülerin. Zwei Jahre Altersunterschied – mit 26 bemerkte man ihn nicht einmal mehr, aber mit 16 waren das Welten.

Für eine kurze Zeit hatte sie dennoch das Gefühl gehabt, dass sie ihm gefiel, und sich zu fragen begonnen, ob er sich vielleicht ebenfalls in sie verliebt hatte. Aber seine Signale waren alles andere als eindeutig. Auf dem Fest des Skiclubs hatte sie sich so lange die Beine in den Bauch gestanden, bis sie in ihrer Verzweiflung diesem Toni auf die Tanzfläche gefolgt war, einem Raufbold aus dem Nachbarort. Als sie ihn wieder abgeschüttelt hatte, war Mathias verschwunden, und Eva mit ihm. Kerstin musste sich eingestehen, dass sie sich sein Interesse wohl doch nur eingebildet hatte. Kurz darauf war er aus dem Ort weggegangen. Kerstin trauerte, wie nur eine Sechzehnjährige bei Liebeskummer trauern kann. Aber Eva hatte es noch härter getroffen ...

Himmel, fiel es Kerstin ein, was musste heute erst in Eva vorgegangen sein, wenn sie selbst schon so durchdrehte? Angemerkt hatte man ihr nichts, und dass sie, die sonst so Zurückhaltende, ihr gegen die Sticheleien ihrer Schwester zu Hilfe geeilt war, das war ganz besonders lieb von ihr gewesen.

Damals hatte Kerstin sich der zwei Jahre älteren heutigen besten Freundin gegenüber plump und dumm gefühlt. Die grazile Eva mit ihrem glänzenden braunen Haar war eine Schönheit gewesen, die sich ihrer Wirkung gar nicht bewusst war. Dass Mathias sich in die gleichaltrige Eva verliebt hatte, die in jeder Hinsicht viel besser als Kerstin zu ihm passte, konnte sie verstehen.

»Hallo, Schatz, womit kann ich dich aufwecken?«, riss sie die Stimme ihres Liebsten aus den Grübeleien. Sie fühlte sich ertappt: »Entschuldige, aber ich bin so müde, ich könnte auf der Stelle einschlafen«, suchte sie hastig eine Ausflucht. »Dazu noch Mamas Eröffnung, dass wir mal wieder Pep in die Bude bringen müssen – das hat mich glatt umgehauen. Von der Schwangerschaft und dem geplanten Wohnungswechsel Brittas ganz zu schweigen …«

»Nun, solange es nicht Saschas Eröffnung war, dass dein alter Schwarm aufgetaucht ist, ist ja alles in Ordnung«, lachte Nick und zog sie noch dichter an sich. Sie saßen auf der großen Couch und hatten die Füße auf eine hohe, gepolsterte Fußbank gelegt. Der kleine Fernseher in der Ecke lief, eine Nachrichtensendung, doch sie bekam kein Wort mit von den Ereignissen in der Welt.

»Geh, hör auf!«, rief sie, um einen natürlichen Klang ihrer Stimme bemüht. »Der Mathias war halt damals der Held der Schule und aller Mütter der Umgebung, nachdem er die kleine Marie im See gerettet hatte. Jedes Mädchen hat ihn angehimmelt. Ich natürlich auch.«

»Ich weiß, ich weiß!« Nick verdrehte die Augen. »Daran erinnere ich mich noch deutlich genug. Es gab Zeiten, da haben die Weiber über niemand andern geredet als über ihn. Er kam ja sogar ins Lokalblatt. Ganz schön übersteigert, wenn du mich fragst, schließlich kann ein jeder ein kleines Mädchen aus dem Wasser ziehen.«

»Aber nicht jeder ist so aufmerksam, um einen solchen Notfall zu bemerken«, verteidigte sie ihren einstigen Schwarm. »Nicht einmal die Mutter hatte mitbekommen, dass die Kleine nicht mehr im Sand gespielt hat.«

Wieder schob sich das Bild ihres damaligen Schwarms vor ihr geistiges Auge. Wie er heute wohl aussah? Bestimmt noch attraktiver als früher, männlicher zumindest. Ob er alleine gekommen war, ohne eine Freundin oder Verlobte?

Sie rief sich zur Ordnung. Mathias war Vergangenheit, und in seiner Vergangenheit hatte sie nie eine nennenswerte Rolle gespielt. Sie musste ihre Gedanken in eine andere Richtung zwingen. Fast jedes Mädchen, vermutete sie, hatte wohl einen alten Schwarm im Hinterstübchen, und genau dort sollte man diesen auch zeitlebens versteckt halten.

»Ich seh, du bist wohl doch noch ganz schön vernarrt in ihn.« Nick klang ein bisschen beleidigt.

»Hör doch auf«, wehrte Kerstin ab. »Natürlich war ich damals in ihn vernarrt, aber wie du schon sagtest, das waren alle Mädchen.«

»Na, dann ist ja gut.«

Sie stand auf und öffnete das Fenster. Die Luft war ein wenig abgekühlt, und die Berge in der Ferne lagen in leichtem Dunst. Morgen würde es sicher genauso heiß werden wie heute. Der Blumen- und Kräutergarten, der hinter ihrem Haus von ihrer Mutter betreut wurde, duftete, wie immer um diese Jahreszeit, betörend. Aus dem Kaminzimmer des Hotels, das dank der Kerzen im Fenster ein stimmungsvolles Licht auf die Terrasse warf, erklang leise Musik. Freitagabends spielte Korbinian bei ihnen auf seiner Zither, und sie liebte die zarten Töne dieses Instruments.

Sie drehte sich zu Nick herum, der sich auf dem Sofa fläzte und seinen Blick an ihrem Körper auf- und abwandern ließ. Sollte er nur! Was er zu sehen bekam, daran konnte er nichts auszusetzen haben! Ja, sie hatte sich bemüht und beherrscht und nicht weiter zugenommen, so, wie er es ihr angeraten hatte. ›Wenn du nicht aufpasst, bist du in Nullkommanichts so dick wie deine Mama‹, hatte er sie gewarnt.

Kerstin fand, dass ihre Mama gut aussah und auch gar nicht mehr die Figur einer Siebzehnjährigen haben musste. Aber er war halt ein Augenmensch, wie er immer wieder betonte, und sie wollte, dass er sie hübsch fand. Die Mädchen im Fitness-Studio, das sie, ebenfalls auf sein Anraten hin, neuerdings besuchte, hatten schließlich auch Augen im Kopf. Er sonnte sich in deren Bewunderung, und sie musste manches Mal lächeln, wenn sie sah, wie ihm dies schmeichelte. Dabei war es ihr selbst eigentlich ganz egal, ob er Muskeln besaß oder nicht.

Sie ging wieder zu ihm und setzte sich neben ihn. Ihre Hand fuhr durch seine braunen Haare, die er zu ihrem Leidwesen mit Gel bearbeitete. Er legte den Arm um sie und küsste sie auf ihren Hals, dessen Linien er bewunderte, ebenso wie ihre wunderbar gerundete Stirn, wie er sich immer ausdrückte.

Sie nahm den Kopf ein wenig zur Seite, weil sein Kuss sie kitzelte.

»Du«, entfuhr es ihr, »wollen wir heiraten?«

Sie hielt erschrocken inne, denn die Worte waren ihr herausgeschlüpft, ohne dass sie groß darüber nachgedacht hätte. Er nahm nicht minder erschrocken den Arm von ihren Schultern. »Aber wir waren doch übereingekommen, dass wir für unsere Liebe keinen Trauschein benötigen!«

Sie seufzte. Er hatte recht; darauf hatten sie sich in der Tat geeinigt. Aber der Gedanke an eine eigene Familie schien ihr auf einmal so verlockend, vor allem jetzt, da Britta sich aus dem, was für Kerstin bislang der Inbegriff von Familie gewesen war, in eine neue, eigene Familie abspalten würde.

»Ich dachte nur …« Sie zögerte, denn so genau wusste sie gar nicht, was sie gedacht hatte. »Ich finde«, gab sie sich dann einen Ruck, »wenn man ein Kind möchte, dann sollte man vielleicht doch heiraten und ...«

»Sag, spinnst du?«, unterbrach er sie noch entsetzter als zuvor. »Wir waren doch auch übereingekommen, dass Kinder nicht infrage kommen. Wir wollen frei sein, wir wollen die Welt sehen ... Herrgott nochmal!«

Wieder musste sie zugeben, dass Nick recht hatte. Und dennoch ...

»Ist es dir ernst damit, dass wir keine Kinder wollen?«, wollte sie wissen.

»Ja freilich! Herrje, Kerstin, ich bin siebenundzwanzig, da denkt man doch nicht an so was.«

»Na, meine Schwester ist achtundzwanzig und schwanger.«

»Ja, deine Schwester ist ja auch verheiratet und ...«

»Eben«, erwiderte Kerstin leise. »Sie ist verheiratet.«

Mit einem Mal merkte sie, dass sie ebenfalls verheiratet sein wollte, da konnte Nick das noch so altmodisch oder sonstwas finden. Sie war dann wohl auch altmodisch. Was fand er außerdem an dem Gedanken an Kinder nur so abschreckend?

»Wir sind eine Großfamilie, wir könnten einander helfen«, versuchte sie ihn für ihre Vorstellungen zu erwärmen. »Und Britta und ich verstehen uns gut. Wir könnten die Kinder gegenseitig hüten und ...«

Abrupt stand er von der Couch auf.

»Mein lieber Schatz«, rief Nick und klang dabei keineswegs zärtlich. »Ich bin so nun einmal nicht gestrickt. Kinder können wir ja meinetwegen bekommen, irgendwann. Heute bekommen die Frauen mit vierzig ihren Nachwuchs, das reicht völlig. Dann hat man sein Leben hinter sich und kann sich in aller Ruhe zurücklehnen und die Kleinen beim Großwerden beobachten. Aber momentan bin ich dafür noch nicht bereit. Wenn du unbedingt heiraten willst – meinetwegen, aber Kinder zum jetzigen Zeitpunkt? Nein! Nicht mit mir!«

»Also vierzig finde ich wirklich schon spät«, wandte sie ein. »Außerdem kann man sich mit Kindern ganz sicher nicht in aller Ruhe zurücklehnen und Gott einen guten Mann sein lassen.« Sie spürte, dass sie ebenso ärgerlich wie er geworden war. »Aber wenn du nicht willst ... es muss ja nicht heute oder morgen sein.« Kerstin hielt inne, immer noch verstimmt. Wieder einmal hatte sie klein beigegeben, wie so häufig in ihrer Beziehung.

Er setzte sich wieder neben sie. »Schau, wir können ja meinetwegen heiraten, wenn es dir so wichtig ist.«

»Oh, schön!«, sagte sie überrascht.

»Aber nicht mehr in diesem Jahr«, wiegelte er sofort ab. »Du weißt, dass ich mein eigenes Makler-Büro eröffnen kann, und dazu muss ich den Kopf frei haben.«

»Ja, freilich, das versteh ich doch«, erwiderte sie hastig.

Damit war das Thema beendet. Sie kuschelte sich in seinen Arm und verfolgte mit ihm den amerikanischen Krimi, der sie nicht im Mindesten interessierte. Gegen neun verabschiedete er sich, ohne seinen Krimi zu Ende zu schauen, was bei ihm selten vorkam. Sie begleitete ihn hinunter zur Tür und wollte gerade wieder zurück in ihr Zimmer, als sie Eva bemerkte, die soeben das Hotel verließ. Sie hatte Kerstin auch entdeckt und kam eilig auf sie zugesteuert.

»Wie schön, dass ich dich noch erwische«, sagte sie hastig. »Hättest du ein wenig Zeit, ich … brauche jemanden, mit dem ich reden kann.«

»Ja freilich. Schläft Franzi schon?«, fragte Kerstin.

»Tief und fest. Du kennst sie ja. Darin ist sie völlig unproblematisch, dabei hat die Schwangerschaft Brittas sie sehr aufgeregt, und ebenso, dass deine Schwester ausziehen möchte.«

Kerstin ahnte, worüber Eva mit ihr reden wollte, und war froh, dass die Freundin noch zu ihr gekommen war. Mit Nick konnte sie schließlich nicht über Mathias reden, der nicht aufhören wollte, ihr im Kopf herumzuspuken. Aber mit Eva schon, schließlich hatte sie ein Kind von Mathias.

»Sollen wir ein wenig spazieren gehen? Es ist ein so schöner Abend«, schlug sie vor.

Sie holten noch ihre Jacken, dann schlenderten sie am Kofler-Hof vorbei, in dem das Wohnzimmer wie immer als einziger Raum beleuchtet war, und gingen die stille Sackgasse hinunter zur Seestraße. Trotz des schönen Abends war auf dem Seeweg niemand mehr unterwegs. Die wenigen Spaziergänger bummelten durch den historischen Ortskern, dessen doppeltürmige Pfarrkirche am Kirchplatz angestrahlt war. Vom alten Wirthaus »Zur Post« erklang im Hintergrund Stimmengewirr und Gelächter. Das Wirtshaus, heute ein renommiertes Sternelokal, war stimmungsvoll beleuchtet, und aufgrund der lauen Abendtemperatur saßen die meisten Menschen draußen vor dem Lokal. Die beiden jungen Frauen gingen westwärts, den Schilfgürtel als ruhigsten Teil des Sees entlang. Es dauerte eine Weile, bis sie zum Grund ihres Spaziergangs kamen.

»Du ahnst natürlich, worüber ich mit dir sprechen will«, begann Eva schließlich.

»Ich kann es mir denken«, antwortete Kerstin. »Mathias …«

»Genau.« Eva zog die Jacke enger, denn am See wehte ein leichter Wind. »Es ist jetzt nicht so, dass ich vor Aufregung kein Auge zumachen könnte, aber … das seltsame Zusammentreffen ist, seit Neuestem fragt mich Franzi ständig nach ihrer Herkunft. Irgendein Mädchen aus ihrer neuen Klasse hat sie nach ihrem Vater gefragt, und da hat Franzi gesagt, dass sie keinen Papa hätte. Und da sagte das Mädchen zu ihr, wenn sie keinen Papa hätte, dann wäre sie unehelich. Da Franzi das Wort noch nie gehört hatte, kam sie zu mir und fragte mich, was das ist. Nun ja, du kannst dir vorstellen, dass nach meiner Antwort die Fragerei erst richtig losging: Wer ihr Papa sei, wie er aussehe, warum ich ihn nicht geheiratet hätte und so weiter und so fort.«

Sie setzten sich auf eine Bank und blickten über den stillen See. Die Dämmerung hatte eingesetzt und sie genossen das diffuse Abendlicht.

»Was hast du ihr denn geantwortet?«

»Na, dass ihr Papa und ich nicht zusammengepasst hätten.«

»Ja, und weiter? Gab sie sich damit zufrieden?«

»Nein, natürlich nicht«, seufzte Eva und strich sich die feinen glatten Haare hinter die Ohren. »Ich war nahe daran, zu behaupten, dass ihr Papa tot sei, aber dann brachte ich es doch nicht übers Herz.«

»Oh, nein, das darfst du auch nicht!« Kerstin war ganz entsetzt.

Außer ihr wusste vermutlich niemand, dass Mathias Franzis Vater war. Da er noch vor der Geburt Franzis, als noch niemand etwas von der Schwangerschaft ahnen konnte, das Dorf verlassen hatte, und Eva sich entschieden hatte, ihn nicht zu informieren, hatte auch er nichts davon erfahren. Kerstin war nicht einverstanden mit Evas Entscheidung, den Vater ihrer Tochter zu verschweigen, doch die ging sie natürlich nichts an.

»Das Dumme ist, dass Franzi sich richtiggehend in das Thema verrannt hat«, fuhr Eva fort. »Und ausgerechnet jetzt erscheint Mathias auf der Matte.«

»Weißt du denn, ob er gebunden ist?«, erkundigte sich Kerstin und bemühte sich, sich das Flattern im Bauch nicht anmerken zu lassen, das sie dabei überkam.

»Ich glaube ja!«, antwortete Eva, und das gab ihr einen unerwartet heftigen Stich. »Jedenfalls munkelt man, dass die neue Turnlehrerin von Franzi seine Freundin ist. Die Erni meinte auch, er hätte eine Freundin mitgebracht.«

Die Erni arbeitete bei den Leitners, dachte Kerstin niedergeschlagen. Also stimmte das vermutlich.

»Und wo wohnt er jetzt?«, erkundigte sie sich in, wie sie hoffte, neutralem Ton.

»Momentan wohl bei den Eltern. Aber er scheint eine Wohnung zu suchen. Seine Freundin ist jedenfalls nicht mit dort eingezogen. Die Erni meint, die Mutter von Mathias verstünde sich nicht mit ihr. Aber du weißt ja, die Erni reimt sich immer allerhand zusammen. Ich glaube eher, in seinem alten Zimmer ist nicht genug Platz für die zwei.«

Vermutlich hatte sich seine Freundin auch etwas anderes vorgestellt, als mit ihm in seinem alten Kinderzimmer zu wohnen, dachte Kerstin.

»Wo wohnt sie dann jetzt?«, erkundigte sie sich.

»Erni sagt, sie hätte in einem Privathaus außerhalb vom Ort ein Zimmer gefunden.«

Sie schwiegen einen Moment.

»Und du?«, fragte Kerstin dann. »Willst du ihn nicht endlich darüber aufklären, dass er der Vater von Franzi ist?«

Eva streckte die langen Beine weit aus und verschränkte die Arme vor der Brust. »Ach, Kerstin, das ist alles so lange her. Ich weiß ja nicht, wie er reagieren wird, zumal er ja anscheinend eine Freundin hat. – Nein, lieber nicht. Das gäbe nur sinnlose Verwicklungen, die alle aufregen.«

»Ja, aber über eines musst du dir im Klaren sein«, wandte Kerstin ein. »Wenn Franzi einmal angefangen hat zu fragen, wird sie dich immer weiter löchern, bis du ihr den Namen ihres Vaters nennst. – Und eine andere Sache solltest du vielleicht auch nicht aus den Augen lassen«, fiel ihr auf einmal ein. »Ich weiß, es geht mich eigentlich nichts an, aber …«

»Geh, jetzt hör aber auf«, unterbrach Eva. »Du bist doch meine beste Freundin, also sag schon …«

»Nun, ich meine das Geld. Die Ausbildung Franzis wird Geld kosten, und so hoch ist dein Gehalt ja nun auch nicht.«

»Na, weißt du«, lachte Eva und stieß sie von der Seite an. »Das sagt die Tochter der Chefin. Du kennst mein Gehalt. Es liegt weit über dem eines Zimmermädchens oder einer Hausdame.«

»Ja, weil du ja auch weit mehr bist als eine Hausdame. Und das weißt du auch ganz genau«, erwiderte Kerstin. »Aber glaub mir, du wirst später über jeden Cent glücklich sein. Oder wenn du jetzt das Geld nicht benötigst, so kannst du es für spätere Zeiten sparen. Also ich finde, das ist durchaus ein Punkt, den man in Erwägung ziehen muss.«

Eva seufzte laut. »Ach, Kerstin, Geld ist doch nicht alles. Euer Hotel läuft gut, meine Arbeit bei euch ist also gesichert. Alles andere wäre schwierig, und es gäbe nichts als Gerede und Probleme. Nein, darauf kann ich wirklich verzichten.«

»Mich wundert ohnehin, dass Franzi erst jetzt nach ihm gefragt hat.«

Ihr Freundin nickte. »Jetzt, wo du es sagst, wundert es mich auch. Das kommt sicherlich, weil sie jetzt in der fünften Klasse mit so vielen neuen Kindern in einer Klasse ist. Vorher hat niemand sich etwas dabei gedacht, weil sie keinen Vater hat, denn das war ja schon immer so und damit auch nichts Besonderes. Und die Kinder werden halt größer.«

»Franzi auch. Sie wird nicht locker lassen, glaub mir. Das ist wie bei einem Tsunami – wenn einmal die Welle in Bewegung geraten ist, kann sie nichts mehr aufhalten.«

»Danke, mach mir nur Mut«, sagte Eva bedrückt.

»Ich mein ja nur, dass das doch auch verständlich ist«, sagte Kerstin leise. »Ich finde, ehrlich gesagt, dass auch Mathias ein Recht darauf hat, zu erfahren, dass er Vater ist.«

»Ich habe das Gefühl, du bist immer noch in ihn verliebt«, sagte Eva. »Er war damals übrigens auch in dich verliebt – aber das nur nebenbei.« Sie lächelte.

Kerstin spürte, wie sie rot wurde, und war froh, dass die Dämmerung nun der Nacht gewichen war und Eva sie nicht sehen konnte. »Wirklich? Woher weißt du das?«

»Das hat er mir verraten.«

»Das hat er dir gesagt? Damals? Obwohl er mit dir …?«

»Du Kindskopf! Das war doch nie Liebe zwischen mir und dem Mathias!« Kerstin ahnte ein Lächeln auf den Lippen ihrer Freundin. »Wir sind ein paar Mal zusammen ins Kino gegangen und … nun ja, eine laue Sommernacht, das Fest, du weißt ja selbst … ein bisschen zu viel Bier … und da ist es halt passiert. Als ich die Bescherung bemerkt habe, war er schon weg. Ich hätte natürlich zu seinen Eltern gekonnt – aber ich hab mich so geschämt, vor allem, da meine Mutter zu der Zeit gerade einmal wieder in der Klinik lag. Und dem Mathias war unser Dorf damals viel zu klein. Er wollte in die Welt hinaus. Es wäre mir unfair vorgekommen, ihm den Weg zu verbauen. Zum Glück hat ja deine Mutter mir so lieb geholfen. Ohne euch wäre ich wahrscheinlich am Ende doch noch zu seinen Eltern gelaufen. Aber du kennst ja seine Mutter … leicht zu nehmen war die auch noch nie. Es hat mir nicht leid getan, dass es auch anders ging.«

Die Leitner-Mutter war immer noch ein Besen, nach allem, was Kerstin von der Erni so gehört hatte. Im letzten Jahr hatte sie allerdings eine Krebsoperation zu überstehen gehabt und musste danach sehr abgebaut haben. Der Leitner Ferdinand war zwar noch gesund, aber auch nicht mehr der Jüngste.

»Vielleicht war das der Hauptgrund, dass Mathias zurückgekehrt ist«, vermutete Eva. »Dass seine Mutter nicht mehr so recht kann und man bei seinem Vater nicht wissen kann, wie lange er noch bei Kräften ist.«

»Also, Eva, überleg's dir noch einmal mit dem Mathias«, schlug Kerstin ernsthaft vor. »Franzi ist nicht dumm. Stell dir vor, irgendjemand sagt etwas in ihrem Beisein, das sie auf ihren Vater deutet, sie stellt Vermutungen an und hat schlimmstenfalls andere Männer in Verdacht – vielleicht nicht schon jetzt, in ihrem Alter, aber in ein paar Jahren.«

»Du machst es einem wirklich nicht leicht«, antwortete Eva, nachdem sie sich einen Moment besonnen hatte. »Aber schau, alles in mir wehrt sich dagegen. Wie stünde ich denn da? Als eine, die ihm ein Kind ›anhängen‹ will! Seine Eltern würden einen Aufstand machen, da bin ich sicher …«

»Aber das kannst du doch gar nicht wissen, solange sie keine Ahnung davon haben«, warf Kerstin ein.

» … und vor allem müsste ich mich mit Mathias auseinandersetzen«, beendete Eva ihren Satz. »Allein bei dem Gedanken wird mir schon schlecht. Außerdem hat er eine Freundin. Das Unheil, das ich zwischen den beiden vielleicht heraufbeschwören würde, will ich mir gar nicht ausmalen.«

Das hatte zwar alles Hand und Fuß, aber Kerstin war nicht überzeugt, vor allem, weil sie nicht glauben konnte, dass es möglich war, eine solche Sache auf Dauer geheim zu halten. Doch als sie erneut zum Sprechen ansetzte, wurde sie von Eva ungewohnt energisch unterbrochen. »Also bitte, Kerstin mach es mir nicht so schwer und lass mich meine eigenen Entscheidungen treffen«, forderte sie ein.

»Aber das sollst du doch auch.« Kerstin, stand auf und zog die Freundin hoch. »Ich gebe dir nur den Anstoß, selbst darauf zu kommen, was gut für dich ist und was nicht.«

Eva musste lachen. So harmoniebedürftig Kerstin normalerweise war, sie konnte manchmal genauso hartnäckig sein wie ihre Mutter.

»Momentan ist das für mich keine Lösung, dabei bleibe ich«, sagte sie ungewohnt nachdrücklich. »Bitte sei so lieb und sprich auch du mit niemandem über Mathias und mich. Ich verspreche dir aber, mir die Sache noch einmal ernsthaft durch den Kopf gehen zu lassen.«

»Mehr will ich doch gar nicht!«, versicherte ihre Freundin.

Erst als Kerstin später im Bett lag, fiel ihr ein, dass sie Eva gar nichts von Nicks Heiratsantrag erzählt hatte. Nun ja, ein richtiger Antrag war das wohl auch nicht gewesen. Eher ein Ansatz, ein vages Versprechen. Sie fühlte sich ein bisschen schuldig, weil sie die Sache jetzt auf einmal nicht einmal mehr sonderlich kümmerte. Nicks Abwehr, als sie das Wort Kinder in den Mund nahm, und wie lässig und nebenbei er das Thema

Heirat abgehandelt hatte, hatte Widerwillen in ihr ausgelöst.

Oder lag es vielleicht doch an Mathias?

Dabei war das alles so unsinnig. Auch wenn Eva behauptete, er sei damals in sie verliebt gewesen, obwohl er sie doch nie sonderlich beachtet hatte, blieb dennoch die Tatsache bestehen, dass er jetzt eine Freundin hatte.

Ab sofort, nahm sie sich vor, wollte sie das Thema Beziehung vernünftig sehen. Nick und sie verstanden sich so weit ganz gut. Sie stritten sich nie – nun gut: fast nie –, er neigte nicht zu Gefühlsausbrüchen, was angenehm war, schließlich widerstrebte ihr nichts mehr als ein Wechselbad der Gefühle. Sie wollte nichts weiter als eine ruhige Ehe, in der sie mit einem netten Mann alt werden konnte. Und außerdem wollte sie wirklich wenigstens ein Kind, dachte sie kämpferisch. Wenn sie sah, wie innig Eva und Franzi miteinander waren, wurde es ihr ganz warm ums Herz.

Aber klang ihre Zukunftsvision in Wirklichkeit nicht doch ziemlich öde? War es nicht so, dass trotz ihres Wunschs nach einem ruhigen, beschaulichen Leben ein wenig Unruhe, eine Prise Unvorhergesehenes sie immer wieder belebt hatte? An diesem Abend fand Kerstin keine Antworten mehr auf diese Fragen, denn während dieser Grübeleien übermannte sie der Schlaf.

3

Kerstin erwachte mit einem Kribbeln im Magen, so wie jeden Morgen, seit sie von der Rückkehr ihres einstigen Jugendschwarms erfahren hatte. Vier Tage war das jetzt her. Sie warf einen Blick auf ihren silbernen Reisewecker, den ihre Mutter ihr von einer Reise nach England mitgebracht hatte und der seitdem auf dem Nachttisch neben ihrem Bett stand. Halb acht, Zeit genug für ein Wannenbad. Sie stand auf, und während das Wasser in die Wanne floss, putzte sie sich die Zähne. Dann gab sie ihr liebstes Schaumbad ins Wasser, jenes, das alle Sinne anregen sollte, was sie momentan eigentlich gar nicht nötig hatte. Ihre Sinne waren ohnehin angespannt wie die Saiten einer Stradivari. Sie ließ sich dennoch wohlig in den duftenden Schaum gleiten. Oh, wie herrlich war das Leben!

Nach zehn Minuten stieg sie aus der Wanne, trocknete sich ab und ging wie jeden Samstag auf die Waage. Zwei Kilo abgenommen, ein Rekord. Kein Wunder. Sie, die eigentlich zur Rundlichkeit neigte und deren größte Freude schmackhaftes Essen, sahnige Schokolade und deftiges Schweinernes waren, sie bekam momentan kaum einen Bissen hinunter. Und den Grund kannte sie natürlich.

War sie jemals wegen Nick derart aufgeregt gewesen? Nicht einmal annähernd!

Aber war das vielleicht auch ganz normal so? Wohin würde es führen, wenn man bei jedem neuen Mann erst einmal zum Skelett abmagerte, weil man vor Aufregung keinen Bissen hinunterbekam, dachte sie halb belustigt, aber gleichzeitig auch mit einem schlechten Gewissen Nick gegenüber. In den letzten vier Tagen war nicht eine einzige Stunde vergangen, in der sie nicht gegrübelt hatte, wie sie Mathias irgendwie unauffällig über den Weg laufen könnte – was während ihrer Arbeitszeit aber sowieso nicht zu schaffen war. Lediglich in ihrer knappen Mittagspause war sie das Dorf auf- und abgelaufen in der vergeblichen Hoffnung, einem großen, schlaksigen Mann mit welligen dunklen Haaren zu begegnen.

Es gab nur eine Möglichkeit: Sie musste in die Gärtnerei. Das war völlig unverfänglich, denn Gründe dazu gab es natürlich genügend, schließlich legte man bei ihnen großen Wert auf frischen Blumenschmuck. Dieser Bereich gehörte zu den Aufgaben ihrer Mutter, doch heute würde sie sie davon überzeugen, dass sie diese Aufgabe ausnahmsweise ihr überließ. Mama würde es möglicherweise seltsam vorkommen, schließlich war heute ihr freier Tag. Sie würde den Braten bestimmt riechen, denn ihr konnte man nichts vormachen.

Aber egal, dachte Kerstin. Verträumt zog sie ihr schönstes Kleid an, das unter dem Busen – ein

Highlight ihres Körpers – gerafft war und somit ihren kleinen Bauch überspielte. Ihre Beine waren hübsch, darum durfte es ruhig über die Knie gehen. Jetzt noch die Sandaletten mit dem kleinen Absatz, ein wenig Wimperntusche und Lippenstift, und ihr Abenteuer konnte beginnen. Mit Nick war nicht zu rechnen, er absolvierte heute drei Stunden in seinem geliebten Fitness-Studio: Rad-Marathon, eine schweißtreibende Angelegenheit, die sie selbst nicht überstanden hätte, das war so klar wie der See am Morgen eines wolkenlosen Sommertages. Und natürlich hatte er sie auch gar nicht dazu gedrängt, dabei mitzutun. Danach trank man für gewöhnlich noch mit der Truppe Apfelschorle bis zum Umfallen, und für den Rest des Tages würde er sich zu Hause beim Fernsehen ausruhen. Für den Abend hatten sie sich nichts Weiteres vorgenommen. Ihre gemeinsamen Stunden entschieden sie immer kurzfristig, denn Nick hasste es, Pläne zu schmieden.

Das Thema Heirat war ebenfalls vom Tisch, jedenfalls hatten weder sie noch er es seit jenem Abend vor vier Tagen noch einmal angeschnitten. Momentan war es ihr auch völlig egal. Gestern Abend hatte sie immerhin mit Eva darüber gesprochen – die hatte Kerstin strafend angesehen, als sie ihr nach der Schilderung ihrer Auseinandersetzung mit Nick schon im nächsten Atemzug gestanden hatte, dass sie, ohne ihm überhaupt schon begegnet zu sein, eine Art Rückfall in die frühere Schwärmerei für Mathias erlitten hatte.

›Etwas so Beständiges wie deine Beziehung mit Nick setzt man nicht leichtfertig aufs Spiel‹, hatte sie tadelnd gesagt. ›Heutzutage gelten drei gemeinsame Jahre wie früher dreißig, und ich finde es nicht richtig, wie du mit dem Feuer spielst.‹

›Noch spiele ich ja gar nicht‹, hatte Kerstin sich verteidigt, aber natürlich hatte Eva recht, irgendwie jedenfalls, denn momentan verzehrte sich alles in ihr nach einem Spiel mit dem Feuer. Sie schämte sich dafür, doch sie konnte nicht dagegen an.

Einen Schlager trällernd lief Kerstin hinunter in die Küche. Es war acht Uhr, eine Zeit, in der sie am Samstag noch niemanden dort antreffen würde. Aber ihre Mutter war vermutlich schon munter und würde sich spätestens in einer halben Stunde zu ihr gesellen. Sie würden allein sein, denn Eva war mit Franzi zum Wildbach unterwegs. Zu Kerstins Erstaunen und Belustigung, denn für sie gab es nichts Langweiligeres, liebte Eva das Fliegenfischen, und Franzi begleitete sie gern an den lauschigen Platz unterhalb eines steilen Abhangs, an dem sich normalerweise niemand außer den beiden einfand. Aber Franzi konnte sich ja auch stundenlang allein beschäftigen: mit ihrem Boot im Bach spielen, ein Stauwehr anlegen oder mit ihrer Puppe im Puppenwagen spielen – wenn sie nicht mit einem Buch und einem Kissen unter dem Kopf in der Wiese lag und las.

Ja, Franzi war ein wirklich pflegeleichtes Kind. Nur dann und wann machte sich Eva Sorgen, weil ihre Tochter nur eine einzige wirkliche Freundin hatte, Annika, die Franzi jedoch so gewissenhaft und besorgt vor frechen Mitschülern schützte wie eine Vogelmutter ihr Junges. Aber für die Gruppenaktivitäten, die ihre Mutter ihr schmackhaft zu machen versuchte, war das Mädchen einfach nicht zu begeistern.

›Ich war genauso wie Franzi. Sie wird ihre Scheu irgendwann überwinden, keine Sorge!‹, hatte Kerstin schon das eine oder andere Mal die Freundin zu beruhigen versucht. ›Nimm sie, wie sie ist, und lass sie in Ruhe. Sie hat keine Probleme in der Klasse, sie hat eine nette Freundin, mit der sie glücklich ist, und ihre Klassenlehrerin sagt ebenfalls, dass sie nicht auffällig ist. Also ist doch alles in Ordnung.‹

Das Flurfenster stand halb offen, und die Sonne warf helle Streifen auf den schwarzen Schieferboden. Der Gesang der Vögel erklang, und Kerstin fühlte sich bereit für ein Abenteuer. Denn dies lag in der Luft, sie spürte es mit allen Sinnen. Die Sonne tat das Ihrige dazu und schien derart strahlend vom klaren Himmel, dass sich der See in ein blaues Juwel verwandelte. Das war gut so, denn es machte nicht nur sie, die Einheimischen, sondern auch die Gäste glücklich.

Die Norddeutschen blühten nach ein paar Tagen in ihrem Hotel regelrecht auf. Die Gäste aus den großen Industriestädten bekundeten jeden Tag ihr Entzücken über den blauen Himmel, die bayerische Gemütlichkeit in den hübschen

Dörfern, die heitere Natur der Seenlandschaft und die Majestät der Berge. Und wenn die Sonne einmal nicht schien, erholten sie sich in ihrem wunderschönen Wellness-Bereich, in dem es nicht nur ein Schwimmbad gab, sondern auch beheizte Liegen, ein Heu-Bad, Saunen und Infrarot-Kabinen – und der Clou war der Bachlauf, den sie im Keller eingebaut hatten, mit seinem eiskalten Wasser und den Kieselsteinen, den sie gern zum Wassertreten nutzten, dazu gab es leise Musik und wohltuende Düfte.

Ja, der Gast konnte sich wahrlich bei ihnen erholen. Sie gaben sich alle Mühe, ihm einen angenehmen Aufenthalt zu bescheren. Zahlreiche Stammgäste waren der Lohn ihrer Bemühungen. Kerstin konnte den Gästen in ihrem momentanen Überschwang nur recht geben. Nichts und niemand würde sie von hier wegbringen. Es war kein Wunder, dass Mathias aus München heimgekehrt war, und ebensowenig, dass es den Eltern ihrer Mutter damals nicht gelungen war, ihre Tochter zur Rückkehr in die Stadt zu überreden, nachdem sie sich nicht nur in ihren Vater Andreas, sondern auch in das Berchtesgadener Land und den Chiemgau verliebt hatte.

Die Semmeln, die Britta abends vorbereitete und die morgens frisch gebacken auf den Tischen der Gäste und der Familie landeten, dufteten wie immer schon von Weitem verführerisch. Kerstin konnte aber auch bereits Kaffeeduft aus der Küche wahrnehmen. Also war ihre Mutter doch schon auf den Beinen. ›Typisch‹, dachte sie. ›Wenn ich einmal den guten Vorsatz gefasst habe, sie mit einem Frühstück zu überraschen!‹

Sie öffnete die Küchentür. Ihre Mutter trug an diesem Morgen ein zartgelbes Leinenkleid und dazu knallrote Sandaletten. Ihre Locken standen wie immer am Morgen ein wenig wirr um ihren Kopf. Sie stand am Herd und nahm gerade den Kaffeefilter von der hübschen Kaffeekanne aus geblümtem Porzellan – ihrer neuesten Errungenschaft. Sie liebte schöne Geschirre, vor allem Kaffeekannen, und benutzte aus diesem Grund auch nicht die Kaffeemaschine, sondern brühte den Filterkaffee mit der Hand auf. Oft schleppte sie Fundstücke vom Flohmarkt an, wenn auch im Keller bereits alle Regale mit ihren Errungenschaften belegt waren, nachdem sie in denen in ihrer Wohnung kein freies Plätzchen mehr für sie gefunden hatte. Ihre Leidenschaft umfasste romantische Blümchenkannen und moderne Stücke gleichermaßen, sie bevorzugte keinen der verschiedenen Stile. Nur wenn sie mit gewöhnungsbedürftigen Unikaten ankam, lästerte ihre Familie.

»Grüaß di, Mama«, sagte Kerstin und legte den Arm um ihre Mutter, als sie ihr einen Kuss auf die Wange drückte. »Bist mir wieder zuvorgekommen, ich hatte doch heute Morgen das Frühstück machen wollen.«

»Ach, weißt, ich bin ja schon seit sechs Uhr wach. Ich hab halt ein eingebautes Uhrwerk in mir.«

»Hast du denn gut geschlafen?«
»Ja, danke. Beinahe so gut wie früher.«
Seit dem Tod ihres Vaters schlief ihre Mutter schlecht. Kerstin war froh, wenn sie einmal durchgeschlafen hatte, denn auch wenn sie ihr so viel Arbeit wie möglich abnahmen, so lastete doch die ganze Verantwortung auf ihren Schultern. Man sah ihr erstaunlich wenig davon an. Mit ihren zweiundfünfzig Jahre sah sie hübsch und jugendlich aus, und Kerstin wunderte sich oft, wie sie es verstand, selbst nach einem Acht-Stunden-Tag immer wie aus dem Ei gepellt auszusehen.

Nach dem plötzlichen Herztod ihres Mannes hatte ihre Mutter den Schock und die Depression auch dadurch überwunden, dass sie zum ersten Mal in ihrem Leben Sport betrieb – jedenfalls bezeichnete sie ihre moderaten Spaziergänge als solchen, was sie allein auf die Nordic-Walking-Stöcke zurückführte. Mit denen habe man einen schnelleren Schritt, ob man wollte oder nicht, tat sie begeistert kund, wenn die Familie sich über sie und ihre begeisterten Schilderungen, wie lange sie dann und dann unterwegs gewesen war, lustig machte.

Kerstin schaute über den Tisch – alles da, nur der Honig fehlte. Sie stellte ihn dazu, und sie setzten sich. Ihre Mutter hatte ihr geliebtes Lokal-Radio eingeschaltet, und die leichten Schlagerklänge drangen leise zu ihnen herüber.

»Eigentlich hab ich gar keinen Hunger«, sagte Kerstin, als sie sich eine halbe Semmel mit Butter bestrich.

»Wie kommt's?«, fragte Katharina.

»Ach, nur so«, wiegelte Kerstin ab. Kaum war sie eine Minute mit ihrer Mutter beisammen, da war sie nahe daran, sich zu verplappern.

»Ist dir schlecht oder was?«, insistierte ihre Mutter.

»Nein, das ist es nicht.« Kerstin legte die Semmel zurück auf den Teller. Es hatte ja doch keinen Zweck. Sie musste sich die Sache von der Seele reden. »Ach, Mama, mir lässt der Gedanke, dass Mathias wieder da ist, keine Ruhe«, gestand sie.

Ihre Mutter lachte befreit auf und ergriff die Semmel, die sie vor Schreck zurück auf den Teller gelegt hatte. »Na, Gott sei Dank, ich dachte schon, es wäre was Schlimmes.«

Kerstin legte die Stirn in Falten. »Na, ist das nicht schlimm genug?«

»Natürlich nicht. Du warst einmal sehr verliebt in ihn, und die erste Liebe ist halt oft etwas, das man nie vergisst. Hast du dich denn mit ihm getroffen?«

»Nein, wo denkst du hin«, rief Kerstin fast erschrocken. »Aber ... ich ... ich möchte ihn gern wiedersehen. Nur ... nur um sicher zu gehen, dass ich nicht mehr in ihn verliebt bin und ... und dann in aller Ruhe Nick heiraten kann.«

»Wie, du willst heiraten?«, rief Katharina.

Kerstin erkannte ihre Bestürzung. »Nun ja, es ist angedacht«, erwiderte sie vage. »Warum? Fändest du das denn nicht gut? Ich dachte immer, du magst Nick.«

»Ach, Kerstin, ich mag jeden, den meine Mädchen mögen, das ist doch ganz klar.«

»Außer Sascha«, fiel Kerstin grinsend ein.

»Um Himmelswillen, merkt man das etwa?«, rief ihre Mutter, nun wirklich bestürzt. »Ich geb mir doch so viel Mühe. Und es ist ja auch nicht so, dass ich ihn gar nicht mag. Er hat halt nur so viele Schrullen, dass ich manchmal schreien könnt und Britta bewundere, wie sie diesen Mann aushält.«

»Trotzdem kannst du nicht aus deiner Haut heraus. Natürlich merkt man es. Nicht immer, aber manchmal.«

»Au weh, da muss ich aber noch an mir arbeiten.«

Das sagte sie so drollig, dass Kerstin lachen musste. Dann wurde sie wieder ernst. »Das ist natürlich auch der Grund, warum er ausziehen will.«

»Ich hab mir schon so was gedacht, aber dass ich tatsächlich der wahre Grund sein könnt, hab ich nicht wahrhaben wollen«, gestand Katharina. »Aber jetzt erst einmal zu dir. Hast du nun vor, dich mit Mathias zu treffen oder nicht?«

»Ich würde ihn gern sehen, aber so, dass es wie zufällig aussieht«, vertraute sie ihrer Mutter an.

»Und was ist mit Nick? Ich dachte, ihr liebt euch.«

»Na, das tun wir doch auch.«

Katharina furchte die Stirn. »Was ist, wenn du merkst, dass dir Mathias noch etwas bedeutet, und Nick davon etwas mitbekommt? So was kann man doch nicht verheimlichen.«

Kerstin winkte ab. »Ich möcht ihn halt nur einmal sehen und mich vergewissern, dass ich ihn überwunden hab.«

»Und wenn'st merkst, dass des nicht der Fall ist?« Katharina verfiel, wie ihr das manchmal im Kreis der Familie geschah, in ihren bayerischen Dialekt, den sie vor den Gästen in der Regel unterdrückte, etwas, das Kerstin immer erstaunt hatte. Sie selbst entschärfte ihn nur, damit auch die Gäste aus Norddeutschland sie verstehen konnten.

Auf diese berechtigte Frage konnte ihre Tochter nur ratlos die Achseln zucken.

»Nun ja, du musst wissen was du tust«, entschied Katharina. »Auf jeden Fall ist es besser, wenn du vor der Hochzeit diese Dinge klärst. Nichts ist schlimmer als eine übereilt geschlossene Ehe … Wann ist euch, ich meine dir und Nick, überhaupt der Gedanke mit der Heirat gekommen? Soll's schon bald sein?«

Kerstin verkniff sich ein Lächeln. Ihre Mutter gab sich zwar alle Mühe, doch sie konnte nicht verbergen, dass sie sich nicht so richtig mit dieser Vorstellung anfreunden konnte. »Wir haben das Wort Heirat bis jetzt nur einmal fallen gelassen. Ich habe Nick direkt darauf angesprochen, an dem Abend, als Britta uns von ihrer Schwangerschaft unterrichtet hat, und er hat genickt. Aber Näheres ist noch nicht festgemacht.«

»Also wirklich! Sag mir jetzt nicht, dass *du* ihm den Heiratsantrag gemacht hast«, zürnte Katharina. »Des hast aber nicht nötig!«

»Irgendwie schon – ich meine, dass ich ihn gefragt hab. Und, na ja, Nick ist nicht gerade vor Begeisterung auf die Knie vor mir gefallen. Aber er hat jedenfalls ja gesagt.«

»Na, das ist ja schon mal was«, entgegnete Katharina ironisch. »Ich kann da nur sagen, kläre unbedingt deine Gefühle, bevor du diesen ... bevor du Nick zum Mann nimmst.«

»So hab ich's vor«, erwiderte Kerstin erleichtert. »Dann gibt's da ja auch noch die Kinderfrage ...«

Katharina hob den Kopf und blickte ihre Tochter gespannt an. »Und weiter?«

»Nun, ich sagte Nick, dass ich langsam in dem Alter bin, wo man über diese Frage nachdenken sollte. Und ich sagte, ich hätte eigentlich ganz gern Kinder ... und da erinnerte er mich daran, dass wir ausgemacht hätten, dass wir keine wollen. Das stimmt auch!«, übernahm sie hastig auch die Rolle des Verteidigers ihres Freunds. »Aber damals hatte ich halt noch gar nicht darüber nachgedacht. Ich sagte ihm, eigentlich fänd ich es doch ganz schön. Und ... da ist er regelrecht ausgeflippt.«

»Also, wenn du Kinder willst, dann wärst du jetzt schon im rechten Alter«, warf Katharina ein. »Und wenn ich dich richtig verstehe, dann willst nur du ein Kind und er nicht?«

»So ungefähr.«

»Schwierig«, murmelte Katharina. »Du weißt, ich gehöre nicht zu den Frauen, denen nur Kinder das Leben lebenswert machen – so lieb ich euch beide auch habe. Ausschlaggebend sollte sein, dass ihr beide es wollt – oder beide eben nicht wollt. Aber dass du den Wunsch verspürst, finde ich einfach wunderbar ... Jetzt fehlt dir nur noch der rechte Mann dazu«, konnte sie sich dennoch nicht verkneifen, ihre Ansicht über die Zukunftsaussichten der jetzigen Beziehung ihrer Tochter durch die Blume zu verdeutlichen. Sie nahm einen Schluck von ihrem Kaffee. »Und wie hast du dir nun dein ›zufälliges‹ Treffen mit Mathias vorgestellt?«

»Ich könnte an deiner Stelle zu den Leitners fahren, und du sagst mir, was du an Blumen benötigst«, brachte Kerstin ihren Plan vor. »Wenn ich Glück hab, treffe ich ihn ja im Geschäft an.«

Katharina schüttelte den Kopf. »Im Laden triffst du ihn ganz sicher nicht. Den schmeißt die Erni allein und mit Bravour. Die Leitners sind ja ganz groß im Geschäft und mit Aufträgen in ganz Bayern, das sind heute nicht mehr die bescheidenen Blumenverkäufer von früher. Soviel ich gehört hab, können die sich vor Arbeit gar nicht retten. Deshalb wollte ich sie ja auch für unseren Golfplatz. Ich hab was läuten hören, dass unserer nicht ihr erster wäre.«

»Dann könnte ich zur Not ja Erni wegen des Golfplatzes ansprechen und mich ganz harmlos nach ihm erkundigen«, sagte Kerstin eifrig. »Einen Golfplatz zu bauen – das ist auf jeden Fall Chefsache.« Sie ergriff ihre Semmel, auf einmal ganz hungrig. Großzügig strich sie die Butter und den Honig auf die duftende Köstlichkeit und biss herzhaft hinein.

Katharina nickte. »Das ist eine gute Idee. Du könntest um einen Termin bitten zu einem Gespräch hier bei uns. Dann hättest du die Möglichkeit, dabei zu sein, und das Weitere würde sich fügen.«

»Ach Mama, wenn ich dich nicht hätt«, seufzte Kerstin.

Mit ihrem alten Golf – zu Fuß war es ihr doch ein wenig zu weit – fuhr Kerstin hinaus zur Gärtnerei der Leitners, die sich am entgegengesetzten Ende des Dorfes befand. Als sie in den Hof einbog, waren ihre Hände doch ein bisschen zitterig. Sie stellte den Motor ab und stieg aus. Die zahlreichen Autos auf dem Hof zeugten davon, dass das Geschäft gut besucht war.

Auf einmal kam ihr die Idee, Mathias gerade samstags aufzusuchen, doch dumm vor. Vielleicht hatte er gerade heute frei. Aber ein Anfang, sagte sie sich, musste gemacht werden und auch, wenn sie ihn nicht sofort antraf, konnte sie doch eine Nachricht hinterlassen. Dann musste sich der Senior nur entscheiden, seinen Sohn zu schicken oder zumindest mit seinem Sohn gemeinsam zu den Pichlers zu fahren, um den eventuell zu erwartenden Auftrag zu bereden.

Es dauerte eine Weile, bis Erni Zeit für sie fand, aber dann war die Sache rasch geregelt: Beide, der Senior wie der Junior, waren nicht im Geschäft, sondern unterwegs. Doch sie versprach, die Angelegenheit so rasch als möglich weiterzugeben.

»Und grüß den Mathias von mir. Vielleicht erinnert er sich noch an mich«, konnte Kerstin sich nicht zurückhalten. »Ich lass ihm am besten auch meine Handy-Nummer da.«

»Keine Sorge, die hast du mir bereits gegeben«, grinste Erni.

»Ach ja, freilich. Ich … ich war zwei Klassen unter ihm. Und … und man freut sich doch immer, alte Klassenkameraden wiederzufinden«, haspelte Kerstin hervor.

Ja, liebe Kerstin, sagte sie zu sich selbst, jetzt werden es die Spatzen spätstens morgen vom Dach pfeifen: Die Kerstin ist in den Leitner Mathias verliebt, denn die Erni hat den Braten doch bestimmt längst gerochen, so wie du dich hier aufführst. Aber Hauptsache, Erni verpfiff sie nicht bei Mathias, dann blieb ihr die schlimmste Peinlichkeit erspart.

»Alsdann, servus, Erni«, sagte sie und flüchtete.

»Servus, und grüß schön die Katharina von mir«, rief Erni ihr hinterher und widmete sich sogleich ihrer nächsten Kundin.

In einer Mischung aus Bedauern und Erleichterung nahm Kerstin ein wenig zu flott die enge Kurve, die sie vom Hof auf die Landstraße führte – und da geschah es: Auf einmal verspürte sie einen heftigen Ruck, ihr Kopf flog zur Seite, und dann ließ ihr der laute Knall, als ein anderes Auto ihr geradewegs in ihre Beifahrerseite fuhr, das Herz vor Schreck beinahe stillstehen. Einen Moment saß sie wie erstarrt da. Dann wurde die Tür auf ihrer Seite aufgerissen.

»Mein Gott! Ist Ihnen etwas passiert?«, fragte eine besorgte Stimme, die sie auf der Stelle erkannte. Nun hatte sie Mathias also doch noch getroffen – genauer gesagt: er sie! Wie in Trance hob sie den Kopf zur Seite. »Mir nicht, aber meinem Auto, wie mir scheint«, brachte sie mühsam hervor.

»Geh, die kleine Pichler Kerstin!«, rief er aus. War das ein freudiges Erschrecken in seinem Gesicht gewesen ... oder eben nur ein normaler Schreck? Sie war zu durcheinander, um das zu deuten.

»Kannst du aufstehen?«, hörte sie ihn fragen. »Mei, das tut mir wahnsinnig leid. Ich bin natürlich schuld. Ich Depp! Ich war so in Gedanken, da hab ich gar nicht die Vorfahrt beachtet.«

Sie schüttelte den Kopf. »Das war meine eigene Schuld«, gestand sie. »Ich hab einfach nicht aufgepasst.«

»Komm, steig erst mal aus«, bat er. »Geht's? Ein Glück, dass ich die andere Seite erwischt hab, nicht auszudenken, ich wär dir hier rein'fahrn. Tut dir auch wirklich nichts weh?«

»Nein, ich bin nur ein wenig benommen«, murmelte Kerstin und fuhr sich mit den Händen über das Gesicht und den Kopf. Dann drehte sie ihn vorsichtig in beide Richtungen. »Alles noch dran«, bemühte sie sich um einen Scherz, während sie den Sicherheitsgurt löste. Mit Mathias' Hilfe stieg sie aus dem Wagen und merkte erst jetzt, wie sehr ihre Knie zitterten. Halt suchend stützte sie sich auf seinen Arm. Sie spürte, wie ihr der Schweiß auf die Stirn trat. Jetzt bloß nicht in Ohnmacht fallen! Erst dann bemerkte sie, dass sich bereits eine kleine Menschenansammlung gebildet hatte.

»Meinst du, wir kommen ohne Polizei aus?«, fragte er. »Ich hab auf jeden Fall schuld an dem Crash.«

Kerstin schüttelte vorsichtig den Kopf. »Bloß keine Polizei«, bat sie.

»Aber ich fahr dich auf jeden Fall noch zu Dr. Burger, damit er einen Blick auf dich wirft«, entschied Mathias.

»Aber nein, ich bitt dich«, protestierte Kerstin, aber nur halbherzig. »Er hat doch heute auch gar keine Sprechstunde.«

»Dr. Burger hat immer Sprechstunde – wenn er da ist«, widersprach Mathias.

Erst jetzt wurde Kerstin bewusst, was sich da für eine Gelegenheit bot, um noch ein wenig länger mit ihrem Schwarm von einst zusammen zu sein. »Na gut, wenn du meinst«, gab sie nach.

»Aber zuerst wollen wir unsere Autos zur Seite fahren, damit das Publikum sich zerstreuen kann. Falls ich deines nicht so demoliert habe, dass es nicht mehr fährt.« Mathias machte ein paar Schritte um Kerstins Auto herum und betrachtete die Beifahrerseite. »Au weh, die Tür hab ich ganz schön verbeult. Aber mach dir keine Sorgen, der Peter Sailer wird's schon richten. Er hat meine Karre auch wieder flott bekommen, die ein jeder schon aufgegeben hatte. Komm, setz dich in meinen Wagen, derweil ich deinen in den Hof fahre.«

Fürsorglich legte er seinen Arm um ihre Schultern, was ihre zittrigen Beine sofort noch weicher werden ließ, und führte sie zu seinem betagten Wagen, dessen Marke sie nicht kannte. Bis auf die Stoßstange wirkte er völlig unbeschädigt. Er öffnete ihr die Tür. Vorsichtig ließ sie sich in den Sitz gleiten und beobachtete, wie er sich hinters Steuer ihres Wagens setzte und ihn in den Hof fuhr, wo er ihn an der Seite, ein wenig abseits der Kundenparkplätze, parkte. Langsam zerstreuten sich die Neugierigen wieder.

Beim Einsteigen überreichte Mathias ihr die Schlüssel ihres Wagens. »Bist du ohne Auto aufgeschmissen? Ich könnte dir ein anderes leihen«, erkundigte er sich, nachdem er eingestiegen war, und lenkte nun bedeutend vorsichtiger als zuvor den Wagen auf die Landstraße.

»Für ein paar Tage werde ich schon zurechtkommen«, meinte sie. »Ich kann immer den Wagen meiner Mutter nehmen, wenn ich ihn brauche.«

»Wenn es dir recht ist, fahre ich ihn gleich heute Nachmittag in die Werkstatt«, schlug er vor.

»Gern.«

»Dann brauche ich aber die Schlüssel wieder!«

Sie fummelte die Wagenschlüssel wieder hervor und legte sie in seine ausgestreckte Hand, immer noch viel zu geschockt, um viel zu sprechen. Nicht einmal so sehr wegen des Unfalls, sondern weil es ihr den Atem raubte, neben Mathias zu sitzen, seine Stimme zu hören und seine Hand zu berühren.

»Normalerweise fahre ich nicht so unvorsichtig. Aber diesmal war ich ein wenig … abgelenkt«, unterbrach er die Stille. »Ich war sauer, genaugenommen.«

»Auf wen denn?«

»Ich habe Probleme mit meiner … Freundin«, antwortete er.

Das hatte sie nun von ihrer Neugierde. »Ach ja?«

»Ja.« Stille. »Eigentlich aber eher Ex-Freundin.«

Oh! Schon viel besser.

»Das ist gar nicht so leicht zu erklären«, fuhr er fort. »Eigentlich haben wir längst Schluss gemacht. Bereits vor drei Monaten, um genau zu sein. Aber als ich ihr erzählt habe, dass ich mit einsteige in die Gärtnerei meines Vaters, hat sie doch tatsächlich ihren Job gekündigt, hier angeheuert und ist mir in unser schönes Seewinkel gefolgt.«

»Und jetzt?«, erkundigte sich Kerstin.

»Sie ist hier fremd, und … ach, ich fühle mich irgendwie verpflichtet, ihr zu helfen, obwohl ich das Gefühl habe, sie nutzt das aus. Es fällt mir wohl einfach schwer, einen endgültigen Schlussstrich zu ziehen«, gestand Mathias.

Nun, da kenne ich auch eine, dachte Kerstin schuldbewusst. »Wie lange wart ihr denn zusammen?«, fragte sie laut.

»Anderthalb, eigentlich fast zwei Jahre. Davon waren wir aber mindestens die Hälfte immer wieder getrennt. Irgendwann machte ich ihr klar, dass es keinen Sinn mit uns hat, weil wir einfach nicht zusammenpassen, doch sie hat es bis heute nicht begriffen.«

»So etwas einzusehen ist auch nicht so einfach«, versuchte sich Kerstin in die unbekannte Frau einzufühlen.

»Nein, ist es nicht«, bestätigte Mathias. »Du musst auch nicht meinen, dass ich dauernd meine Freundinnen wechsle. Aber mit Lisa – das ist schon schwierig. Ich dachte, ich spinne, als sie hier aufgekreuzt ist. Dabei hatte ich mit diesem Kapitel meines Lebens eigentlich abgeschlossen – und ich war heilfroh darüber.«

Sie schaute ihn rasch von der Seite an und bemerkte seine zusammengekniffenen Lippen. Er sah es, und seine Gesichtszüge glätteten sich wieder.

»Und du? Wie geht's dir so? Bist du verheiratet? Hast du Kinder? Was machst du so, erzähl!«, forderte er lächelnd.

Sie zuckte die Achseln. Wo sollte sie nur beginnen? Dass sie einen Freund hatte? Eigentlich wollte sie nicht darüber reden.

»Ach, ich bin ein Ochse«, rief er aus. »Bitte entschuldige, dass ich dich zutexte. Dir wird der Schädel noch brummen. Ist dir vielleicht schlecht?«, fiel ihm erschrocken ein. »Wir sind gleich bei Dr. Burger.«

Von ihr aus hätte er sie gerne weiter zutexten dürfen. Es störte sie nicht nur überhaupt nicht, im Gegenteil, sie saugte ein jedes seiner Worte auf wie die Wüste die ersten Wassertropfen nach monatelanger Dürre. Bloß selber reden wollte sie lieber nicht, solange sie sich nicht sicher war, was sie sagen und wie sie es sagen sollte. Aber nun hatten sie Dr. Burgers Praxis, die sich im Erdgeschoss seines Hauses befand, tatsächlich erreicht, und Mathias hielt an.

»Bitte bleib im Auto. Ich schau erst nach, ob er zu Hause ist«, bat er. Er stieg aus und eilte zur Praxistür. Dann sprach er in die Lautsprecheranlage und kam gleich darauf zurück zu ihr. »Er hat heute Notdienst. Glück gehabt.«

Als Kerstin ausstieg, fühlte sie sich immer noch ein wenig benommen, und vielleicht hatte sie sogar ein wenig geschwankt, denn Mathias legte ihr den Arm um die Hüfte, als sei sie eine Schwerkranke, und geleitete sie zur Arztpraxis, was ihr vegetatives Nervensystem noch mehr in Mitleidenschaft zog. Sie kam aber nicht umhin, sich einzugestehen, dass sie es dennoch sehr genoss.

Dr. Burger, ein untersetzter Mann in den Fünfzigern mit ergrautem Haar und einem unzerstörbarem Humor, der sich umgehend auf seine Patienten übertrug, untersuchte sie sorgfältig und verordnete ihr zwei Tage strikte Ruhe. »Es scheint, du hast Glück gehabt. Ich denk, auf die Halskrause können wir verzichten. Aber wenn'st Kopfschmerzen bekommst, rufst mich gleich an«, befahl er, ihr Hausarzt, so lange sie denken konnte, zum Schluss.

»Werde ich machen«, nickte sie.

Als sie und Mathias wieder im Wagen saßen, fragte er: »Möchtest du, dass ich dich gleich nach

Hause fahre, oder fühlst du dich so weit in Ordnung, dass du mit mir auf ein Frühstück ins Café kommst? Ich hab heute Morgen noch nichts gegessen und spür jetzt einen Bärenhunger.«

»Ja, gern!« Nichts hätte ihr lieber sein können.

»Oder vielleicht doch in die Post?«, überlegte er. »Die haben den besten Kaffee, immer noch, wie ich feststellen konnte.«

»Die Post geht auch, wobei ich aber doch festhalten möchte, dass *unser* Kaffee, genauer, unser Frühstück das beste und weit über die Grenzen Bayerns hinaus berühmt ist«, stellte sie mit erhobenem Zeigefinger fest.

Er lachte. »Also zu euch?«

Um Himmels willen!

»Nein, doch lieber in die Post«, ruderte sie zurück.

Sie betraten den im modernen Landhausstil gehaltenen Gasthof, und obwohl es mittlerweile weit nach zehn Uhr war, bekam Mathias noch sein Frühstück. »Für dich doch immer!« Anni, die fast sechzigjährige Bedienung und Mathias' Charme offenbar auch erlegen, machte es möglich. Kerstin bestellte sich lediglich einen schwarzen Tee und suchte nach einem Anknüpfungspunkt für ein harmloses Gespräch.

»Mit Eva bin ich immer noch befreundet«, begann sie diplomatisch, wie sie hoffte, die Eröffnung. »Du erinnerst dich sicher noch an sie?«

Er nickte. »Ja, freilich. Für drei Tage waren die Eva und ich sogar zusammen.«

Und was für Folgen das hatte, wirst du hoffentlich bald erfahren, dachte Kerstin, doch wie sie es Eva versprochen hatte, hielt sie den Mund über deren Geheimnis.

»Aber das ist dir doch sicher noch bekannt«, grinste er sie an. »Eine Zeitlang hatte ich das Gefühl, du verfolgst mich regelrecht.«

Sie spürte, wie eine heiße Welle ihren Hals hinauf kroch. »Ja mei, du warst halt der Schwarm aller weiblichen Wesen«, lächelte sie verlegen.

»Also war ich auch dein Schwarm?«

Sie schlug die Augen zur hölzernen Decke aus Arvenholz. »Das ist aber schon sehr lange her«, bekannte sie dann und wusste einen Moment nicht, wohin sie schauen sollte.

»Ich fühle mich trotzdem geehrt«, lächelte er. »Und ehrlich, es ist schade, dass ich das nicht gemerkt habe, bevor es wieder verflogen war. Aber als ich auf dich aufmerksam geworden bin, hattest du ja nur noch Augen für den Toni.«

Kerstins Herz stolperte. »Der Toni war eine Eintagsfliege«, krächzte sie.

»Und jetzt?«

Sie überlegte fieberhaft, was sie antworten sollte, und faltete währenddessen, ohne es zu merken, die Serviette zu einer Ziehharmonika. »Ich bin noch nicht verheiratet, wenn du das meinst.«

»Und sonstwie gebunden?«, bohrte Mathias weiter.

Sie schüttelte hilflos die Schultern. »Ja, eigentlich schon.«

Sie wusste beim besten Willen nicht, wie sie ihm die Sache mit Nick erklären sollte. Anni rettete sie, indem sie ihren Tee brachte und das Frühstück für Mathias servierte. Einige Minuten lang sprachen sie nichts mehr.

»Hat Eva mittlerweile eine Familie?«, erkundigte sich Mathias nach einiger Zeit.

Kerstin war froh, dass sich das Gespräch nun wieder in ein anderes Fahrwasser bewegte ... obwohl auch dieses Thema seine Tücken hatte. »Nein ... oder vielmehr: doch. Sie hat eine Tochter, aber sie ist nicht verheiratet. Sie wohnt bei uns im Hotel, und sie gehört mittlerweile bei uns quasi mit zur Familie.«

»Oh, allein erziehende Mutter«, sagte er betroffen, »nicht einfach in der heutigen Zeit. Wie gut, dass sie euch hat. Ich weiß ja, dass sie aus schwierigen Familienverhältnissen stammt.«

»Ja, das stimmt. Ihre Mutter ist mittlerweile verstorben.«

»Wer ist der Vater vom Kind?«

»Äh ... keine Ahnung«, log Kerstin. »Sie hat es niemandem gesagt.«

Sie schien es glaubhaft rübergebracht zu haben, denn er nickte nur.

»Was hat sie denn? Einen Bub oder ein Mädchen?«

»Ein Mädchen. Sehr süß. Sie heißt Franziska, aber alle nennen sie Franzi.« Hoffentlich, dachte sie, fragt er nicht als Nächstes, wie alt sie ist, denn eins und eins kann er bestimmt zusammenzählen. Andererseits, fiel ihr ein, vielleicht war das ja sogar ganz gut. Dann war er im Bilde, ohne dass sie ihr Versprechen an Eva brechen musste.

Doch er fragte nichts mehr, denn in diesem Moment öffnete sich die Tür und eine Frau, Ende zwanzig, Anfang dreißig – unmöglich, sie zu schätzen – betrat den Gasthof, blickte sich um, sah in ihre Richtung und stutzte. Dann kam sie auf ihren Tisch zugeschlendert. Sie trug enge Röhrenjeans und darüber eine lange weiße Bluse. Die Schuhe dazu hatten so hohe Absätze, dass Kerstin sich nicht vorstellen konnte, wie man in ihnen laufen konnte. Ihr schulterlanges Haar war wie Seide, die in der Sonne leuchtete, in hellem, fast weißem Blond. Es gab wenige Frauen, die eine solche Farbe derart elegant erscheinen ließ. Ihre Augen waren blau. Schneewittchen-Haut unterstrich ihre Schönheit, die sofort alle Blicke der Anwesenden auf sich zog.

Angesichts einer solchen Attraktivität fühlte Kerstin sich wieder einmal wie das Moppelchen von früher. Sie setzte sich gerade und zog den Bauch ein.

»Das ist aber eine Überraschung«, sagte die Dame zu Mathias. Ihr Blick und ihre Stimme zerstörten auf der Stelle die Illusion von Zerbrechlichkeit. »Ich muss mich geirrt haben, denn ich dachte, wir wären verabredet gewesen.«

Kerstin bemerkte, wie in Mathias' Augen ein betroffener Ausdruck erschien. »Oh, tut mir schrecklich leid, das hab ich in der Aufregung völlig vergessen. Darf ich vorstellen: Kerstin

Pichler. Ich kenne sie von früher. Aber deswegen sitze ich nicht mit ihr zusammen, sondern weil ich heute früh ihr Auto gerammt und sie daraufhin zum Dr. Burger gebracht hab. Zum Glück ist mir ihr alles in Ordnung, aber ich habe sie zum Tee eingeladen, damit sie Zeit hat, den Schock zu überwinden.« Er wandte sich an Kerstin. »Das ist Lisa Arnsberg, die neue Turnlehrerin an der hiesigen Schule.«

Kerstin freute sich, dass er sie nicht als seine Freundin vorgestellt hatte, denn dass sie dies war – oder vielmehr: gewesen war –, schien eindeutig. Sie stellte rasch fest, dass die Freude nur ihrerseits war, denn die wasserblauen Augen der Dame verwandelten sich in unergründliche grüne Tümpel.

»Und ich bin seine Freundin«, säuselte Lisa Arnsberg mit einem Lächeln, das einem Hai alle Ehre gemacht hätte.

Mathias schaute zu der Schönheit hinauf und sagte: »Tut mir leid, dass ich mich nicht bei dir gemeldet habe, aber es war eine ganz schöne Aufregung mit dem Unfall, das verstehst du doch?«

Das tat sie nicht, wie Kerstin ihr sofort ansah. Aber sie ging nicht darauf ein.

»Tja, da bin ich jetzt eben allein hergefahren, um mir das Zimmer anzuschauen. Vielleicht schaffst du es ja noch und gesellst dich später zu uns, du weißt, wie wichtig mir dein Rat ist«, sagte sie und legte Besitz ergreifend die Hand auf seine Schulter. »Bis gleich dann also?«

»Äh, ja, bis gleich.«

»Schönen Tag noch«, sagte sie zu Kerstin. Dann drehte sie sich herum und rauschte zum Tresen, wo sie der Postwirt in Empfang nahm.

»Das, liebe Kerstin, war also meine Freundin oder Ex-Freundin, wer weiß das schon so genau«, seufzte Mathias. »Ich hatte ihr versprochen, mir mit ihr hier ein Zimmer anzuschauen. Die möblierte kleine Wohnung, in der sie momentan wohnt, gefällt ihr nicht, und sie ist auf der Suche nach einer hübscheren Bleibe, bis sie für sich eine andere Wohnung findet. Ich sollte mit ihr zusammen hierherkommen, damit ich ihr bei der Verhandlung über die Miete helfen kann.«

»Von mir aus darfst du dich ruhig verabschieden«, sagte Kerstin höflich, aber insgeheim war sie doch ein wenig enttäuscht.

»Und du wärst mir wirklich nicht böse, wenn ich jetzt mit ihr gehe?«, fragte er, nachdem er sich den Mund abgewischt hatte. Sie schüttelte den Kopf, und er stand auf. »Möchtest du so lange auf mich warten, bis ich mit ihr das Zimmer besichtigt habe, damit ich dich dann nach Hause fahre?«

Kerstin schüttelte den Kopf. »Nein, danke, das musst du nicht. Aber es wäre lieb, wenn du uns irgendwann anrufen könntest. Meine Mutter plant, einen Golfplatz zu bauen, und wollte mit euch bereden, ob ihr uns dafür ein Angebot unterbreiten könntet. Wir haben gehört, dass ihr darin Erfahrung habt.«

»Ich bin sogar auf die Anlage von Golfplätzen spezialisiert«, sagte er nicht ohne Stolz. »Ich denke, heute Nachmittag hätte ich auch Zeit. Ich rufe euch an, dann schauen wir weiter.« Er legte ihr die Hand auf ihre Schulter: »Servus, Kleine. Und pass schön auf, wenn du nach Hause gehst. – Oder willst du nicht doch auf mich warten? Ich hab kein gutes Gefühl, dich jetzt allein zu lassen. Du bist mir noch zu blass um die Nase.«

Kerstin, der der finstere Blick der jungen Frau nicht entgangen war, schüttelte erneut den Kopf. »Ich fühle mich nach dem Tee schon wieder völlig in Ordnung. Geh jetzt, ehe dir deine Bekannte den Kopf abreißt.«

»Daran bin ich doch schon gewöhnt«, erwiderte er mit einem Seufzer. »Also, bis dann.« Mit diesen Worten drehte er sich herum und eilte dem Wirt und seiner Ex-Freundin – was sie hoffentlich war, sinnierte Kerstin – hinterher und sah noch, wie sie den Kopf an seine Schultern lehnte. Das mit dem »Ex« schien das blonde Gift noch nicht eingesehen zu haben.

Sie winkte der Bedienung, doch Anni informierte sie, dass Mathias die Rechnung später begleichen wollte, wenn er wiederkam.

Wieder daheim angekommen, suchte und fand sie ihre Mutter in deren Wohnung, wo sie gerade dabei war, eine ihrer Weihnachtsdecken zu sticken, eine verschrobene Beschäftigung um diese Jahreszeit, aber sie hatte einfach Lust darauf bekommen. Das Sticken überkam sie immer anfallsweise. Kerstin erzählte ihr vom Vormittag und seinen Ereignissen, und nachdem es ihr gelungen war, Katharina auszureden, dass sie jetzt unbedingt strikte Bettruhe benötige, lief sie über den Hof hinüber zum Hotel, wo sie hoffte, auf Eva zu treffen. Sie hatte Glück und berichtete nun zum zweiten Mal von ihrem Zusammenstoß mit Mathias, nur diesmal noch ausführlicher.

»Und du hast ihm wirklich nur erzählt, dass ich eine Tochter habe?«, vergewisserte sich Eva.

»Ja, und zum Glück kam es auch nicht dazu, dass er mich fragen konnte, wie alt Franzi sei«, seufzte Kerstin, in der diese Möglichkeit immer noch zwiespältige Gefühle auslösten. »Denn für so gescheit halte ich ihn, dass er dann angefangen hätte nachzurechnen. – Eva, ich bitte dich, triff dich mit ihm. Ich finde wirklich, dass du ihm das schuldig bist. Und der Franzi auch …«

Doch Eva, die sonst so Sanfte, zeigte nun, dass sie auch stur sein konnte. »Du weißt, ich schätze deinen Rat, Kerstin, und den hast du mir ja nun auch des Öfteren erteilt. Aber das mit Franzi und mir, das ist nun einmal meine Sache. Sie geht dich nichts an«, antwortete sie so aggressiv, dass Kerstin umgehend zurückruderte.

»Du hast ja recht«, gab sie zu. »Entschuldige. Ich werde mich nicht mehr in deine Angelegenheiten mischen.«

»Jetzt sei nicht böse«, sagte Eva und umarmte Kerstin rasch und herzlich, wie es ihre Art war. »Aber das ist einfach ein Thema, das will ich erst mit mir selbst ausmachen. Und du hast ja recht, es kann leicht sein, dass Mathias sich die Sache früher oder später selbst zusammenreimt. Vielleicht rede ich ja wirklich noch mit ihm und schau, was er dazu zu sagen hat. Aber lass mir damit halt noch ein bisschen Zeit.«

Auf einmal stieß sie einen erschrockenen Laut aus und hielt sich an Kerstins Arm fest.

»Was ist denn?«, fragte die Freundin ganz erschrocken.

»Geht schon wieder!«, brachte Eva hervor. Sie war blass geworden. »Mir ist auf einmal so schwindelig geworden.«

Kerstin musterte sie besorgt. »Aus heiterem Himmel?«

»Ja – das ist mir in letzter Zeit schon ein paarmal passiert«, gestand Eva. »Aber es ist immer bloß für einen Moment. Jetzt ist es auch wieder vorbei.«

»Trotzdem, wenn es immer wieder passiert, solltest du zu Dr. Burger gehen«, warnte Kerstin. »Irgendeinen Grund muss das doch haben. Und stell dir vor, was passieren kann, wenn das im falschen Moment geschieht.«

Eva nickte. »Zum Beispiel, wenn ich vor dem Kind zusammenbrechen würde! Die Franzi würde ja einen Schock fürs Leben bekommen. Deswegen habe ich mir auch am Montag einen Termin bei Dr. Burger geben lassen.« Als sie das besorgte Gesicht ihrer Freundin sah, musste sie doch lachen. »Nun schau mich doch nicht an, als müsste ich mit meinem baldigen Lebensende rechnen. Etwas richtig Schlimmes ist es bestimmt nicht!«

»Vielleicht sind es ja die Nerven, die deine Geheimnistuerei nicht mehr aushalten«, spekulierte

Kerstin. »Noch ein Grund, Mathias reinen Wein einzuschenken. Er ruft uns heute übrigens noch wegen dem Golfplatz an, und wenn wir Glück haben, steht er heute Nachmittag bereits auf der Matte.«

Tatsächlich standen Vater und Sohn Leitner um vier vor der Tür, und in Katharinas Wohnzimmer ließen sie sich in deren Pläne einweihen.

»Das werden wir gerne übernehmen«, sagte Ferdinand, der Vater. »Einzelheiten können wir natürlich erst besprechen, wenn wir die Örtlichkeiten kennengelernt haben.«

»Natürlich«, antwortete Katharina. »Mir ging es jetzt vor allem um eure grundsätzliche Zusage. Ich plane den Kauf eines geeigneten Grundstücks, aber das wollte ich nicht ins Blaue hinein machen. Sobald alles in trockenen Tüchern ist, rufe ich euch wieder an, und dann können wir uns mit den Einzelheiten befassen.«

Als die beiden Besucher schon aufgestanden waren und sich verabschiedeten, wandte sich Mathias noch einmal an Kerstin. »Darf ich mich heute Abend mit einem Abendessen bei dir für den Unfall heute Morgen revanchieren?«

»Aber gern«, antwortete sie hocherfreut. Erst als es schon gesagt war, fiel ihr siedendheiß ein, dass sie ja samstags eigentlich mit Nick immer ins Kino ging. Doch dann verwarf sie ihre Skrupel. Sie würde sich halt irgendwie herausreden müssen.

4

Eva hatte eine Entscheidung gefällt: Es war doch besser, sie redete mit Mathias. Erst einmal nur mit ihm, und ob sie Franzi dann auch die Wahrheit sagte, konnte sie danach immer noch entscheiden. Es war keines von Kerstins Argumenten, was sie überzeugt hatte, sondern deren Bemerkung, dass Mathias sich ausrechnen konnte, dass er Franzis Vater war. Dass das Alter ihrer Tochter Mathias früher oder später stutzig werden lassen musste, war etwas, was Eva bis dahin gar nicht bedacht hatte. Diese Bombe wollte sie lieber nicht von alleine – und mit unvorhersehbaren Folgen – platzen lassen, sondern sie selbst entschärfen.

Am Nachmittag legte sie sich auf die Lauer. Da es nun schon sein musste, wollte sie Mathias so unverfänglich wie möglich über den Weg laufen, am besten, wenn er nach der Besprechung mit Katharina aus dem Haus trat. Hineingegangen waren er und sein Vater schon, und sie berechnete für die Unterredung eine Stunde, ließ aber die Tür des Pichler-Hauses auch während dieser Zeit vorsichtshalber nicht aus den Augen. Sie legte Lippenstift auf, kämmte sich die Haare und schnappte sich den Besen, um die Terrasse zu kehren. Wenn die Leitners später aus Katharinas

Haus kamen, würde sie Mathias auf diese Weise wie zufällig über den Weg laufen.

Sie hatte die blitzsaubere Terrasse bereits so gründlich gesäubert, dass Peter, der Kochgeselle, sie anfrotzelte, dass die Gäste immer noch vom Teller und nicht vom Boden speisten. Also machte sie vor dem Haus weiter. Sie war schon bis zum Parkplatz gelangt und ihre Arme bereits völlig erlahmt, als die Leitners endlich Katharinas Haus verließen. Ehe Mathias sein Auto erreicht hatte, ließ sie den Besen fallen und schoss auf ihn zu.

»Servus, Mathias, lange nicht gesehen.« Sie grüßte auch Vater Leitner kurz, dann wandte sie sich wieder an den Sohn. »Die Kerstin hat mir schon erzählt, dass du wieder im Lande bist.«

»Grüaß di, Eva«, antwortete Mathias unbefangen. »Ja, lang ist's her. Ich bin wieder hier, um in das Geschäft meines Vaters einzusteigen.«

»Wie wär's? Hättest du nicht Lust, dich einmal mit mir zu treffen, der alten Zeiten wegen?« Diesen Satz hatte sie lange geübt, und er kam ihr flüssig über die Lippen.

Er stockte nur eine winzige Sekunde, doch es entging ihr trotzdem nicht. »Ja, gern«, sagte er dann. »Wann würde es dir denn passen?«

»Morgen Nachmittag vielleicht? Da hätt ich frei.«

»Fein. Wo magst du hin?«

»Wie wär's mit einem Besuch im Schwimmbad?«, schlug sie vor. »Ich schulde Franzi noch einen. – Franzi ist meine Tochter«, fügte sie atemlos hinzu.

Er nickte nur. »Einverstanden. Vier Uhr am Eingang, wenn's recht ist.«

»Und? Hat's geklappt?«, erkundigte sich Kerstin.

Eva lachte. »Ja. Ich hab ihn für morgen Nachmittag ins Strandbad eingeladen. Ich fand das unverfänglich. Die Umgebung ist aufgelockert, er kann mich nicht anschreien, weil die anderen zuhören könnten, und Franzi würde er bei der Gelegenheit auch kennenlernen. Oh, Kerstin, ich bin ja so aufgeregt!«

»Na und ich erst. Ich treffe mich heute Abend mit ihm zum Abendessen in einem hoffentlich piekfeinen Restaurant ...« Sie stockte. »Du hast doch nichts dagegen?«, fragte sie erschrocken. An Eva hatte sie gar nicht mehr gedacht.

»Du weißt doch, wie ich zu ihm stehe«, antwortete ihre Freundin nachsichtig.

»Sicher ...« Kerstin runzelte die Stirn. »Aber auch jetzt noch, nachdem du ihn nach so langer Zeit wieder gesehen hast?«

»Ich finde, er ist immer noch sehr attraktiv!«, gab Eva zu. »Aber es hat sich nichts geändert in der Zwischenzeit: kein Herzrasen, keine weichen Knie ...« Sie unterbrach sich. »Obwohl, das letzte war gelogen. Aber die weichen Knie waren nur, weil ich ihn ja dazu bringen musste, sich mit mir zu treffen. Ich fürchte, er hat sich gewundert. Hoffentlich zieht er jetzt keine falschen Schlüsse!«

»Das Strandbad war wirklich eine gute Idee«, sagte Kerstin anerkennend. »Falls er falsche

Schlüsse gezogen hat, führt das jedenfalls nicht zu peinlichen Situationen.«

»Und was ist mit dir? Bist du noch immer in ihn verliebt?«, fragte Eva. Ihre Freundin wurde ein bisschen rot, aber sie nickte.

»Genau wie vor zehn Jahren. Ein wenig anders vielleicht«, sinnierte Kerstin, »ich bin ja auch älter geworden. Aber immer noch genauso schrecklich.«

»Dann hast du hiermit meinen Segen, ihn dir zu angeln!« Eva lachte.

»Du vergisst, dass er eine Freundin hat«, erinnerte Kerstin. »Außerdem, was mach ich mit Nick?«

»Keine Ahnung. Ich finde ja, man kann zwei Männer nebeneinander lieben. Leider ist das in der Praxis immer so schwer umzusetzen.«

Eva verzog das Gesicht zu einer Grimasse, mit der sie wohl ihre Verruchtheit zur Schau stellen wollte. Dann musste sie über sich selbst lachen, und Kerstin stimmte mit ein. Eva, wie sie beide wussten, hatte sich in all den Jahren genau zweimal verliebt. Hintereinander. Eine unsolide Liebesbeziehung zu praktizieren, dafür fehlten ihr allein schon die Nerven.

»Hast du heute noch einmal einen dieser Schwindelanfälle gehabt?«, erkundigte sich Kerstin.

Eva schüttelte den Kopf. »Meinst du, das ist schon die Wirkung meiner Entschlüsse?«, fragte sie mit einem Lächeln. »Eigentlich müsste es jetzt doch erst einmal noch viel schlimmer werden.

Ich werde bestimmt kein Auge zutun heute Nacht, so nervös macht mich der Gedanke, dass ich morgen Mathias klarmachen muss, dass er Vater ist.«

Nachdem Kerstin sich verabschiedet hatte, hätte Eva Zeit gehabt, die Wohnung aufzuräumen, wie sie es eigentlich vorgehabt hatte. Doch stattdessen setzte sie sich in ihren bequemen Sessel mit dem Rosenmuster – ein Geschenk Katharinas von einer England-Reise, die sie sich einmal jährlich erlaubte, um ihrer Lust auf Kitsch zu erliegen und sich einem kurzen, jedoch ausgiebigen Kaufrausch zu ergeben – und malte sich die Begegnung mit Mathias in allen Facetten aus. Nun bereute sie fast, dass sie ihn so Hals über Kopf eingeladen hatte. Außerdem – hatte er nicht sofort argwöhnisch geschaut? Vielleicht roch er bereits den Braten? Egal. Er hatte zugesagt, und ihr blieb ohnehin nichts anderes mehr übrig, als in den sauren Apfel zu beißen.

Oder doch nicht? Es hatte mal eine Parole gegeben: Mein Bauch gehört mir! War Franzi nicht allein ihre Angelegenheit? Sie seufzte. So leicht war das alles nicht. Hatte nicht auch ein Vater das Recht als Erzeuger auf sein Kind? Und das Kind? Hatte es nicht das Recht, seinen Vater kennen zu lernen?

Nun also, dem Erzeuger jedenfalls würde sie Rede und Antwort stehen, das zumindest stand fest. Was sich daraus ergab, musste sie auf sich zukommen lassen.

5

Die Zeit bis zum Nachmittag schien Eva endlos, und nur das muntere Plappern Franzis und deren Vorfreude auf das gemeinsame Schwimmen mit ihrer Mutter und Annika, die sie ebenfalls dazu einladen durfte, ließ das Rad in ihrem Kopf dann und wann anhalten. Wie sag ich's meinem Kinde?, damit war in diesem Fall Mathias gemeint, denn Franzi mit der Wahrheit zu konfrontieren schien ihr im Vergleich dazu ein Kinderspiel. Immer wieder formulierte sie in Gedanken, was sie sagen wollte, verwarf es wieder und suchte aufs Neue nach den richtigen Worten. Dass sich der ganze Raum um sie zu drehen schien, wenn sie sich zu hastig bewegte – gestern hatte sie noch geglaubt, die Schwindelanfälle wären überstanden –, machte die Sache auch nicht besser.

Um halb vier hielt sie es nicht mehr aus. Sie ging zum Medizinschrank vom Hotel, nahm sich das Fläschchen mit den Baldriantropfen und gab einige Tropfen auf einen Esslöffel mit Zucker. Vor diesem Gespräch fürchtete sie sich fast so sehr wie damals, als sie ihrer kranken Mutter hatte mitteilen müssen, dass sie schwanger und ein Vater nicht vorhanden, genauer gesagt: verschwunden sei. Ihre Mutter war regelrecht ausgeflippt. Aber Mathias war kein Alkoholiker, jedenfalls nahm Eva das an, und was auch immer er von der Sache halten würde, er würde sich hoffentlich zusammenreißen, wenn um ihn herum viele Menschen waren.

Annika wurde von ihrer Mutter vorbeigebracht, die sich überschwänglich bei Eva bedankte. Sie plante heute eine Sommer-Party und war froh, dass ihre temperamentvolle Tochter eine Weile aus den Füßen war, wie sie sich ausdrückte.

Nun gab es also kein Zurück mehr.

Sie nahmen ihre Schwimmtaschen, Getränke, Obst und Süßigkeiten und machten sich fröhlich – die beiden Mädchen – beziehungsweise schweigsam und nachdenklich – die Mutter – auf den Weg. Eva besaß kein Auto, was in Seewinkel keine Nachteile mit sich brachte, denn alles lag ja überschaubar beieinander.

Am Eingang stand bereits Mathias und schaute ihnen lächelnd entgegen. Im Herankommen dachte Eva, dass es zu verstehen war, warum Kerstin in ihn verliebt war – ein schmucker Bursche war er ja schon. Sonst hätte sie selbst sich ja bei allem jugendlichen Unverstand auch nicht mit ihm eingelassen. Es war für sie das erste Mal gewesen – und danach für lange Zeit auch das letzte. Aber rückblickend fand sie, sie hatte keinen Grund, mit ihrem Schicksal zu hadern, und sie hoffte, auch Mathias vermitteln zu können, dass er sie in ihren Augen nicht »ins Unglück gebracht« hatte.

»Grüaß di, Mathias«, sagte sie. »Das sind meine Tochter Franzi und ihre Freundin Annika.«

Das Schwimmbad war gut besucht; es war wieder sehr heiß geworden, und im Radio war sogar von »einem der heißesten Tage des Jahres« die Rede gewesen. Die Plätze unter den ausladenden Kronen der Bäume, von denen aus man einen wunderbaren Blick auf die Wiesenbuckel unterhalb des Schneibsteins hatte, schienen alle belegt zu sein. Aber das machte nichts, denn Mathias hatte einen riesigen Sonnenschirm bei sich, etwas, woran Eva gar nicht gedacht hatte. Sie fanden dann aber doch einen Platz unter einem der begehrten Bäume, im hintersten Winkel des Bades, weil den Kindern eine Großfamilie auffiel, die gerade ihre Sachen zusammenpackte.

Die Luft war angefüllt mit allen Düften dieser Welt, und vergnügtes Kindergeschrei ließ auch Evas Herz die Süße eines Feriennachmittags verspüren, während sie den Gummiball aufblies, den sie mitgebracht hatte. Wenn doch nur der Stein in ihrem Magen schon verschwunden wäre! Aber gerade im Moment fühlte er sich bedrückender an denn je.

Es dauerte keine fünf Minuten, bis die Mädchen davongestoben waren und sie mit Mathias allein war. Sie setzte die Sonnenbrille auf, die sie normalerweise nie trug, dankbar dafür, dass sie ihr eine Art Versteck bot, und legte sich aufseufzend auf das Handtuch, damit sie nicht ein Schwindelanfall in eine peinliche Situation bringen konnte. Mathias hatte sich keine zehn

Zentimeter neben ihr ebenfalls auf seinem Handtuch niedergelassen.

Sollte sie jetzt gleich etwas sagen? Oder war es besser, noch zu warten? Dann fiel ihr ein, dass sie ja nicht wissen konnte, wie lange die Kinder sie ungestört miteinander sprechen lassen würden. Abrupt setzte sie sich wieder auf und lehnte sich gegen den Baumstamm. »Hast du dich nicht gewundert, dass ich dich so plötzlich zum Baden eingeladen habe?«, fragte sie rundheraus.

»Eigentlich nicht«, entgegnete er mit einem unbefangenen Lächeln. »Ich erinnere mich gern an unsere letzte Begegnung und fand die Idee sehr nett, mich mit dir zu treffen. Gibt es denn einen besonderen Anlass?«

Sie nickte. »Ja ...« Dann wusste sie nicht mehr so recht weiter und sah ihn stumm an. Das deutete er möglicherweise falsch, denn er fragte besorgt: »Warst du mir vielleicht doch böse, als ich gleich nach unserer ersten Nacht die Koffer gepackt habe?«

Sie schüttelte den Kopf. Die feinen Haare klebten ihr auf der Stirn und sie strich sie zurück. Es war brüllend heiß, und ihre innere Erregung trug dazu bei, dass sie sich am liebsten kopfüber ins kühle Nass gestürzt hätte. Doch sie musste diese Sache erst hinter sich bringen. Danach war noch genügend Zeit, sich abzukühlen. Vermutlich war es dann auch dringend nötig.

»Damals machtest du mir auch nicht den Eindruck, dass dich mein Weggehen bedrückt hätte«, fuhr er fort.

»Nein, natürlich. Das war doch ganz in Ordnung, schließlich waren wir kein ... kein Liebespaar.«

»Und wenn ich an Franzi denke – du hast wohl nicht lange gebraucht, jemand anderen zu finden, schätze ich«, sagte er und blickte sie neugierig an.

Sie spürte, wie ihr die Röte heiß ins Gesicht schoss. Jetzt musste sie heraus mit der Sprache!

»Doch, ich habe sogar sehr lange gezögert, bis ich mich auf eine Beziehung einlassen konnte«, sagte sie und blickte ihn offen an. »Das war auch schwierig, weil ich ja ein kleines Mädchen mitbrachte. Und das verkraften manche Männer nicht.«

Sie konnte zuschauen, wie das Räderwerk in seinem Kopf zu arbeiten begann. Abrupt setzte nun auch er sich auf. »Willst du mir damit andeuten, dass ich ... dass wir ... dass unsere Nacht nicht ohne Folgen geblieben ist?«

Trotz der Sonnenbrille senkte sich ihr Blick. »Du warst bereits drei Monate fort, als ich merkte, dass ich schwanger war.«

»Mei, Eva ...« Er schüttelte den Kopf und setzte mehrmals an, bevor er aufgab und sich auf ein »Mir fehlen die Worte« beschränkte.

Nun, da das Wichtigste gesagt war, wusste auch Eva nicht mehr weiter. Mit einem Seufzer faltete sie die Hände auf dem Schoß und heftete ihren Blick auf die sonnenverbrannte Wiese. Sie fühlte sich plötzlich nicht nur hundemüde, sondern körperlich so erschöpft, als hätte sie allein das Hotel vom Keller bis zum Dach geputzt.

Eine ganze Weile saßen sie so schweigend nebeneinander. Dann legte Mathias auf einmal seine eine Hand auf ihre Schulter, mit der anderen nahm er ihr die Sonnenbrille ab.

»Du unmögliche Person«, sagte er mit rauer Stimme. »Du ziehst also ein kleines Mädchen auf, ohne mich oder meine Eltern zu unterrichten? Hast du mich für einen so unreifen, verantwortungslosen Bengel gehalten? Klar, wir waren jung, aber du hättest doch wissen müssen, dass ich mich der Situation gestellt hätte ... Ich hatte wirklich keine Ahnung! Und meine Eltern natürlich erst recht nicht. Die hätten mich auch schön zurückgepfiffen. Ich dachte ... du hast doch gesagt, du hättest die Pille genommen.«

»Ich habe gelogen«, gestand sie schlicht. »Es war also alles meine Schuld.«

»Nein!« Mathias schüttelte heftig den Kopf. »So einfach ist das nicht. Ich habe es ausgenutzt, dass du jung und ohne familiären Halt warst, für ein schnelles, unverbindliches Abenteuer.«

»Genau das wollte ich doch auch«, begehrte sie auf. »Ein unverbindliches Abenteuer! Ich hatte nicht vor, dir damit eine Verpflichtung aufzuladen. Dass deine Eltern von dir verlangen würden, mich zu heiraten, und du dann alle deine Zukunftspläne begraben müsstest, das konnte ich mir doch selber denken. Deshalb habe ich ja auch nichts gesagt. Du hättest mich dann vielleicht ja geheiratet, aber doch immer gedacht, ich hätte dich wegen der Pille nur angelogen, um dich einzufangen ...«

Eva schlug die Hand vor den Mund und spürte mit Entsetzen, dass sie die Tränen nicht zurückhalten konnte. Sie begann zu weinen – zum ersten Mal seit wer weiß wie vielen Jahren. Hätte Mathias sich ereifert oder sie angeschrien, das hätte sie mit Fassung überstanden, doch sein Mitgefühl war zu viel für sie. Auch als Mathias den Arm um ihre Schultern legte, konnte sie die Tränenflut nicht stoppen.

»Bist du Mamas Freund?«, vernahm sie da die Stimme ihrer Tochter. Erschrocken wischte sie sich mit dem Handtuch übers Gesicht.

»Ja, ich bin ein Freund deiner Mutter«, antwortete Mathias an ihrer Stelle. »Wir haben uns lange nicht gesehen, und da musste sie vor Freude darüber weinen.«

Eva warf ihm einen dankbaren Blick zu.

»Und wie ich mich gefreut habe, ihn wieder zu sehen«, sagte sie, unter Tränen lachend. Wie nett er war! »Und … und wir haben uns noch so viel zu erzählen.« Sie fischte ein Papiertaschentuch aus ihrer Sporttasche und putzte sich die Nase.

»Ich muss aber nie weinen, wenn ich mich freue«, stellte Franzi kritisch fest, kniete sich nieder und streichelte ihre Mutter, wie die es bei ihr tat, wenn sie sich wehgetan hatte oder traurig war.

»Das tun auch nur Erwachsene«, mischte sich Mathias rasch ein.

»Wie ist das Wasser? Habt ihr Spaß miteinander?«, fragte Eva, um das Mädchen abzulenken.

»Ja!«, versicherte das Kind strahlend. »Ich bin auch nur gekommen, um dich zu fragen, ob wir uns ein Eis kaufen dürfen.«

Nichts konnte Eva im Moment lieber sein! Hastig holte sie die Geldbörse aus ihrer Tasche und entnahm ihr ein paar Münzen.

»Geht's wieder?«, erkundigte sich Mathias, während die beiden Mädchen – auch Annika war hinzugekommen – im Galopp zum Kiosk liefen.

Eva nickte.

»Dieses süße Mädchen ist also meine Tochter?«, fragte Mathias geradezu ehrfürchtig. »Ich kann es immer noch gar nicht fassen. Wie konntest du sie mir nur so lange unterschlagen?«

Sie verkrampfte die Hände ineinander. »Wie soll ich es dir erklären? Ich fühlte mich schuldig. Du hattest so nette Eltern …«

»Na, na, sie konnten schon damals sehr schwierig sein«, widersprach Mathias mit erhobenen Händen. »Es war nicht nur Abenteuerlust, die mich fortgetrieben hat. Du entsinnst dich vielleicht noch, dass ich wegen eines Streits mit meinem Vater das Weite gesucht habe.«

Und ob Eva sich noch daran erinnerte!

»Dein Vater war ziemlich jähzornig, ich weiß.«

»Und meine Mutter war auch kein Engel. Sie konnte ein rechter Besen sein.« Mathias grinste. »Das verstehe ich heute besser als damals. Sie fühlte sich halt oft überfordert mit der Arbeit im Geschäft und uns drei Kindern.«

»Davon, dass sie ein Besen war, habe ich damals aber nichts gemerkt«, versicherte Eva. »Im

Gegenteil: Um deine Mutter habe ich dich immer beneidet. Meine war ja immer entweder betrunken oder in irgendeiner Klinik. Und einen jähzornigen Vater hätte ich lieber gehabt als gar keinen …«

»Aber deiner Tochter hast du es trotzdem zugemutet, dass sie auch keinen Vater hat.« Mathias schüttelte verwundert den Kopf. »Umso weniger versteh ich dich!«

»Das ist etwas ganz anderes«, behauptete sie. »Wenn von vornherein kein Vater da ist, meine ich, das ist anders, als wenn man einen Vater hat, der einen eines Tages einfach so im Stich lässt. Wie hätte ich riskieren können, dass es mir mit dir genauso geht? Immerhin wären deine Träume durch mich zerstört worden. Mein Vater hat bestimmt auch einmal Träume gehabt.«

»Ja, aber deine Träume waren doch auch zu Ende«, wandte Mathias ein. »Und ohne mich lag alles allein auf deinen Schultern, das muss doch furchtbar für dich gewesen sein.«

»Ja, es war nicht leicht«, gab Eva zu. »Aber die Pichlers haben mir wirklich viel geholfen. Ganz allein war ich also nicht. Und die Franzi war immer ein besonders liebes Kind, das hat es bestimmt einfacher gemacht …« Sie brach ab, weil die beiden Mädchen herbeistürmten, nahm von ihnen das Restgeld in Empfang und war froh, als die beiden wieder zum Becken liefen.

»Es ist seltsam«, sagte Mathias. »Jetzt, wo ich's weiß, sehe ich erst die Ähnlichkeit mit meiner kleinen Schwester.«

»Richtig. Wohin hat's denn eigentlich die Resi verschlagen?«, fragte Eva.

»Verheiratet in Mittenwald, drei Kinder, Ehe glücklich«, lachte er. »Sie, also die Franzi, ist ihr wie aus dem Gesicht geschnitten.«

»Sie hat aber auch Ähnlichkeit mit dir«, musste nun auch Eva lächelnd eingestehen. »Das ist mir bislang gar nicht aufgefallen. Aber ich habe euch natürlich noch nie nebeneinander gesehen.«

Sie schwiegen einen Moment. »Ich werde natürlich die Vaterschaft anerkennen«, sagte Mathias dann. »Und dir monatlichen Unterhalt zahlen. Spät genug, aber wenigstens weiß ich es jetzt.«

»Es geht mir doch gar nicht ums Geld«, beteuerte Eva. »Aber die Franzi hat in letzter Zeit angefangen, mich nach ihrem Vater zu fragen. Es vergeht kaum ein Tag, ohne dass sie das Thema anschneidet. Ich kann es ihr wohl nicht auf Dauer verheimlichen.«

»Von mir aus kein Problem, wenn du es ihr sagst«, versicherte er. »Fürchtest du, ich könnte sie verleugnen oder mich gar schämen? Überhaupt nicht! Es wundert mich angesichts der Familienähnlichkeit ohnehin, dass mich nicht schon das halbe Dorf der Vaterschaft verdächtigt hat.«

Dieser selbstbewusste, in sich ruhende Mann hatte keine Probleme mit einer plötzlichen Vaterschaft, da war sich Eva jetzt ganz sicher.

»Aber was würde deine Freundin dazu sagen?«, gab sie noch zu bedenken.

»Ex-Freundin«, korrigierte er. »Oder so ähnlich jedenfalls. Die Sache mit ihr ist kompliziert, und sie wird leider jeden Tag komplizierter ... Kerstin hat dir also von ihr erzählt?«

Eva nickte wortlos und ein bisschen verlegen.

»Ja, Lisa ist wirklich ein Problem«, gab er zu. »Ich ... hätte keinerlei Hemmungen, ihr von meiner plötzlichen Vaterschaft zu erzählen, wenn da nicht etwas anderes hinzugekommen wäre.« Er schwieg erneut und schüttelte dann lächelnd den Kopf. »Da lebt man sorglos in den Tag hinein und peng – plötzlich ist man Vater einer Zehnjährigen und werdender Vater noch dazu.«

»Heißt das, Lisa ist von dir schwanger?«, fragte Eva überrascht.

Mathias nickte. »Gestern Abend hat sie es mir erzählt. Ich habe wirklich kein Glück mit Frauen, die behaupten, sie nähmen die Pille! Und außerdem ... außerdem haben wir schon seit drei Monaten nicht mehr miteinander geschlafen. Sie ... sie sagt, es müsse kurz vor unserer Trennung geschehen sein, sie habe es selbst erst nicht glauben wollen, aber ihr Arzt sage, sie sei im vierten Monat.«

Er schüttelte erneut den Kopf.

»Aber das macht die Sache wirklich ein bisschen heikel«, überlegte er laut. »Würde es dir denn etwas ausmachen, wenn wir die Tatsache, dass ich auch Franzis Vater bin, für uns behalten, bis Lisa die Geburt hinter sich hat? Ich möchte nicht, dass sie sich in ihrem Zustand noch mehr aufregt, als sie es ohnehin schon dauernd tut.« Er lachte auf. »Bis gestern habe ich noch gedacht, ihre sogar für ihre Verhältnisse extreme

Launenhaftigkeit kommt davon, dass ich mich von ihr getrennt habe.«

Eva nahm seine Hand. »Franzi ist zehn Jahre lang ohne Vater ausgekommen, da wird sie es auch noch ein paar Monate länger schaffen«, versicherte sie.

»Oh, das heißt aber nicht, dass ich nicht für sie aufkommen will«, fiel Mathias ihr ins Wort. »Ich ... du solltest nur noch warten, bis du es anderen, vor allem Franzi, erzählst«, bat er.

Eva nickte. »Was wirst du nun machen wegen deiner schwangeren Ex-Freundin?«, erkundigte sie sich.

»Ich habe nicht die leiseste Ahnung«, gestand er rundheraus. »Wenn es nach ihr ginge, würde sie sich lieber heute als morgen von mir zum Traualtar führen lassen. Und ich wäre ja auch bereit, sie zu heiraten, wenn ich mir nur vorstellen könnte, dass das gutgehen kann. Aber meine Erfahrungen sprechen dagegen ...« Seine Stimme verklang und an seiner verdüsterten Miene konnte Eva ablesen, dass unschöne Erinnerungen durch seinen Kopf gingen.

»Wir sind schon länger kein richtiges Paar mehr«, versuchte Mathias zu erklären. »Aber sie ist sehr ... labil. Und das ist wörtlich zu verstehen. Sie hat mir mit Selbstmord gedroht, als ich sagte, dass ich zurück zum Geschäft meiner Eltern gehen werde und dass es aus sei zwischen uns. Dann steht sie hier auf einmal vor der Tür und verkündet, sie werde hier an der Schule Sportlehrerin ... Sie weigert sich, die Trennung von mir zu akzeptieren, und sie tut so, als wäre sie einfach nicht geschehen. Und ich stehe da wie ein Idiot, wenn sie vor anderen so tut, als seien wir ein Liebespaar. Du ahnst nicht, in was für peinliche Situationen sie mich damit schon gebracht hat!«

Kerstin hatte Eva die Begegnung zwar geschildert, aber das klang noch schlimmer, als sie sich die Sache vorgestellt hatte.

»Sie hat dermaßen viele Probleme mit sich selbst – ich kann ihr da beim besten Willen nicht weiterhelfen«, fuhr Mathias fort. »Meiner Meinung nach benötigt sie dringend professionelle Hilfe. Die ganzen zwei Jahre, die wir zusammen waren, bestand mein Leben nur aus Wechselbädern: Heute waren wir ein Paar, morgen konnte sie mich nicht ausstehen. Heute war ich der schärfste Mann, den sie kannte, morgen war ich eiskalt und gefühllos. Ich schlug ihr eine gemeinsame Bekannte vor, die als Therapeutin arbeitet. Sie ging genau einmal zu ihr hin. Die Therapeutin, behauptete sie danach, wolle sie in eine geschlossene Anstalt einweisen, sie hätte gar keine Ahnung von Menschen und damit ihren Beruf verfehlt. Die Therapeutin hingegen bat mich eindringlich, auf Lisa einzuwirken, einer Behandlung zuzustimmen, denn sie benötige tatsächlich dringend Hilfe. Aber was soll ich machen? Ich kann sie doch nicht zwingen ... Weißt du, ich möchte dieses Kapitel eigentlich nur noch abschließen und dann endlich wieder offen für eine neue Partnerschaft sein.«

Eva hatte die ganze Zeit wortlos zugehört.

»Das klingt tatsächlich nicht so, als würde sie eine weitere Vaterschaft von dir mit Begeisterung aufnehmen«, warf sie ein. »Ich verspreche dir, ich halte den Mund. Aber sag mal ... muss man sich da nicht auch um Lisas Kind Sorgen machen?«

Er wandte ihr den Kopf zu und blickte ihr in die Augen. »Darüber mache ich mir erst Gedanken, wenn das Kind da ist«, sagte er mit einem tiefen Seufzer. »Im Moment komme ich ja bei den Kapriolen der Mutter kaum hinterher. Aber du hast recht. Dass sie einer solchen Verantwortung gewachsen ist, kann ich mir beim besten Willen nicht vorstellen. Ich habe noch keine Ahnung, was ich daraus machen werde, aber ich hoffe, mir fällt dazu auch noch etwas ein. Dein und mein Kind, liebe Eva, geht meine Ex-Freundin jedenfalls absolut nichts an, und ich nehme nicht auf sie, sondern nur auf ihr ungeborenes Kind Rücksicht, wenn ich dich um diesen Aufschub bitte. Aber weißt du, was? Ich würde meine Tochter trotzdem schon jetzt gerne näher kennenlernen – vorausgesetzt natürlich, dass du einverstanden bist.«

»Oh, Mathias, du ahnst gar nicht, wie ich mich darüber freue!«

Sie fiel ihm um den Hals, just als Franzi mit Annika im Schlepptau wieder auftauchte.

»Also ist er doch dein Liebhaber und nicht dein Freund«, sagte Franzi mit einem kritischen Blick auf den Anblick, der sich ihr bot, und so laut, dass die Jugendlichen unterm Nachbarbaum neugierig die Köpfe in ihre Richtung wandten.

»Mathias ist nicht mein Liebhaber, Schätzchen«, verbesserte sie Eva und rückte verlegen wieder von ihm ab.

»Nein, das bin ich nicht. Ganz ehrlich! Aber dass wir gut befreundet sind, das stimmt«, schmunzelte Mathias.

»Aber von mir aus dürftet ihr's ruhig sein«, sagte Franzi großzügig. Dann liefen die beiden Mädchen kichernd wieder davon.

»Darauf kann ich dir leider keine Hoffnungen machen, liebe Eva«, schmunzelte Mathias. »Ich hab mich nämlich gerade erst neu verliebt – dir als ihrer Freundin darf ich's ja bestimmt verraten.«

»Du meinst die Kerstin, oder nicht?«, vergewisserte sich Eva vorsichtshalber, obwohl er ja kaum von jemand anders gesprochen haben konnte.

»Du ahnst es schon, dass das meine Probleme nicht kleiner macht!«, seufzte er.

»Nick«, sagte Eva. »Kerstin ist mit ihm verlobt.«

»Ja, leider. Aber … ich weiß ja auch gar nicht, ob sie überhaupt bemerkt hat, dass es mich mit Haut und Haaren erwischt hat. Bisher hab ich sie ja lediglich mit dem Auto über den Haufen gefahren und sie dann als Wiedergutmachung zum Essen eingeladen. Das Restaurant gestern Abend, das war aber wohl eine Spur zu vornehm. Es war alles so förmlich … da konnte man sich beim besten Willen nicht näherkommen. Ich hätte ein anderes nehmen sollen. Dann habe ich sie daheim abgeliefert, und wir trafen auf ihre Mutter. Da war die Gelegenheit schon wieder vorüber, dass man sich ein bisschen privater hätte unterhalten können.«

»Aber geh! Katharina gehört doch nicht zu den Frauen, die so taktlos sind, dass sie nicht bemerken, wenn sie als Mutter unerwünscht sind«, verteidigte Eva die Mutter ihrer Freundin.

»Nein, natürlich nicht. Aber irgendwie … fehlte mir nach dieser Begegnung der Mumm, und Kerstin kam auch nicht auf die Idee, mich von alleine hinauf in ihre Wohnung zu bitten.«

Eva verbiss sich ein Schmunzeln. Von Kerstin hatte sie dieselbe Geschichte schon aus deren Blickwinkel gehört. Sie hatte ihr wiederum vorgejammert, dass sie sich einfach nicht getraut hätte, ihn in ihre Wohnung zu bitten, denn »… was soll er dann eigentlich von mir denken?«.

»Nun, ihr habt ja noch alle Zeit der Welt«, sagte sie diplomatisch. Wenn bei allen beiden der Funke übergesprungen war, würden sie früher oder später schon noch zusammenfinden, egal wie ungeschickt sie sich anstellten. »Wenn Kerstins Mutter wirklich einen Golfplatz anlegt, werden sich ja noch viele Gelegenheiten ergeben.«

Als Mathias und Eva sich schließlich voneinander verabschiedeten – sie hatten erst kurz vor der Schließung zusammengepackt –, hatte Mathias alles erfahren, was Eva mit Franzi in den letzten zehn Jahren erlebt hatte.

»Ich würde unheimlich gerne ein Foto von Franzi haben«, gestand Mathias. »Kannst du mir eines geben? Du kannst mich jederzeit anrufen, meine Handy-Nummer hast du ja jetzt.«

»Komm doch einfach geschwind mit zu mir«, schlug Eva vor. »Dann kannst du dir aus dem Fotoalbum eines heraussuchen.«

Er warf einen Blick auf seine Uhr und zögerte. »Ich hatte Lisa versprochen, ihre Habseligkeiten hinauf in den Gasthof zu tragen, aber das ist bestimmt rasch erledigt. Sie wohnt möbliert, und ich denke, so viele Klamotten kann sie gar nicht besitzen, dass man dafür lange braucht.«

»Unterschätze nie die Zahl der Kleider einer Frau!«, warnte Eva lachend. »Aber dann komm doch einfach hinterher. Unter der Woche ginge es bei mir nächste Woche immer erst spätabends, denn die nächste Woche hab ich Spätdienst. Magst du dann nachher vielleicht zum Abendbrot bleiben?«

Er versprach, in einer Stunde dazusein.

Eine Stunde später klopfte Mathias pünktlich, aber leicht angeschlagen an Evas Tür.

»Lisa ist wirklich schwierig. Sie wollte mich partout nicht gehen lassen«, stöhnte er.

»Wer ist Lisa?«, erkundigte sich Franzi. »Deine Liebhaberin?«

Eva blickte sie ganz entsetzt an. »Was hast du nur immer mit deinen Liebhabern? Wie kommst du überhaupt darauf!«

»Der Kevin hat gesagt, seine Mutter hätte einen Liebhaber, und sein Vater sei sauer darüber, dabei hätte der auch einen Liebhaber.«

»Eine Liebhaberin, meinst du«, verbesserte Eva sie automatisch.

»Ja, sag ich doch.«

»Eigentlich sagt man bei einer Frau aber nicht ›Liebhaberin‹, sondern ›Geliebte‹«, schob ihre Mutter noch nach.

»Nein, Lisa ist nicht meine Geliebte«, klärte Mathias auf. »Aber wir waren früher einmal miteinander … befreundet.«

»Das bist du auch mit Mami!« Franzi versuchte, die neue Information einzuordnen. »Aber du bist nicht ihr Liebhaber.«

»Nein, ich bin nicht ihr Liebhaber«, schmunzelte er. »Wir sind nur befreundet, so wie du mit Annika.«

»Aber wenn ich mit dem Max spiele, behauptet Annika immer, ich sei in ihn verliebt!«

»Und bist du das?«

»Nein!«, versicherte Franzi ganz empört.

»Siehst du? So geht es deiner Mama und mir auch.«

Das Mädchen ging einen Moment mit sich zu Rate. »Willst du meine Mami heiraten?«, fragte sie Mathias dann zum Entsetzen ihrer Mutter.

»Aber nein!«, rief sie aus. »Ganz bestimmt nicht. Wie kommst du denn darauf?«

»Weil dich noch nie ein Mann hier besucht hat und du auch niemanden geheiratet hast«, gab Franzi ihre Überlegungen preis. »Aber du kannst ihn ja auch gar nicht heiraten. Wenn er nicht dein Liebhaber ist, dann geht das ja gar nicht, denn man muss sich lieben, wenn man heiratet.«

Befreit lachten die beiden Erwachsenen auf.

»Du hast es erfasst, Schatz«, lobte Eva ihre Tochter.

Nachdem Mathias sich – drei alte und ein noch ganz neues Foto von Franzi in der Hand – verabschiedet hatte, überkam Eva ein Anflug von Melancholie. Sie hatten einen schönen Abend miteinander verbracht, mit Sekt und Traubensaft auf zukünftige gegenseitige Besuche angestoßen, durcheinandergesprochen und gelacht. Eine Weile waren sie wie eine kleine intakte Familie gewesen. Wie nett ihre Tochter sich mit Mathias unterhalten hatte, und wie gut er es verstand, mit der neuen Situation umzugehen! War es vielleicht doch ein Fehler gewesen, dass sie sich und dem Kind dies nicht schon viel früher verschafft hatte?

Doch sie wollte nicht der Vergangenheit nachhängen, sondern lieber nach vorn schauen, und diese Aussicht war rundum erfreulich: Auch wenn Franzi vorläufig nicht erfahren würde, dass Mathias eigentlich viel mehr war als ein Freund der Familie, er hatte sich praktisch aus dem Stand in die Rolle des Vaters hineingefunden. Wenn sie irgendwelche Sorgen um das Kind hatte, würde er da sein, und auch finanziell würde er sie künftig unterstützen. Selbst wenn es nicht unbedingt nötig war, es war doch beruhigend.

6

Wieder war der Samstagabend angebrochen, und noch immer hielt die Hitzewelle an. Langsam wurde es Katharina zu viel. Sobald das Thermometer die achtundzwanzig Grad überstieg, reichte es ihr, vor allem, wenn die Hitze länger als eine Woche anhielt. Zum Glück blies abends in der Regel ein leichter Wind vom See herüber, sodass man sich wieder regenerieren konnte.

Zärtlich blickte sie in die Runde ihrer Lieben. Endlich waren heute wieder einmal alle beisammen, nachdem Eva und Franzi die ganze Woche lang am Abend gefehlt hatten. Franzi war zum Abendessen immer bei Mathias und seinen Eltern gewesen, solange ihre Mutter Spätdienst hatte. Offiziell wusste sie noch gar nicht, warum, aber Kerstin hatte sich ihr und auch Britta anvertraut – strikt unter dem Siegel der Verschwiegenheit natürlich. Ich kann nicht weiter den Mund halten, auch wenn ich's der Eva versprochen hab', hatte sie gemeint, als sie ihnen die Wahrheit über Franzis Vater erzählte.

Katharina hatte da freilich längst eins und eins zusammengezählt. Mathias war ganz eindeutig der Vater von Franzi. Vielleicht ahnten auch die Eltern von Mathias, dass ihnen ein weiteres Enkelkind geschenkt würde, denn die Ähnlichkeit mit der Familie Leitner – die sie zuvor nie bemerkt hatte – wurde offensichtlich, wenn man sie mit dem Kind zusammen sah. Selbst Mathias' Mutter, nicht gerade für ihre Sanftmütigkeit bekannt, wäre mit Sicherheit über dieses Enkelkind glücklich – in der letzten Zeit war sie ohnehin sichtlich milder gestimmt als früher, seit sie eine Krebsoperation glücklich überstanden hatte. Da sie nicht mehr so leistungsfähig wie früher war, hatte Mathias dafür gesorgt, dass sie eine Haushälterin bekam – wie Erni natürlich gleich herumposaunt hatte.

Was auch immer die Leitners sich für einen Reim auf die Sache machen mochten, jedenfalls hatten sie Eva und Franzi herzlich in ihre Mitte aufgenommen, seit Mathias angefangen hatte, sie zu sich einzuladen. Eva wirkte zum ersten Mal, seit Katharina sie kannte, rundum glücklich, und die sonst so scheue Franzi, die selten Kontakt mit anderen Menschen aufnahm, schien bei den Leitners ein ganz anderer Mensch zu werden. Sie hatte sogar einen etwas größeren Appetit entwickelt und schwärmte Katharina vor, wie gut die Haushälterin von den Leitners kochen konnte. Das versetzte ihr einen kleinen Stich, aber sie besaß so viel Größe, sich über ihre Entthronung als beste Köchin der Welt nicht zu grämen, sondern sich uneingeschränkt zu freuen, dass es ihrem kleinen Schatz so gut ging.

Katharina ahnte, dass sie jeden dieser rar gewordenen gemeinsamen Abende genießen musste, denn ein Gefühl sagte ihr, dass weitere Überraschungen in der Luft lagen, und in dieser Hinsicht hatte ihr Gefühl sie noch nie getrogen. Dabei waren jetzt bereits so viele neue Ereignisse in kürzester Zeit über sie hereingebrochen! Aber es war noch mehr im Busch, da war sie ganz sicher.

Ihre Tochter Kerstin war quirlig, als stünde sie unter Strom, lachte viel und heftig und sprach gern einmal dem Wein zu – ungewöhnlich bei ihr, die sich sonst nicht viel aus Alkohol machte. Was sie schon geahnt hatte, als Kerstin ihr am Frühstückstisch von Mathias erzählt hatte, war eingetroffen: Sie hatte sich in den Schwarm ihrer Schulmädchenzeit aufs Neue verliebt und saß nun zwischen sämtlichen Stühlen.

Ironischerweise bemühte sich Nick, der mit Sicherheit nicht so feinfühlig war, dass er so rasch eine Veränderung bei seiner Verlobten feststellte, ausgerechnet jetzt ganz besonders um sie und kam oft zum gemeinsamen Abendessen herüber, was früher eher selten vorgekommen war. Ahnte er unbewusst etwas von den abwegigen Gedanken Kerstins, oder hatte die Dorfpost funktioniert, und er wusste Bescheid? Oder hatte er vielleicht nur einmal sein übergroßes Ich zurückgestellt und entschieden, sich mehr um seine Verlobte kümmern zu müssen? Wunder geschahen doch immer wieder.

Ihr Blick fiel auf Britta. Die leuchtete wie eine Kristallkugel, in der sich das Sonnenlicht reflektierte. Die Schwangerschaft bekam ihr glänzend, die ersten drei Monate hatte sie, wie sie erzählt hatte, mit nur geringen Übelkeitsattacken überstanden. Sie lächelte oft versonnen vor sich hin. Das Thema Umzug war seit jenem Abend vor zehn Tagen nicht mehr erwähnt worden, doch Katharina hatte inzwischen einen Plan ausgeheckt, den sie heute Abend noch mit ihrer älteren Tochter und deren Mann besprechen wollte.

Aus diplomatischen Gründen würde sie sich Sascha zuerst vorknöpfen. Allein! Was Nick an Ego zu viel hatte, fehlte bei ihrem Schwiegersohn. Ihm musste man immer lobend über den Kopf streichen, wie Britta sehr schnell erkannt hatte, und ihn immer ein wenig anstupsen, damit er seinen trägen Allerwertesten in Bewegung setzte. Dumm, dass er ausgerechnet in der Wohnungssache ungewohnt aktiv geworden war. Katharina hoffte, ihn zum ersten Gespräch allein zu fassen zu bekommen, das würde seine Männlichkeit stärken. Aber dazu musste Britta verschwinden, und wie sollte sie sie ohne Grund von Sascha weglotsen? Nun, vielleicht fiel ihr noch etwas ein, der Abend war ja noch jung.

Eva war ebenfalls richtiggehend aufgeblüht, seit sie sich so oft mit Mathias traf. Und Franzi kannte nur noch ein Gesprächsthema – ihren neuen Freund, Mathias, den Superhelden. Alle freuten sich mit den beiden, und Katharina konnte jetzt nur hoffen, dass sich auch für Kerstin die Dinge in die richtige Richtung entwickelten.

Gesprächsthema war soeben, dass Alois Kofler endgültig seinen alten Mähdrescher verscherbelt hätte und somit nichts mehr an den alten Bauernhof von früher erinnerte. Nick hatte von seinem Chef erfahren, dass der Loisl für seine Wiesen einen Versteigerungstermin anberaumt hätte. Dieser sollte schon Mitte der Woche stattfinden, genau wusste er den Termin jedoch nicht.

»Dann sollte ich ihn noch an diesem Wochenende aufsuchen«, sinnierte Katharina. »Wer zuerst kommt, mahlt zuerst.«

»Ich würde mir da nicht allzu große Hoffnungen machen, Mama«, wandte Britta ein. »Wie ich den Alois kenne, ist der viel zu stolz, als dass er die Wiesen an dich verkauft.«

»Wieso denn nicht?«, fragte Katharina bestürzt. »Wir haben doch ein sehr gutes Verhältnis zueinander. Jedenfalls ich zu ihm«, schränkte sie ein, »aber immerhin.«

»Ach, Mama, dass du das immer noch nicht geschnackelt hast«, stöhnte Britta. »Der Gute ist doch in dich verliebt wie am ersten Tag.«

»Ja und? Ein Plus mehr für mich als gute Nachbarin.«

»Mama!«, rief Britta. »Der Mann hat auch seinen Stolz! Er wird dir nie und nimmer sein Anwesen verkaufen, dazu schämt er sich viel zu sehr.«

In den Augen ihrer Mutter ergab das gar keinen Sinn. »So ein Unsinn! Wieso sollte er sich denn vor mir schämen?«

»Na, weil du und Papa es zu was gebracht habt, während er immer nur herumgekrebst hat und jetzt pleite ist. Darum. So etwas gibt man doch nicht gern zu vor seinem Schwarm.«

»Vielleicht nicht«, räumte Katharina ein, »aber dass die Koflers nicht im Geld schwimmen, das weiß doch jedes Kind. Sie haben immer alles recht gemacht, sie können schließlich nichts dafür, dass man heute für seine Milch keinen fairen Lohn mehr bekommt.«

»Ja, aber der Kofler weiß doch nicht, dass alle wissen, wie schlecht es ihnen wirklich ergangen ist.«

»Geh, so weltfremd, wie du ihn darstellst, ist er dann auch wieder nicht.«

»Wart's ab«, unkte Britta.

»Ich werde mich morgen einmal auf den Weg zu ihm machen. Dann werden wir schon sehen.«

Damit war das Thema beendet, und sie widmeten sich genüsslich ihrer Kalbsleber. Nur Sascha erhielt stattdessen Fisch. Ihm drehte sich allein beim Anblick und erst recht beim Geruch von Leber der Magen um. Und Franzi aß ihren obligatorischen Pfannkuchen, den es für sie immer anstelle der Leber gab, diesmal als Nachtisch und schluckte zum ersten Mal widerstandslos die Leber mit den köstlichen Apfel- und Zwiebelringen.

»Die Frau Leitner hat gesagt, dass Leber gesund ist«, erklärte sie mit vollem Mund, und Katharina seufzte. Wie oft hatte sie selbst das der Kleinen schon gepredigt? Nun ja, sollte sie ihre

Frau Leitner lieben. Lieben konnte man ja nie genug Menschen.

Nachdem sie den Tisch abgeräumt hatten, teilte Britta mit, dass sie sich nun bei der Schwangerschaftsgymnastik vergnügen wollte.
»Soll ich dich hinbringen?«, fragte Sascha.
»Nein, lass nur. Du hattest heute einen schweren Tag«, wehrte sie ab.
Was für einen schweren Tag?, dachte Katharina grämlich, doch sie hielt den Mund. Sascha hatte den ganzen Nachmittag – nun ja, genauer den halben Nachmittag – im Garten gelegen und dann und wann in einem Schulheft seiner Schüler geblättert. Sie konnte sich eine anstrengendere Arbeit vorstellen. Doch dass Britta aus dem Haus ging, passte ihr ausgezeichnet. Nun konnte sie ihn sich vorknöpfen und ihm ein wenig um den Bart streicheln. Vielleicht ging ihre Taktik ja auf.
In den letzten Tagen hatte sie gemerkt, wie schwer ihr der Gedanke fiel, dass ihre Älteste tatsächlich ihren Dunstkreis verlassen wollte. Wozu war man eine Familie? Wenn man nah beieinander wohnte, konnte man sich rasch zu Hilfe kommen. Was sprach denn dagegen, vor allem, wenn man sich gut verstand? Auch wenn das mit dem gut Verstehen zwischen Sascha und ihr nicht immer ganz klappte, sie gab sich wirklich alle Mühe, da ließ sie sich nichts nachsagen.

Als Katharina ihre ältere Tochter im Wagen davonfahren gesehen hatte, ging sie ins Erdgeschoss und klingelte bei Sascha an der Tür. Ihr Schwiegersohn öffnete in Strumpfsocken und sah sie mit seinen kleinen grauen Augen erstaunt an.

»Sag, hättest du einen Moment Zeit für mich? Ich wollte kurz mit dir reden – ohne Britta«, begann sie in der Tür.

Er ließ sie herein, nicht gerade mit erkennbarer Begeisterung, aber immerhin. Sie betrat die Wohnung, die komplett Brittas Handschrift trug und im modernen Landhauslook eingerichtet war. Alles war warm und gemütlich. Nur dass Sascha kein eigenes Zimmer hatte, trübte ein wenig die Freude, wie Katharina wusste. Sie setzte sich in den bequemen Sessel. Anscheinend war er auf der Couch gelegen, wie sie an der zerwühlten Decke erkennen konnte, die er nun rasch zusammenlegte.

»Ich wollte dich fragen, ob ihr bereits den Mietvertrag unterschrieben habt«, begann sie geradeheraus.

»Nein, aber er liegt unterschriftsreif vor uns. Er ist noch nicht abgeschickt, weil wir vorab mit dem Vermieter noch etwas besprechen wollen. Ich bräuchte nämlich dringend eine Garage und es ist nicht sicher, ob er uns eine stellen kann. Da er zurzeit in Urlaub ist, konnten wir diese Frage noch nicht klären«, verkündete Sascha mit all der Autorität, die er aufzubringen in der Lage war.

»Oh, das ist gut. Ich wollte zuerst mit dir darüber reden, denn ich weiß, wie gewichtig dein Einfluss auf Britta ist. Bei ihr bin ich mir nämlich nicht sicher, ob sie meinen Vorschlag so gut findet.« Katharina hielt inne. Waren ihre Worte klug gewählt? Eigentlich sprach sie Unsinn, aber solange ihm das nicht auffiel ... Nur zu, munter weiter, machte sie sich Mut und ergänzte: »Darum war ich froh, dass ich dich heute Abend allein erwische.«

»Du machst mich neugierig, Schwiegermama«, sagte Sascha, und Katharina entging durchaus nicht die Ironie, die in seinen Worten mitschwang.

»Äh ja. Also, ich bin erst jetzt auf die Idee gekommen und wundere mich, warum nicht eher.« Sie leckte sich mit der Zunge über die trockenen Lippen. Wie gut hätte ihr jetzt ein Obstler getan. Doch Sascha kam nicht auf eine solche Idee. »Ihr bekommt ja nun ein Kind und ihr sucht eine größere Wohnung, vielmehr habt ihr bereits eine gefunden«, verbesserte sie sich rasch.

»So ist es.«

»Aber euer Mietvertrag ist noch nicht unterschrieben. Also könnte ich euch eine Alternative anbieten.«

»Ach ja?« Seine Miene zeigte keine Spur von Interesse.

»Ja. Wir haben doch noch dieses schnuckelige kleine Häusl hinten auf der Wiese hinter dem Wellness-Bereich. Genauer gesagt ist es ein wunderbares großes Haus. Gerade passend für eine sich vergrößernde Familie!«

»Das jedoch von euch zu einem formidablen Preis an Gäste vermietet wird und das auf Monate hinaus ausgebucht ist«, informierte er sie über eine Tatsache, die niemandem bekannter war als ihr.

»Das ist doch wurscht!«, sprach sie ein großes Wort gelassen aus. »Ich möchte euch das Haus zur Verfügung stellen. Mietfrei. Somit hättet ihr ein Reich für euch, eine Zufahrt wäre rasch gebaut, sodass du ... ihr ... euch nicht überwacht vorkommt. Und über eine Garage verfügt es auch.«

Sie hielt inne und erlebte zum ersten Mal, dass ihm angesichts einer ihrer Ideen vor Überraschung der Mund offen stand. Bislang hatte er sie alle samt und sonders unüberlegt und unakzeptabel gefunden, auch wenn sie ihn noch jedes Mal eines Besseren belehrt hatte, indem diese Ideen von Erfolg gekrönt waren.

»Da hast du mich aber wirklich voll erwischt«, sagte er dann, und sie konnte zu ihrer Freude einen Funken Anerkennung darin mitschwingen hören.

»Ich dachte mir, wenn Britta so gern in die Wohnung möchte, die ihr euch ausgesucht habt, könntest du sie vielleicht einmal auf diesen Gedanken stoßen. Vielleicht findet sie ja Gefallen daran – vorausgesetzt, natürlich, du könntest dich ebenfalls mit der Idee anfreunden. Wohlgemerkt, mein Angebot versteht sich als mietfrei«, fügte sie hinzu.

»Ich bin durchaus in der Lage, meiner Familie das Geld für eine äquivalente Behausung zu verdienen«, antwortete ihr Schwiegersohn so pikiert, dass sie ihre Felle schon davonschwimmen sah. »Ich würde mir deinen Vorschlag überlegen, jedoch nur unter der Voraussetzung, dass ich zumindest für die Nebenkosten aufkomme«, sagte er dann aber so ernsthaft und mit erhobenem Finger, dass sie ihn im Geiste einen Esel heißen musste. Ein Strahlen konnte sie doch nicht unterdrücken. Zu drei Vierteln hatte sie schon gewonnen!

»Aber selbstverständlich«, säuselte sie. »Und denk daran, auch für euer Kind wäre der Garten ein wunderschöner Spielplatz, nicht zu vergessen, dass du dir endlich ein eigenes Arbeitszimmer einrichten könntest.«

»Sicher.«

»Siehst du, darum bin ich zuerst zu dir gekommen.«

Er verzog erneut spöttisch die Lippen. »Du bist zuerst zu mir gekommen, weil du genau weißt, dass du mich herumkriegen musst«, stellte er trocken richtig. »Wir beide, Katharina, wissen doch ganz genau, dass Britta die Letzte wäre, die deinen Vorschlag ablehnen würde, nicht wahr?«

»Äh, ja, vielleicht«, stotterte Katharina.

»Ich finde ihn allerdings auch nicht schlecht.«

Seit Langem zum ersten Mal war der Mann ihrer Tochter ihr einmal richtig sympathisch.

»Ich fürchte, Sascha, ich bin nicht immer die leichteste aller Schwiegermütter«, gestand sie aus einem Impuls heraus ein. »Ich … wünsche mir, dass du dich wohler fühlst, und glaube tatsächlich, dass das in dem Häusl der Fall wäre«, sagte sie und meinte jedes Wort, wie sie es gesagt hatte. »Wenn du wolltest, könntet ihr auch für euch allein dort eure Mahlzeiten einnehmen – zumindest hättet ihr dort endlich eine eigene Küche, die du dir hier sicher manches Mal gewünscht hättest, statt der Zwei-Platten-Kochgelegenheit hier oben.«

Sascha bestätigte, dass eine richtige Küche zu haben in der Tat eine gewisse Rolle bei ihren Auszugsplänen gespielt hatte. »Aber um ehrlich zu sein, du kochst auch nicht schlecht«, gestand er ein. »Ich denke, Britta wird ganz froh sein, wenn wir trotzdem mit euch allen zusammen hier essen oder wenigstens zu den Wochenenden.«

»Ihr seid jederzeit willkommen, das weißt du, auch du, lieber Sascha«, sagte Katharina und es hätte beinahe nicht viel gefehlt und ihr wären die Tränen gekommen. Noch nie hatte sie sich so persönlich mit ihrem Schwiegersohn unterhalten. Hoffentlich fand er sie jetzt nicht übertrieben sentimental.

»Aber sicher.«

Es entstand eine kleine Pause. »Ist dir klar, dass wir uns gerade zum ersten Mal allein unterhalten haben?«, fragte er schließlich.

Sie nickte gedankenverloren. In der Tat war es so, und sie bedauerte, dass sie in der täglichen Alltagsroutine so selten die Gelegenheit wahrnahm, persönliche, intimere Gespräche zu führen, anstatt immer nur die alltäglichen Kleinigkeiten zu bereden. Selbst mit ihrem Mann hatte es oft an der Pflege des innigen Gesprächs gefehlt. Nun hatte sie keine Gelegenheit mehr, das nachzuholen.

»Ich hatte manchmal das Gefühl, dass dir nicht viel an einem Gespräch mit mir gelegen war.« Eigentlich immer, verbesserte sie sich insgeheim.

»Du kannst manchmal ganz schön furchteinflößend sein.«

»Alles nur gespielt«, erwiderte sie.

»Dann bist du eine Meisterin im Schauspielern.«

Sie mussten lachen und Katharina erhob sich. Sie reichte Sascha, den sie immer zu den reizlosesten Partnern ihrer Töchter gezählt hatte, die Hand. Ein ganz kleines bisschen hatte er den Eindruck, den sie von ihm hatte, heute verbessern können.

»Einen schönen Abend noch, Sascha. Und wie gesagt, überlegt's euch.« Aber entscheidet dann gefälligst in meinem Sinn, dachte sie, immer noch nicht die pflegeleichteste Schwiegermutter, die sie so gern gewesen wäre. Dieses Ziel würde sie wohl niemals erreichen.

»Das werden wir machen.«

Er öffnete ihr die Tür. »Und danke dir noch mal, beste aller Schwiegermütter.«

»Nichts zu danken.«

Mit einem einfältigen Lächeln auf den Lippen stieg sie die Treppe hoch in ihre Wohnung. Eigentlich war Sascha doch ganz in Ordnung.

Alois Kofler gehörte nicht zu den Menschen, die sonntags in die Kirche gingen, also konnte sie am nächsten Morgen gegen zehn bei ihm aufkreuzen. Der Himmel war blitzblau, die Hitze noch auszuhalten – ein gutes Zeichen! In der Hitze bevorzugte sie Leinenhosen oder Baumwollkleider. Heute entschied sie sich für ein luftiges Sommerkleid in Knallrot, dazu die weißen Sandaletten. Sie klopfte sich insgeheim dreimal auf die Schultern, dann machte sie sich auf den Weg hinüber zum Nachbarn und hoffte, dass Elisabeth bei dem Gespräch nicht dabei sein würde. Ausschließen konnte sie die Nachbarin natürlich nicht, wenn sie da war, aber sie wusste, dass sie den Hof nach dem Tod ihres Mannes auf Alois übertragen hatte, er also ihr eigentlicher Ansprechpartner war. Hans, sein Bruder, wohnte ebenfalls im Dorf. Er hatte auf einen der großen Bauernhöfe eingeheiratet, die heute noch von dem Ertrag leben konnten, und war somit einer der wenigen verbliebenen Vollerwerbslandwirte im weiten Umkreis. Hans und seine Familie hatten sich schon lange, bevor das in Mode gekommen war, auf bio-dynamischen Anbau umgestellt. Katharina kaufte oft in ihrem Hofladen ein, ebenso Britta für das Hotel.

Der Hof war wie immer blitzsauber gefegt, kein Müll stand herum, kein ausgemustertes Arbeitsgerät, das still vor sich hinrostete, beleidigte das Auge. Auch der Bauerngarten fand ihren Gefallen. Im Gegensatz zu anderen Landwirten liebte der Loisl durchaus auch die Arbeit im Kleinen und hatte den Gemüsegarten mit bunten

Sommerblumen aufgerüscht. Die Liebe zur Gartenarbeit hatte er von seiner Mutter geerbt, die für ihren Garten im Dorf berühmt gewesen war. Allerdings hatte sie die Lust daran seit dem letzten Jahr anscheinend verloren, denn Katharina hatte sie lange nicht mehr draußen arbeiten sehen.

Ihr Nachbar öffnete ihr die Tür, gerade als sie anklopfen wollte. Also hatte er sie wohl bereits vom Küchenfenster aus, links neben dem Eingang, gesehen.

»Grüaß di, Katharina, wolltest du zu mir?«

»Nein, ich wollte deine Mutter besuchen«, antwortete sie, doch was sie als Scherz gemeint hatte, nahm er ernst.

»Die Mama ist heut beim Hans. Er hat sie gerade eben abgeholt«, erwiderte er. »Also wirst du wohl mit mir vorlieb nehmen müssen.«

»Nun ja, wenn's denn sein muss.«

»Dann komm herein.« Höflich trat er zur Seite.

Heute, in seinen Jeans und dem karierten Hemd, wirkte er viel jünger als in seiner normalen Arbeitskleidung. Auch die Falten in seinem Gesicht schienen gemildert, jedenfalls wirkte er wie ein Mittvierziger. Wieder einmal bewunderte sie die Fülle seiner Haare, und als sie im Flur nebeneinander standen, durchzuckte es sie wie ein Nadelstich.

Hilfe! Noch immer war etwas von der Anziehung zu spüren, die sie damals als junges Ding in die Arme dieses Mannes getrieben hatte. Erotisch gesehen war der Loisl ihrem Andreas einfach einen Zacken voraus gewesen. Er war halt immer der Männlichere gewesen, nicht so weich wie Andreas, der liebenswerte Hypochonder, den sie immer geneigt war, zu bemuttern. Der Loisl hatte das Bemuttern nicht nötig, obwohl er sein Elternhaus niemals verlassen hatte. Seine Mutter stand auch nicht gerade im Ruf, allzu mütterlich gestrickt zu sein, aber Katharina hatte sich dennoch bei den wenigen Gelegenheiten, bei denen sie sich über den Weg gelaufen waren, immer gut mit ihr verstanden. Es war trotz der Nachbarschaft deshalb so selten geschehen, weil sie beide so hart hatten arbeiten müssen und für Kaffeekränzchen beim besten Willen keine Zeit gehabt hatten.

Nun, bei ihr selbst hatte die harte Arbeit dank der tatkräftigen Unterstützung ihrer Töchter zum Glück etwas nachgelassen. Bei Elisabeth hingegen war die Depression eingeschlagen, die ihr die Kraft raubte. Unter diesen Umständen war es schon ein guter Entschluss vom Loisl gewesen, sich von dem Milchviehbetrieb zu trennen. Sie war gespannt, was er für sein weiteres Leben für Pläne geschmiedet hatte.

Wie es bei ihnen üblich war, geleitete er sie in die Küche und nicht in das Wohnzimmer, eine anheimelnde Stube, die sie damals so sehr geliebt hatte, dass es ihr Vorstellungsvermögen überstieg, man könnte in den letzten Jahrzehnten etwas daran geändert haben.

Auf dem Küchentisch stand eine einzelne Tasse Kaffee neben einem aufgeschlagenen Buch.

»Mag'st noch einen Kaffee? Ich hab gerade einen frisch aufgebrüht.«

»Gern«, antwortete sie.

Er holte eine weitere Tasse und stellte ihr Zucker und Büchsenmilch dazu. Wie sie ihren Kaffee liebte, hatte er also nicht vergessen.

»Wie geht's deiner Mutter jetzt?«, fragte sie.

»Sie ist auf dem Weg der Besserung, Gott sei Dank.«

Mit seinen schönen Händen – wieder gab es Katharina einen Stich – goss er den Kaffee in eine Tasse aus altem Porzellan. Seine Mutter hatte ein Faible für feine Keramiken, so wie sie.

»Marei holt sie häufig zu sich, und die Kinder lieben sie, das hat ihr geholfen, denke ich.«

Marei war seine Schwägerin, eine kleine, zierliche Person, warmherzig, die geborene Hüterin. Ihre Zierlichkeit täuschte, sie war mit Bärenkräften gesegnet. Neben ihren vier Kindern gab es auf ihrem Hof zwei Hunde, etliche Katzen und Kleintiere, die ihre Kinder anschleppten. Sie stand täglich in ihrem Hofladen, gut gelaunt und bewundernswert gelassen. Die Kinder waren gut erzogen, wie man erzählte, und sie war sogar in der Lage, nebenher noch die köstlichsten Marmeladen herzustellen.

»Die Marei ist wirklich eine Perle«, nickte Katharina. »Ich kann mir vorstellen, dass deine Mutter bei ihr aufblüht.«

Sie nippte an dem schwarzen Gebräu, das Alois Kaffee nannte und gab einen weiteren Löffel Zucker hinein.

Dem Nachbarn war das nicht entgangen. »Oh, tut mir leid, ich hab ihn für dich wohl wieder zu ›schwarz‹ gemacht.«

»Macht nichts!«, versicherte Katharina. »Du konntest ja nicht wissen, dass ich vorbeischaue.«

»Nein.«

»Ich bin gekommen, weil mir zu Ohren gekommen ist, dass du einen Teil deiner Wiesen verkaufen willst«, kam sie zur Sache.

»Die Buschtrommel funktioniert, wie man sieht«, nickte er schmunzelnd.

»Ist ja manchmal auch ganz praktisch«, stimmte sie lächelnd zu, »denn ich bin daran interessiert, mehr Land dazuzukaufen. Daher wollte ich fragen, ob ich es dir abkaufen kann, eh's ein anderer tut.«

»Warum? Willst du weiter vergrößern? Du hast doch mittlerweile dein Hotel schon zu einer richtigen kleinen Stadt ausgebaut.«

»Wenn schon, dann Dorf«, lachte sie. »Meine drei Hütten sind ein Knüller geworden. Deine Hilfe damals war übrigens Gold wert!«

Dem Loisl war es zu verdanken, dass sie den Händler aufgetan hatten, der ihnen das Holz von den Abbruchhäusern verkauft hatte. Die mit diesem Holz erbauten Hütten waren ihnen wirklich gut gelungen und wirkten wie uralte Stadln von der Alm.

»Ich weiß. Andreas hat sie mir damals gezeigt.«

Gerade hatte sie ihm vorschlagen wollen, sie einmal anschauen zu kommen. Das hatte sich dann wohl erledigt. »Ach ja? Davon weiß ich gar nichts.«

»Dein Mann war immer sehr stolz auf das, was er mit dir aufgebaut hat.«

»Ja, ich weiß«, nickte sie. »Er machte immer den Eindruck, als werde er jeden Moment zusammenbrechen, aber wenn's darauf ankam, konnte er doch rechte Energie entwickeln.«

»Wohl eher vom Reißbrett aus«, sagte Alois ironisch.

»Nicht nur, Loisl«, verbesserte sie ihn, obwohl er natürlich recht hatte. Er kannte seinen Spez'l von früher genau so gut wie sie. Ihr Mann hatte tatsächlich nicht die körperlichen Kräfte besessen, die ein Mannsbild wie Alois aufweisen konnte. Sie hatte ja auch immer angenommen, dass er nur simulierte, um sich schwere Arbeiten vom Leib zu halten. Als sie erkannt hatte, dass er die Schwäche nicht nur spielte, war es bereits zu spät gewesen.

»Also kurz und gut«, kam sie auf ihr Anliegen zurück, »ich würde gern den gesamten Grund, den du verkaufen möchtest, übernehmen. Über den Preis werden wir uns sicher einig werden.«

Er goss sich gemächlich eine weitere Portion Kaffee ein, gab Milch hinzu und tat einen kräftigen Schluck. »Nun mal langsam. Zuerst müssen wir klären, wozu du meinen Grund brauchst. Ich habe nämlich keine Lust, in den nächsten Jahren auf Hochhäuser zu starren.«

»Niemand will Hochhäuser bauen«, sagte sie und unterdrückte den Anflug von Ungeduld. »Im Gegenteil. Ich möchte dir eine Parkanlage vor die Nase setzen.«

»Parkanlage? Ich habe ringsum Parkanlagen, wozu musst du da noch eine bauen?«

»Herrje, Loisl, ich will einen Golfplatz errichten.«

»Was willst du?«

Seine Stimme klang entsetzt, und ihr wurde klar, dass das Gespräch nicht so leicht über die Bühne gehen würde, wie sie gehofft hatte.

»Ich möchte einen Golfplatz bauen«, wiederholte sie. »Einen riesigen, sodass auch internationale Gäste angezogen würden. Einen, auf dem man Turniere spielen kann. Aber natürlich soll er für jedermann da sein!«, begeisterte sie sich erneut an den Plänen, die schon so lange in ihrem Kopf herumschwirrten.

Mit einer energischen Bewegung schob er seine Tasse zurück. »Nur über meine Leiche. Des kommt überhaupt nicht in Frage.« Er kniff die Augen zusammen und fixierte sie, die Arme über der muskulösen Brust verschränkt. Einen Moment maßen sich ihre Blicke.

Scheiße!, dachte Katharina ganz undamenhaft. Sie kannte den Mann, der ihr gegenübersaß, lange genug. Wenn der nein sagte, dann meinte er nein, und ihre manipulierende Art stieß bei ihm an ihre Grenzen. Ihre grauen Zellen rotierten. Wie konnte sie den Sturkopf dann noch überzeugen? Welches Zuckerl konnt sie ihm nur anbieten?

»Du musst keine Vorurteile wie früher haben«, begann sie und erkannte im selben Moment, dass sie es falsch angefangen hatte.

Er reagierte prompt. »Ich hatte und habe keine Vorurteile gegen Golfplätze. Ich *mag* keine Golfplätze.«
»Du magst keine Golfplätze, weil du meinst, sie seien nur was für Reiche.«
»Golfplätze sind ja auch nur für Reiche!«
»Meiner aber nicht. Ich will vielmehr eine riesige Parkanlage bauen. Ich weiß, ich weiß, wir sind umgeben von Parks«, wehrte sie mit erhobenen Händen seinen Einwurf ab. »Ich meine, mir schwebt so was wie ein englischer Landschaftspark vor.«
»Englische Landschaftspark passen nach England und nicht ins Berchtesgadener Land.«
»Nun, darüber könnte man durchaus geteilter Meinung sein. Aber davon einmal ganz abgesehen, können wir auch den Alpenkräuter-Garten einarbeiten oder den typischen Bauerngarten, Lesesteine und Teiche, ganz egal«, haspelte sie hinunter, ungewohnt unsicher angesichts des Spottes, der sich in seinem Gesicht breit machte. »Mein Garten ... mein Golfplatz ... soll jedenfalls ein Jedermann-Golfplatz sein. Ein jeder darf ihn bespielen, der ...«
»Der die nötigen Moneten auf den Tisch blättern kann.«
»Der die nötige Spielerlaubnis erwirbt«, verbesserte sie ihn finster.
»Die wie viel kostet? Fünftausend, Zehntausend? Klar, das sind Peanuts für eine wie dich.«
Katharina fluchte innerlich und gebrauchte dabei Vokabeln, die man nicht für möglich gehalten

hätte. Sie war nicht umsonst in den Münchner Hinterhöfen aufgewachsen, da war einiges hängen geblieben.

»Diese Spielerlaubnis kann jeder erwerben, der bei uns einen Kursus besucht hat, der nicht teurer sein wird als ein Kursus in einem Fitness-Studio«, fabulierte sie ins Blaue hinein. Über die Kosten hatte sie sich noch gar keine Gedanken gemacht, jedenfalls nicht über jene, die der Golfspieler zu zahlen hätte. Natürlich wollte sie das Golfen für jeden ermöglichen, über das Wie hatte sie sich aber noch keine Gedanken gemacht, dafür war ja später immer noch Zeit genug.

»Wer's glaubt«, sagte er achselzuckend. Er schlug mit der Hand auf den Tisch. »Um's kurz zu machen, Katharina ...«

Seit sie verheiratet war, nannte er sie nie mehr Kathi, so wie früher, fuhr es ihr durch den Kopf, während er weitersprach: »... die Wiesen kriegst du nicht. Ich werde niemals einem Bau dieser Art zustimmen, da bekäm ich ja ein Magengeschwür. Also schlag dir meinen Grund aus dem Kopf. Nur über meine Leiche.«

Er stand auf – sie war entlassen.

Nur mit Mühe unterdrückte sie die Schimpfwörter, die sich von innen in Richtung ihrer Lippen drängten. »Du machst einen riesigen Fehler, Alois. Was ein anderer dir vor die Nase setzen wird, weißt du ja auch nicht.«

»Jedenfalls keinen Golfplatz, und die Hochhäuser würden in unserem Dorf nicht gestattet«, stellte er kurz fest, ging zur Tür und öffnete sie ihr.

»Nein, aber vielleicht viele kleine Beton-Schachteln, die den größten Teil des Jahres leer stehen.«

»Kleine Beton-Schachteln sind mir eine Augenweide gegen deinen Landschaftsgarten.«

»Na, dann noch einen schönen Gruß an deine Mutter. Schade, dass sie dir so schnell den Hof überschrieben hat. Sie wäre sicher nicht so engstirnig wie du«, zischte sie, als sie an ihm vorbei in den Flur trat.

»Da kennst aber mei' Mutter schlecht«, sagte er mit einem schmallippigen Lächeln.

»Auf Wiedersehen, Herr Nachbar. Und vielen Dank für deine Hilfe.« Sie blieb stehen, bevor sie hinausstürzte, weil ihr noch etwas eingefallen war. »Wann, sagtest du, ist die Versteigerung?«

»Wann die Versteigerung ist, sagte ich gar nicht«, gab er zur Antwort.

Sie ignorierte die Zurechtweisung. »Also, wann?«

»Übernächsten Dienstag. Aber mach dir keine Hoffnung, ich werde ebenfalls zugegen sein und die Order geben, dass an dich nicht versteigert werden darf.«

»Du damischer Esel, du«, rief sie aus. Dann zog sie den Bauch ein und presste sich an der Wand vorbei zur Tür, weil dieser Idiot vor ihr nicht den Weg frei machte, sodass sie einander berührt hätten, wenn sie sich nicht in eine Flunder verwandelt hätte.

»Verschluck du dich nur nicht an deinem Wahn, alles noch größer und versnobter zu bauen«, rief er ihr hinterher.

Sie würgte eine Antwort herunter. Ihr Anwesen war in der Lokalpresse gelobt worden für ihren modernen ländlichen Stil, der eben nicht versnobt war. Gut, sie nahmen viel Geld für die Unterkunft, aber die hatte ja auch einen gehörigen Batzen verschlungen. Und irgendwie musste ja auch eine große Familie ernährt werden, dachte sie trotzig.

Den Tag verbrachte sie allein, vor sich hinbrütend, spazieren gehend und fernsehend. Beim Abendessen nahm sie nicht am allgemeinen Gespräch teil. Der einzige Lichtblick war, dass Britta ihr strahlend um den Hals fiel und ihr versicherte, sie und Sascha seien so glücklich über ihren guten Einfall mit dem Häusl hinten im Park.

»Was hast du nur mit Sascha angestellt?«, flüsterte Britta in einer ruhigen Minute. »Er hat geradezu gestrahlt, als er von eurem Gespräch berichtet hat. Genaueres war jedoch nicht aus ihm herauszubekommen.«

»Das ist unser Geheimnis«, antwortete Katharina verschmitzt. »Wir haben uns nur einmal ganz privat unterhalten, einfach so von Mensch zu Mensch. Er ist halt doch ein netter Kerl, wenn er nur will.«

»Sag ich doch immer«, strahlte Britta.

7

Am Montagmorgen saßen alle zusammen beim Frühstück, was äußerst selten vorkam. Wie immer hatte es Katharina zubereitet, die sich trotz der guten Neuigkeiten von Britta und Sascha nicht so energiegeladen und entspannt wie sonst fühlte. Die Sache mit dem Kofler lag ihr immer noch quer im Magen.

Noch am gestrigen Abend hatten sie, Kerstin, Britta und Sascha, sich zusammengesetzt und in den Unterlagen nachgeschaut, ab wann das Häusl für das Paar frei sein würde. Das würde bereits im September der Fall sein, dann würden die angemeldeten Feriengäste abreisen, die gern die letzten Spätsommertage nutzten. Den Stammgästen, die sich zu Weihnachten immer schon voranmeldeten, konnte man mit Hinweis auf den Familien-Nachwuchs absagen und hoffen, dass ihnen diese Umstände die Absage verzeihlich machte, wobei ihnen natürlich im Gegenzug die schönsten Zimmer des Hotels zugesagt wurden.

Den Nachmittag hatte Eva sich freigenommen, da in letzter Zeit einige Überstunden zusammengekommen waren.

»Da kann ich heute wieder einmal zum Wildbach!«, sagte sie.

Franzi verzog enttäuscht das Gesicht. »Wie schade, da kann ich ja gar nicht mit.«

»Warum denn nicht?«, fragte Eva verblüfft.

»Mama!« Das Mädchen verdrehte ungeduldig die Augen. »Ich habe dir den Zettel von der Schule doch gegeben! Heute haben wir das erste Mal Turnunterricht bei unserer neuen Turnlehrerin, der Lisa Arnsberg ... der Freundin vom Mathias.«

Kerstins Kopf ruckte hoch.

»Die Frau Arnsberg ist nicht mehr die Freundin von Mathias«, korrigierte Eva ihre Tochter.

»Aber die Erni hat's der Mutter von der Annika doch gesagt«, widersprach das Kind.

»Nun, dann hat sie sich eben geirrt. Jedenfalls ist sie nicht mehr die *richtige* Freundin von Mathias, nur ... nur *eine* Freundin wie du und ich«, verbesserte Kerstin hastig.

»Ist ja auch egal«, meinte Franzi. »Jedenfalls haben wir bei ihr jetzt immer am Montagnachmittag Turnen.«

»Nach dem Zettel suche ich noch einmal«, versprach Eva. »Aber schade, dann werde ich heute wohl allein gehen müssen.«

Das Gespräch wandte sich dem Abendessen zu. Kerstin schlug ihre geliebten Kässpatzen mit grünem Salat vor, als Nachtisch wie so oft Obstsalat mit frischen Beeren. Alle waren einverstanden, und so konnte der Tag nun beginnen. Franzi schnappte ihre Schultasche und machte sich auf den Weg zur Schule, die vier Frauen gingen ins Hotel, eine jede an ihren Arbeitsplatz, und so war ihnen der Vormittag wie im Flug vergangen, als sie sich um ein Uhr mittags wieder in der Küche trafen, wo Katharina eine Portion ihrer eingefrorenen Suppen erwärmt hatte, die sie immer für ein rasches Mittagessen auf Vorrat kochte.

»Eva, nimm dir doch ein bisschen Obst und ein paar Brote mit«, ermahnte Katharina die junge Frau, als sie den Tisch abgeräumt hatten. »Wenn's für dich zum Fischen geht, vergisst du ja alles um dich herum.«

»Ja, vor lauter Entspannung!«, gab Eva lachend zu. »Da draußen in der Natur, wo du nichts als das Rauschen des Baches und die Vogelstimmen hörst, da geht mir einfach das Herz auf. Da vergesse ich so unwichtige Dinge wie das Essen schon mal.«

Sie saß am Tisch, um mit geschickten Fingern ihre einfachen »Fliegen« fürs Fischen zu basteln, Gebilde, die um den Haken gebunden wurden und lediglich aus Bindfaden und Federn bestanden. Katharina hatte sie einmal gefragt, was für eine Insektenart sie eigentlich darstellen sollten. »Gar keine!«, hatte Eva vergnügt zugegeben. Es waren reine Phantasiegebilde, die sie da herstellte. Sie hatte mit ihnen beim Fischen so viel Erfolg, dass den Fischen vielleicht Neugier zum Verhängnis wurde, weil sie herausfinden wollten, ob diese seltsame Fliege gut schmeckte. Es konnte aber auch schlicht an Evas Geschick beim Fischen liegen.

Zu Weihnachten war Eva ganz aus dem Häuschen geraten, als sie von Katharina und ihren

Töchtern eine neue, besonders leichte Rute geschenkt bekommen hatte, die ihr die »Tenkara-Technik« ermöglichen würde, wie sie ihnen erklärte. ›Das ist eine uralte Technik aus Japan aus dem neunten Jahrhundert vor Christus, eigentlich die ursprünglichste Art des Fliegenfischens‹ hatte Eva geschwärmt. In den Augen der Familie war es lediglich eine simple Leine, die man bis auf über vier Meter auswerfen konnte, an einem schlichten Korkgriff.

»Tenkara bedeutet auf Deutsch »Vom Himmel schwebend«. Ist das nicht schön?«, begeisterte sich Eva. »Und es passt auch. Die Fliege schwebt praktisch durch die Luft, ehe sie sanft wie eine Feder aufs Wasser aufsetzt.« Es gab keine Rolle noch sonst etwas an dieser Angelrute, und sie alle wunderten sich, dass Eva damit so viele Fische heimbrachte.

Als Katharina ihr aus dem Obstkorb einen Apfel und eine Banane auf den Tisch legte und dann ein Brot schmierte, verpackte und es dazulegte, nickte sie. »Danke, ich hab die letzten Tage immer einen Bärenhunger.«

»Und Gott sei Dank langt auch Franzi mittlerweile tüchtig zu«, entgegnete Katharina.

»Ja, so kennt man sie sonst gar nicht.«

»Und wie sie das Essen bei den Leitners lobt – da muss ja eine Wunderköchin am Werk sein«, bemerkte Eva.

Katharina hoffte insgeheim, dass Eva ihr nun endlich sagen würde, dass die Leitners die Großeltern von Franzi waren, damit dieses heikle

Thema, das nur von Eva auf den Tisch gebracht werden durfte, endlich erledigt war. Es schmerzte sie, dass Eva in diesem Punkt offenbar nicht das nötige Vertrauen zu ihr hatte.

Vielleicht hatte man ihre Betrübnis gar zu gut von ihrem Gesicht ablesen können, denn Eva strich Katharina auf einmal über die Wangen. »Sei der Franzi nicht bös, Kathi«, bat sie. »Du weißt, wie sehr sie dich liebt, und deine Kochkünste natürlich auch. Aber die Leitners, die ... die sind eine ganz neue Situation für sie. Und sie genießt es halt.«

Katharina wartete, doch Eva erwähnte mit keinem Wort, warum die Leitners eine neue Situation für Franzi waren.

»Schon recht, ich gönn es ihr doch auch«, sagte sie gutmütig. »Ist halt nur eine blöde Eifersucht. Bisher war ich ja die einzige, die gut kochen konnte in ihren Augen – von deinen Pfannkuchen abgesehen, die niemand so gut machen kann wie die Mama ...«

»Der Mathias kümmert sich ja auch so nett um die Kleine«, sagte Britta lauernd, und tat so, als bemerke sie den scharfen Seitenblick Katharinas nicht. »Kommt denn die Lisa auch häufig auf den Hof und zu Mathias?«

»Das kann man wohl sagen!« Eva verdrehte die Augen. »Ich bin noch kein einziges Mal dort gewesen, ohne dass sie irgendwann aufgekreuzt ist, sei es in der Gärtnerei oder unter einem Vorwand auch bei ihm privat. Und Frau Leitner ist auch mehr als genervt. In ihr hat diese Lisa keine

Freundin. Die beiden können sich nicht riechen.«

Kerstin grinste wie ein Honigkuchenpferd. Dass seitens der Mutter von Mathias keine Gefahr bestand, hörte sie natürlich gerne. »Das klingt, als würde sie Mathias richtiggehend verfolgen«, meinte sie. »Kein Wunder, wenn man so viel Freizeit hat wie sie.«

»Lehrer haben gar nicht so viel Freizeit, wie ihr immer tut«, sagte Britta scharf. »Die arbeiten zu Hause mindestens ebenso viel wie in der Schule! Und der Stress ist wirklich furchtbar.«

»Ja, ja, wir wissen ja, wie viel Arbeit dein Sascha immer hat«, grinste Kerstin, »den Stress nicht zu vergessen. Und dann muss man sich ja auch was einfallen lassen, wie man die langen Ferienwochen überbrücken kann.«

»Du bist gemein! Im letzten Sommer hat er mindestens die Hälfte der Zeit gearbeitet.«

»Sei froh, dass er in den Ferien noch arbeiten darf. Ich habe gelesen, dass anderswo die Lehrer zu den Ferien entlassen werden, sich arbeitslos melden müssen und später wieder eingestellt werden. Armes Deutschland.«

»Da siehst du's, wie auf Lehrern herumgetrampelt wird«, knurrte Britta.

»Hört auf, euch zu streiten«, mahnte Katharina.

»Die Lisa hat bis jetzt doch gar nicht gearbeitet«, warf Eva dennoch ein. »Heute ist ihr erster Tag an der Schule. Und ich glaube, Sportlehrer haben gar keine Arbeiten zu korrigieren.«

»Dann viel Spaß mit ihr!«, sagte Britta trocken. »Dann wird sie ja weiterhin genug Zeit haben, um Mathias zu verfolgen.«

»Mich durchbohrt sie mit Blicken, dass es einem angst und bange werden könnte«, sagte Eva und schüttelte sich. »Und ... na ja, was soll der Eiertanz! Ich möchte euch etwas sagen. Wahrscheinlich wisst ihr eh alle längst Bescheid.«

Alle schwiegen und Katharina hielt die Luft an. Nun spuck's doch endlich aus, Mädchen, befahl sie im Stillen.

Eva setzte sich kerzengerade und legte die verschränkten Finger auf den Tisch. »Ich möchte euch hiermit sagen, dass Mathias der leibliche Vater von Franzi ist.«

Zu ihrem Entsetzen gelang es Katharina nicht, die Tränen, die ihr plötzlich in die Augen stiegen, herunterzuschlucken.

»Ach, mein Schatz, komm in meine Arme.«

Sie ging zu Eva und drückte sie, dass der die Luft beinahe wegblieb. »Das hab ich mir doch schon gedacht, seit ihr beiden so oft drüben auf dem Hof seid. Hast du denn auch den Leitners davon erzählt?«

»Ja«, antwortete Eva, und Katharina verspürte einen Stich Eifersucht.

»Aber wir haben sie gebeten, noch nichts der Franzi zu sagen, weil ... die Lisa ist schwanger«, sagte Eva in Richtung zu Kerstin.

Zu Katharinas Überraschung fiel ihre Jüngste nicht in Ohnmacht, sondern nahm die Neuigkeit, die es für Katharina noch gewesen war, mit Fassung auf.

»Ich weiß, Mathias hat es mir erzählt«, entgegnete sie ernst. »Aber zwischen Lisa und ihm ist nichts mehr, und wenn sie glaubt, dass er deswegen zu ihr zurückkommt, dann irrt sie sich. Er möchte sie nur noch in der Schwangerschaft schonen.«

»Ja, genau.« Eva nickte. »So lange will er auch der Franzi nicht die Wahrheit sagen, um Lisa nicht aufzuregen. Wenn das Kind von Lisa auf der Welt ist, wird sich alles klären.«

»Das wird dann aber auch Zeit«, sagte Katharina, die sich wieder gefangen hatte, energisch. »Ich danke dir erst einmal für dein Vertrauen.« Damit küsste sie Eva auf die Wange.

Die wandte sich an Kerstin. »Ich treffe mich natürlich häufig mit Mathias, weil wir wegen Franzi alles mögliche zu besprechen haben, wegen der Vaterschaftserklärung, der Unterhaltszahlungen und so ... Ich muss gestehen, ich nutze die Situation und gebe mir alle Mühe, anzudeuten, dass er und ich ein Paar sind.«

»Oh«, sagte Kerstin und senkte den Blick, um sich dem Falten der gebügelten Stoffservietten zu widmen.

»He, keine Sorge«, beruhigte sie ihre Freundin. »Dieses Schauspiel führen wir eigens für Lisa auf. Und ich muss sagen, unser vermeintliches Turteln zeigt bei ihr Wirkung. Ich wollte dich vorwarnen, bevor du vielleicht Ernis Version der Sache zu hören kriegst.«

»Ja, und was ist zwischen dir und Mathias?«, fragte Britta perplex in Richtung ihrer jüngeren Schwester.

»Da gilt es noch einiges zu klären«, erwiderte Kerstin. »Auch von meiner Seite aus. Noch bin ich ja schließlich ... verlobt.« Sie senkte den Blick.

»Dann solltest du bald reinen Tisch machen«, mahnte Britta.

»Ja, sicher.«

Kerstin schwieg und Katharina seufzte. »Und wie benimmt Lisa sich Franzi gegenüber?«, fragte sie Eva.

»Da reißt sie sich zusammen. Muss sie ja auch als ihre Lehrerin.«

»Übrigens wohnt sie nicht mehr in der Post.«

»Was? Da ist sie doch gerade erst eingezogen.«

»Und gleich wieder ausgezogen, zurück in ihre alte Wohnung, die jetzt doch besser ist als die Post, in der es ihr viel zu laut ist. Und das Zimmer wäre überteuert, hat sie gemeint. Ihre alte Wohnung sei zwar miefig, wie sie sich ausdrückt, aber da ist sie die einzige Mieterin. Außerdem ist sie eben viel billiger.«

»Rein in die Kartoffel, raus aus der Kartoffel«, sagte Britta hämisch.

Als alle aufstanden, um sich ihrer Arbeit zu widmen, fragte Kerstin, zu Eva gewandt: »Bist du überhaupt wieder so weit wiederhergestellt, dass du allein zum Bach gehen kannst? Du hattest doch diese Schwindelanfälle.«

»Keine Sorge«, beruhigte ihre Freundin sie. »Dr. Burger hat gemeint, es seien wohl wirklich die Nerven gewesen. Er hat mir Tabletten verschrieben für den Fall, dass es nicht von alleine wieder aufhört, aber ich habe sie bis jetzt gar nicht gebraucht. Ich bin wirklich wieder völlig in Ordnung, dank dir, Kerstin.«

8

Eva marschierte zum Dorf hinaus, in Richtung zum Schilfgürtel des Sees. Sie war bepackt, als wollte sie drei Monate beim Lachsfischen in Alaska verbringen. Ihre langen Hosen aus wasserundurchdringlichem Material und die Stiefel behinderten ihren normalerweise flinken Gang ein wenig. Außerdem schwitzte sie in ihrer Montur, denn es war immer noch sehr heiß. Langsam stieg sie den Berg hinauf zu ihrer Lieblingsstelle am Wildbach, einen Platz, an dem der Fluss eine Biegung machte und ihr das Gestrüpp und der große Felsbrocken genügend Schutz boten. Spaziergänger verliefen sich nur selten hierher, denn kurz vorher zweigte der normale Wanderweg ab und verschwand hinter den Felsen. Nur ein kleiner Trampelpfad führte hinunter zu ihrer und auch Franzis Lieblingsstelle.

Franzi konnte sich hier stundenlang beschäftigen, still wie ihre Mutter, die bewegungslos im Wasser stand und alles um sich her vergaß. Nur die leichten Bewegungen mit der Hand zeigten, dass es sich bei dem Idyll nicht um ein zartes Aquarell handelte. Das Licht war an dieser Stelle ganz besonders, nicht aggressiv wie auf dem schattenlosen Wanderweg, sondern sanft und durchscheinend, gefiltert durch die Büsche am Ufer. Die beständige Brise machte das Fischen gerade an brütend heißen Tagen wie diesem immer zu einem Vergnügen.

Es war halb vier, als das Handy die Naturgeräusche störte. Eva seufzte. Sehr vorsichtig watete sie aus dem Wasser, denn diesmal hatte sie eine Stelle gewählt, die besonders unebenen Grund aufwies, und die neuen Stiefel waren auch eine Nummer zu groß. Dieses englische Modell hatte ihr immer schon gut gefallen, war aber, als sie das Geld gerade übrig hatte, nur noch in dieser Größe vorrätig gewesen. Sie war zu ungeduldig gewesen, um auf die richtige zu warten. Jetzt hätte sie ihren Watstock gut gebrauchen können, den sie dummerweise daheimgelassen hatte, obwohl sie dank der fehlenden Rolle eine Hand frei hatte.

Der Anruf kam von einer ihr unbekannten Nummer. Alarmiert nahm sie ihn entgegen und beruhigte sich gleich wieder, als sie Franzis muntere Stimme vernahm. »Mama, ich rufe von der Schule aus an. Darf ich mich gleich mit der Thea treffen? Sie ist die Cousine von Annika und bei ihr zu Besuch.«

»Aber sicher, Spatzl«, sagte Eva freundlich. »Du solltest nur der Katharina oder der Kerstin Bescheid geben, damit sie wissen, wo du bist.«

»Freilich, das tu ich doch immer.«

»Schatz, eh ich's vergesse, sei so lieb und sag der Katharina auch, dass es bei mir später wird. Sie sollen nicht mit dem Essen auf mich warten.«

Der Gedanke war ihr gerade erst gekommen. Der Tag war viel zu schön, um ihn so früh zu beenden, dass sie bis um sechs beim Essen war. Und da Franzi auch noch nicht daheim sein würde, war es nicht schlimm, wenn sie später kommen würde.

»Werd ich sagen. Ich muss jetzt Schluss machen, Mami, das Handy ist von der Frau Arnsberg.«

»Ach, deshalb die unbekannte Nummer!«, rief ihre Mutter. »Ich hatte mich schon gewundert. Also hast du deins wieder daheim liegen gelassen?«

Das war der Fall, wie Franzi zerknirscht zugab. »Beißen sie gut?«, fragte sie dann.

»Ja, das tun sie!« Eva schmunzelte über das Ablenkungsmanöver, mit dem ihre Tochter die fällige Strafpredigt zu vermeiden versuchte. Das Handy hatte sie ja bekommen, um erreichbar zu sein, nicht dafür, dass es bei ihr im Zimmer herumlag. Aber sie war ohnehin viel zu friedlich gestimmt dafür, und jetzt wusste sie ja, wo das Kind zu finden war.

»Dann Petri Heil.« Im Hintergrund war undeutlich eine andere Stimme zu hören. »Ich soll dich lieb grüßen von der Frau Arnsberg«, sagte Franzi dann.

Na, das waren ja ganz neue Töne von der Zimtzicke, die sie sonst immer nur mit den Blicken erdolchte.

»Grüße sie bitte zurück«, sagte Eva etwas reserviert.

»Mach ich. Ich hab dich lieb, Mami.«

Eva watete zurück ins Wasser, bestrebt, sich langsam und geräuschlos zu bewegen. Das dichte Gestrüpp hinter ihr gab ihr ausreichend Deckung. Die Sonne schien ihr jetzt durch die Zweige direkt ins Gesicht – das war gut, so warf sie keinen Schatten auf die Wasseroberfläche –, und sie war froh, ihre zarte Haut gut eingecremt zu haben. Das Wasser war dank der Strömung und der Brise stark bewegt, weswegen die Fische sie kaum sehen konnten – was sich mit dem guten Fang bewiesen hatte.

Wie so oft erfreute sie sich an ihrer neuen Rute, die so leicht war, dass sie den ganzen Tag ohne Beschwerden gehalten werden konnte. Mithilfe dieser so viel leichteren Schnur aus modernstem Material konnte sie die »Fliege« schnell und leicht ins Wasser werfen, ohne die Wasseroberfläche zu beeinflussen, da es weder sonderlich spritzte noch platschte.

Völlig eins mit sich und der Welt wurde sie plötzlich von einem überwältigenden Glücksgefühl durchströmt. Wie gut sich alles in ihrem Leben gefügt hatte. Sie hatte eine niedliche Tochter, sie hatte eine Arbeit, die ihr Spaß machte, in der Familie Pichler hatte sie Freunde, die sie nie im Stich lassen würden. Und nun, da Mathias aufgetaucht war, hatten sie und ganz sicher auch Franzi einen weiteren Halt in ihrem Leben gefunden, denn dass er das sein würde, da war sie ganz sicher.

Alles war gut, danke, lieber Gott!

Eine halbe Stunde später hörte sie Schritte – offensichtlich ein Spaziergänger, vielleicht war er irrtümlich abgebogen. In solchen Fällen blieb einem Wanderer nichts anderes übrig, als wieder umzukehren und zurück auf den Wanderweg zu gehen, denn der Pfad endete am Wildbach. Sie drehte sich um und sah in ein Gesicht, das ihr bekannt war, mit dem sie aber hier nicht gerechnet hätte.

»Oh, hallo, das ist aber eine Überraschung!« Eva lächelte.

In diesem einen, kurzen Moment, in dem sie nicht aufgepasst hatte, gab es einen Ruck an der Leine. Sie machte einen Schritt nach hinten und verlor das Gleichgewicht, sodass sie rücklings hinfiel – und das so unglücklich, dass sich ihr rechter Fuß zwischen den großen Steinbrocken im reißenden Fluss verhakte.

»So was Dummes ist mir ja noch nie passiert!«, sagte sie mit einem Lachen und suchte zappelnd Halt. Das Wasser lief ihr in die Hosenbeine, es war kalt, doch in der Hitze des Tages war das auch eine Wohltat. Es war ihr nur ein wenig peinlich, vor dem unerwarteten Besuch so unbeholfen zu wirken.

»Das kommt davon, wenn man viel zu große Stiefel trägt«, grinste sie verlegen und versuchte sich aufzurappeln. Das war gar nicht so einfach, wenn man in der Rechten die Rute hielt und nur die linke Hand zur Verfügung hatte. Dankbar griff sie nach der Hand, die ihr entgegengestreckt wurde.

Da geschah etwas völlig Unfassbares. Die Hände halfen ihr nicht, sich hochzuziehen, sondern drückten sie gnadenlos unter Wasser – eine Hand an ihrer Gurgel, die andere an ihrem Oberkörper, ein Bein auf ihrem rechten Arm. Eva spürte die Kiesel in ihrem Rücken, und dann schlug das Wasser über ihr zusammen. Die Rute löste sich aus ihrer Hand, die unter dem Schuh ihres Angreifers lag, eingeklemmt zwischen den Steinen. Jetzt erst dämmerte ihr, dass sie in Lebensgefahr war. Mit aller Kraft reckte sie die freie Linke in die Höhe, um an den Hals des Angreifers zu gelangen. Sie bekam etwas zu fassen – eine Kette oder so etwas ähnliches? – und zerrte aus Leibeskräften daran. Der Griff lockerte sich, und es gelang ihr, den Kopf weit genug zu heben, um wieder Luft zu bekommen. Dann riss die Kette und es gab es einen harten Ruck, der ihren Kopf nach hinten schleuderte. Noch ehe sie sich wieder hochrappeln konnte, wurde sie an den Haaren erneut unter Wasser gerissen, und ihre Kräfte verließen sie.

Beim Abendbrot um sechs dachte sich noch niemand etwas, weil Eva fehlte, denn sie hatte ja durch Franzi ausrichten lassen, sie werde später kommen.

»Hat sie gesagt, wann sie zurück sein wird?«, erkundigte sich Katharina. Als das Mädchen den Kopf schüttelte, fragte sie weiter: »Gehst du allein rüber in dein Zimmer, oder willst du so lange bei uns bleiben?«

Sie wollte bleiben und fernsehen.

Gegen neun fragte Katharina Franzi, ob sie sie hinüber ins Hotel in ihr Zimmer begleiten solle.

»Kann ich nicht so lange bei dir schlafen, bis die Mama da ist?«, bat die Kleine.

Sie wurde in Kerstins Gästezimmer einquartiert, das ihr so gut gefiel, ganz besonders die Blümchentapete.

Aber um zehn war Eva immer noch nicht aufgetaucht, und das war so untypisch für sie, dass Kerstin auf die Gefahr hin, ihre Freundin zu stören, beschloss, sie auf ihrem Handy anzurufen. Doch es meldete sich niemand. Nach kurzem Zögern tippte sie nun die Nummer von Mathias ein. Sie konnte sich allerdings nicht vorstellen, dass Eva ausgerechnet bei ihm war. Erstens hatte er heute Abend irgendeine Sitzung gehabt, und außerdem hätte er Eva in seinem Auto längst nach Hause gefahren, wenn sie bei ihm gewesen wäre.

Noch bevor sie die letzte Ziffer eingegeben hatte, klingelte ihr Handy. Sie erkannte die Nummer sofort – es war dieselbe, die sie gerade eingetippt hatte – und nahm das Gespräch an.

»Du, ist die Eva bei dir?«, fragte sie, ohne sich mit einer Begrüßung aufzuhalten.

»Nein, wieso, ich war ja gar nicht da. Außerdem ist es jetzt auch viel zu spät«, antwortete er.

Sie wandte sich an Katharina, die ihr gegenübersaß, und sagte: »Bei Mathias ist sie auch nicht. Ich … ich bekomme langsam Angst, dass ihr was passiert ist.«

In kurzen Worten erklärte sie Mathias die Situation.

»Hat sie was von einer Freundin gesagt zu der sie gegangen sein könnte?«, erkundigte er sich.

»Nein, das hätte sie uns und vor allem Franzi bestimmt erzählt.« Kerstin schilderte, was sie wusste: dass Eva zum Fliegenfischen gegangen war, dass ihre Tochter am Nachmittag mit ihr telefoniert hatte und dass sie gesagt hatte, sie komme später.

»Aber doch nicht so spät!«, schloss sie ihren Bericht. »Das Ganze passt so wenig zu ihr, dass es mir langsam himmelangst wird. Wenn sie wirklich einmal irgendwo aufgehalten wird, sagt sie immer Bescheid.«

»Sollen wir nicht die Polizei rufen, was meint ihr?«, fragte Katharina und blickte dabei ihre Tochter an.

Mathias hatte die Frage auch verstanden und bat Kerstin, den Lautsprecher anzumachen, damit ihre Mutter mithören konnte. »Die Polizei zu alarmieren, hätte jetzt noch gar keinen Zweck«, sagte er, nachdem das geschehen war. »Aber ich finde schon, dass wir sie jetzt suchen sollten. Ihr bleibt, wo ihr seid. Ich komme, und ich frag auch meinen Bruder, falls er gerade da ist, ob er uns hilft.«

Katharinas Hand schnellte zu ihrer Brust. »Heute Mittag hat sie gsagt, es ginge ihr gut. Aber wer weiß, vielleicht ist es ihr doch wieder schwindlig geworden, und jetzt liegt sie womöglich irgendwo. Du, wir sollten wirklich die Polizei einschalten.«

»Die machen doch jetzt noch nichts«, winkte Kerstin ab. »Die werden dir sagen, dass sie vermutlich irgendwo aufgehalten wurde. Nein, wir werden selber suchen. Ich lauf rüber zum Hotel und schau, wen ich auftreiben kann, dann suchen wir gemeinsam.«

Als Mathias zusammen mit seinem Bruder eintraf, brachen sie zu acht auf. Doch obwohl sie intensiv den Weg zum Wildbach absuchten und jeden Winkel mit ihren Taschenlampen ausleuchteten, konnten sie Eva nirgends entdecken. Zu allem Unglück hatte es sich in der Nacht eingetrübt, sodass es nicht so hell war wie in den vergangenen Nächten. Schließlich mussten sie die Suche abbrechen.

Am folgenden Morgen trafen sie sehr früh bei Katharina ein, die daheim geblieben war, für den Fall, dass sich Eva doch melden sollte, was aber nicht geschehen war. Sie tranken nur Kaffee, obwohl Katharina alles für ein leichtes Frühstück bereitgestellt hatte, denn allen war der Appetit endgültig vergangen. Jetzt, beschlossen sie, war es Zeit, die Polizei einzuschalten. Die Krankenhäuser der Umgebung hatte Katharina bereits angerufen.

»Sie muss ja gar nicht am Fluss liegen, sie kann ja auch von einem Auto angefahren worden sein, wer weiß das schon«, sagte Katharina, die völlig aufgelöst war.

Doch noch ehe sie den Notruf der Polizei gewählt hatten, klingelte es an der Tür. Wie von der Tarantel gestochen sprang Katharina auf und fand Franz Maier, den Förster der Gemeinde, vor der Tür. Er hatte eine Nachricht für sie, und an seiner betretenen Miene erkannte sie, dass es keine gute Nachricht sein würde, noch bevor er sie sagte: »Es tut mir leid, euch das mitzuteilen. Aber … die Eva … die ist ertrunken.«

Vor einer halben Stunde war sie von ihm entdeckt worden, die Polizei sei bereits vor Ort, gab eine kreidebleiche Katharina an die Wartenden weiter, was ihr der Förster gesagt hatte.

Jeder hatte im Stillen gewusst, dass etwas Schlimmes passiert sein musste. Doch dass Eva tot sein könnte – diesen Gedanken hatte niemand denken wollen.

Die junge Frau war im Morgengrauen in einem Strudelloch unterhalb des kleinen Wasserfalls gefunden worden. Der Förster hatte sie auch nur deshalb entdeckt, weil sein Hund so heftig und ausdauernd angeschlagen hatte. Er selbst, berichtete er, hätte sie in der Dämmerung nicht sehen können, war doch gerade dieser Bereich des Flusses durch dichtes Ufergezweig an einem Steilhang beinahe uneinsehbar.

Katharina wankte zum Sessel am Fenster und schlug die Hände vors Gesicht.

»Ich hab's geahnt, ich hab's doch gefühlt!«, stieß sie mit tränenerstickter Stimme hervor. »Warum hab ich sie nicht zurückgehalten? Sie war einfach noch nicht in Ordnung. Ich mache mir schwerste Vorwürfe!«

»Mama, du weißt doch, dass du Eva nicht hättest aufhalten können. Bei aller Sanftheit, sie war genauso willensstark wie du«, sagte Kerstin bedrückt. Sie wischte sich die Tränen ab.

»Wer sagt es jetzt unserem kleinen Spatz?«, fragte Katharina, in deren Augen ebenfalls die Tränen schwammen.

»Ich werd zu ihr gehen«, antwortete Kerstin.

»Wir werden zusammen zu ihr gehen«, entschied Mathias und legte den Arm um Kerstin. Und das taten sie dann auch.

Als sie später einen Moment für sich allein hatten, fragte Kerstin: »Meinst du nicht, dass du Franzi jetzt doch davon in Kenntnis setzen solltest, dass du ihr leiblicher Vater bist?«

»Eigentlich schon«, sagte er und fuhr sich durch die dichten Haare. »Aber mir graut es davor, wie Lisa darauf reagieren wird.« Er schüttelte den Kopf. »Ich muss noch einmal darüber schlafen. Weißt du, einerseits verdient Franzi es, dass man ihr die Wahrheit sagt. Andererseits fürchte ich, dass Lisa dann vor lauter Eifersucht durchdreht. Wenn ich ehrlich bin, eigentlich möchte ich doch lieber warten, bis Lisa entbunden hat. Aber ob das unter den jetzigen Umständen noch richtig ist, das frag mich jetzt noch nicht – ich weiß gerade nicht mehr, wo vorne und hinten ist. Was richtig und falsch ist, kann ich da erst recht nicht sagen.«

»Wenn Lisa entbunden hat, leidet sie womöglich unter Depressionen, und dann bist du wieder geneigt, sie zu schützen.« Einen leisen Vorwurf in der Stimme konnte Kerstin nicht unterdrücken.

Er zuckte hilflos die Achseln. »Ich bin doch auch das erste Mal in so einer Situation. Gib mir Zeit, mir alles noch einmal durch den Kopf gehen zu lassen«, bat er. Dann nahm er sie in die Arme. »Aber was ist eigentlich mit uns? Du musst doch mittlerweile begriffen haben, dass ich … nun, dass ich dich liebe«, sagte er mit einer bei ihm ungewohnten Verlegenheit.

Trotz ihrer Trauer um Eva zauberte Kerstin dieses Geständnis ein Lächeln auf die Lippen. »Ach ja, tust du das?«

»Ja. Und jetzt sag mir endlich, dass du mich auch liebst.«

»Ich glaube tatsächlich … dass ich dich auch liebe.« Sie neigte den Kopf zur Seite, um seinen stürmischen Kuss abzuwehren. »Nicht jetzt!«, bat sie. »Außerdem, vergiss nicht, dass ich mit Nick verlobt bin. Mir ist bewusst, dass ich ihm Unrecht tue.«

Sie dachte daran, wie Nick einmal untypisch melancholisch gestanden hatte, alle seine Beziehungen seien daran gescheitert, dass seine

Freundinnen ihn verlassen hatten. ›Und ich kann dir nicht einmal sagen, warum. Sie meinten immer, ich liebe sie nicht genug‹, hatte er gesagt.

»Ich glaube, wir alle benötigen ein wenig Zeit der Besinnung«, sagte sie mit einem bittenden Blick. »Du mit Lisa und Franzi und ich mit Nick.«

»Das wäre ja noch ein halbes Jahr«, sagte er traurig.

»Bei dir schon. Ich und Nick ... nein, so lange will ich es nicht hinauszögern. Von mir bekommst du definitiv eine frühere Antwort. Ich kann ihm ja längst nicht mehr in die Augen schauen. So oder so, ich kann die fällige Entscheidung nicht mehr lange hinauszögern.«

Die folgenden Tage bis zur Beerdigung waren unerträglich für alle. Franzi, still und leichenblass, ohne Tränen, die jeder ihr gewünscht hätte, wurde herumgereicht, gekost, mit Liebe überschüttet. Man versuchte, sie abzulenken, so weit das möglich war, wobei auch die Familie ihrer Freundin Annika das bestmögliche dazu tat.

Seit dem Tod ihrer Mutter schlief Franzi regelmäßig in Kerstins Gästezimmer, denn natürlich konnte man sie nicht allein in ihrem Zimmer im Hotel übernachten lassen. Am Abend vor der Beerdigung lag sie dort in Kerstins Armen, die in diesen Tagen immer bei ihr blieb, bis sie eingeschlafen war.

»Ich möchte aber so gern, dass die Mama wiederkommt«, sagte Franzi. Und endlich fiel alles

Tapfere und die Starrheit, die sie in den letzten Tagen gelähmt hatten, von ihr ab, und sie weinte herzzerreißend.

Kerstin stiegen selbst die Tränen in die Augen. »Deine Mama kann ich dir nicht wiedergeben«, sagte sie mit belegter Stimme. »Aber wenn du willst, kann ich deine Pflegemama sein.«

9

Der Morgen des Beerdigungstages brach an. Man hatte beschlossen, das Hotel an diesem Tag nur mit einer Notmannschaft weiterlaufen zu lassen, denn die meisten der Kollegen wollten an der Beerdigung teilnehmen. Britta hatte am Vortag eine Sonderschicht eingelegt – alles war gerichtet, sodass sie heute nicht noch zur Arbeit würde antreten müssen. Am Abend würde man lediglich ein kaltes Buffet anbieten. Die Gäste waren von dem Unglück unterrichtet worden, und niemand hatte dagegen Einwände gehabt.

Nach der Rückkehr vom Friedhof gingen sie in Kerstins Wohnung, um sich auf den Ansturm der Freunde und Verwandten vorzubereiten.

»Schau mal, Tante Kathi«, sagte Franzi da auf einmal. Sie zeigte aus dem Fenster. Ein Polizeibeamter ging auf das Haus zu.

»Was will der Ullstein denn ausgerechnet heute von uns?«, fragte Kerstin.

»Ich geh hinunter«, sagte Katharina und erhob sich.

Vor Polizeiobermeister Bernd Ullstein wurde die Haustür geöffnet, als er gerade die Klingel drücken wollte.

»Entschuldigen Sie die Störung zu diesem unpassenden Zeitpunkt, aber damit konnte ich wirklich nicht warten. Bei der Toten wurde diese Kette gefunden«, sagte er zu Katharina.

Er reichte ihr die Kette mit einem Anhänger aus einem blauen Aquamarin, der in einen silbernen Ring eingelassen war. Katharina hatte sie noch nie gesehen. Vor allem aber wunderte sie sich darüber, dass der Beamte sie erst jetzt brachte.

»Ich hab sie am Morgen, als wir sie gefunden haben, an mich genommen, damit sie nicht verloren geht, und dann völlig vergessen«, entschuldigte sich der Polizist und lächelte zerknirscht. »Meine Frau hat sie beim Wäschewaschen in meiner Hosentasche gefunden. Sie meint, ich würde auch noch einmal meinen Kopf daheim vergessen, wenn er nicht fest angewachsen wäre.«

»Recht schönen Dank«, sagte Katharina. »Darüber wird sich die Franzi bestimmt freuen.«

Dass derzeit so gut wie gar nichts Franzis Herz erfreuen konnte, war ihr dabei klar, aber die Kette war immerhin ein Andenken an ihre Mutter und damit vielleicht ein kleiner Trost.

Sie ging wieder hinauf zu Kerstins Wohnung und gab Franzi die Kette.

»Schau, Schatz, was die Polizei gerade vorbeigebracht hat. Die ist von deiner Mami.«

»Oh, die ist aber schön«, sagte Franzi ehrfürchtig und ein kleines Lächeln wärmte ihr blasses Gesicht. »Darf ich die gleich anziehen?«

»Aber sicher, Schatz.«

Kerstin trat hinzu. »Darf ich mal sehen? Die kenn ich ja noch gar nicht. Aber hübsch ist sie wirklich.«

»Ich kenne sie auch nicht«, sagte Franzi. »Sicher hat der Mathias die der Mama geschenkt.«

»Wahrscheinlich«, sagte Kerstin. »Komisch, dass er mir nichts davon erzählt hat.«

Katharina beugte sich noch einmal hinunter zu Franzi und nahm sie in die Arme »Und du, warst du froh, dass du bei der Beerdigung dabei warst?«, erkundigte sie sich.

»Ja, freilich, so konnte ich mich doch von der Mama verabschieden«, sagte Franzi.

So hatten sie es doch richtig gemacht, nachdem sie sich lange den Kopf zerbrochen hatten, ob sie dem Kind die Beerdigung zumuten dürften oder nicht. Niemand hatte Erfahrung mit einer solchen Situation. Schließlich fragten sie Franzi, ob sie mitkommen wolle, und das Mädchen nickte heftig. »Ich möchte mit. Der Mathias hat doch gesagt, dass wir uns jetzt von Mama verabschieden, auch wenn wir sie nicht mehr sehen können.« Katharina hatte insgeheim weiterhin ihre Bedenken gehabt, und nun war ihr wohler.

Am frühen Abend versuchten alle wieder, langsam in die Normalität zurückzufinden. Kerstin brachte Franzi wie immer in das Bett in ihrem Gästezimmer, wo sie nun wohl vorübergehend bleiben würde, denn Familienangehörige waren nicht aufzutreiben. Den Aufenthaltsort von Evas Vater, den sie hatten verständigen wollen, hatten sie nicht herausfinden können. Andere Familienmitglieder gab es nicht, jedenfalls keine, zu denen Eva Kontakt gehabt hätte. Obwohl niemand von

Evas direkter Familie zugegen gewesen war, war es trotzdem eine große Beerdigung geworden. Evas wenige Freundinnen, Mathias und seine gesamte Familie waren da gewesen sowie fast alle Kollegen und natürlich viele Nachbarn, die alle die ruhige und fleißige junge Frau geschätzt hatten. Sie nahmen später auch am gemeinsamen Essen teil, das man nach reiflicher Überlegung in Katharinas Haus abgehalten hatte.

Kerstin hatte das mutterlose Kind ganz selbstverständlich unter ihre Fittiche genommen. Immerhin war Franzi ja schon von Geburt an ein Teil der Familie gewesen. Was später sein würde, ob Mathias sie vielleicht ganz bei sich haben wollte, das würde sich noch finden. Vage wurde ihr bewusst, dass sie, sollte sie Nick den Laufpass geben, um dorthin zu gehen, wohin ihr Herz sie zog – zu Mathias –, an dem Mädchen Mutterstelle vertreten würde. Das wog schwer für sie, denn wenn sie mit Nick zusammenblieb, würde der Kontakt zu Franzi bestimmt nicht so eng bleiben, wie er bislang gewesen war.

Ihren Verlobten einfach wie einen alten Schuh von sich abzustreifen, widerstrebte ihr aber ebenfalls, und er machte es ihr auch nicht gerade leicht, diese Skrupel zu überwinden. In den letzten Tagen war er aufmerksam, fürsorglich und viel zärtlicher zu ihr gewesen als jemals zuvor – gerade so, als ob er ahnte, dass er im Begriff stand, sie zu verlieren. Dass er etwas mitbekommen hatte, schien ihr allerdings ausgeschlossen. Mathias und

Kerstin hatten sich nach dem Unglück nur noch wenige Male allein getroffen, und das immer sehr kurz.

Vorhin hatte Mathias ihr in einem unbeobachteten Moment noch gesagt, er wolle mit ihr sprechen, ob sie herauskommen könnte, wenn er sich verabschiedet hatte. Nun war es soweit, er hatte ihr bereits höflich-distanziert die Hand gegeben und war gerade dabei, auch Katharina Auf Wiedersehen zu sagen. Seine Eltern hatten sich schon eine Stunde zuvor verabschiedet.

Kerstin wartete, bis er hinausgegangen war, und wollte gerade unbemerkt hinter ihm herschlüpfen, als Nick ihr im Flur aus dem Wohnzimmer entgegentrat. Er sah sie fragend an.

»Ich muss rasch Mathias hinterher und ihn noch nach meinem Auto fragen«, murmelte sie. »Das hatte ich die ganze Zeit völlig vergessen.«

Sie eilte an ihm vorbei nach draußen und blickte sich dann um. Hoffentlich folgte er ihr jetzt nicht. Doch er war in die Küche gegangen, wo sie sah, wie er ihre Mutter ansprach. Britta und Sascha hatten sich bereits verabschiedet, weil der lange Tag die Schwangere völlig erschöpft hatte.

Mathias stand an seinem Auto und sah ihr entgegen, während sie die letzten Schritte im Laufschritt zurücklegte.

»Was ist denn?«, fragte sie halblaut.

»Wir müssen uns unbedingt sehen«, flüsterte Mathias zurück.

Hin und her gerissen zwischen Liebe, Unsicherheit und Scheu mied sie seinen Blick. Doch ihr Herz sprach eine eigene Sprache. »Ja, wir müssen uns sehen.«

»Bald.«

Er legte seine Arme um sie und zog sie an sich, und sie wusste, jetzt würde er sie küssen. Hoffentlich sah Nick nicht aus dem Fenster.

»Ja, bald. Gute Nacht«, sagte sie gehetzt, machte sich rasch von ihm los und eilte zum Haus. Ihr Nacken kribbelte. Er blickte ihr nach, dazu musste sie gar nicht zurückschauen.

Es war Zeit für eine Entscheidung. Hatte sie jene aber insgeheim nicht schon längst getroffen? In diesem Fall war es Zeit, den unangenehmen, aber unvermeidlichen letzten Schritt zu gehen.

Aber nicht ausgerechnet heute am Tag von Evas Beerdigung, dachte sie.

Sie traf Nick in der Küche an, wo ihre Mutter dabei war, die Reste des Abendbrots fortzuräumen.

»Nick, herzlichen Dank für deine Hilfe«, sagte sie zu Kerstins Freund.

»Ja, du hast dich wirklich rührend um alles gekümmert«, pflichtete Kerstin ihr bei und drückte ihm einen Kuss auf die Wange.

Eigentlich war er wirklich lieb, ihr Verlobter. Man musste unter seiner leicht versnobten Art nur etwas tiefer schürfen. Es war ja nicht so, dass sie von allen guten Geistern verlassen gewesen wäre, als sie sich vor drei Jahren mit ihm eingelassen hatte, und seither zu feige war, um die Sache zu beenden.

In den letzten Tagen hatte Nick ihr jeden Wunsch von den Augen abgelesen und sie durch zahlreiche kleine Gesten wissen lassen, wie viel ihm an ihr lag. Er war längst nicht so oberflächlich, wie er auf den ersten Blick schien und wie ihn – das wusste sie genau – ihre Mutter insgeheim einschätzte. Was also hatte Mathias, das Nick nicht auch hatte?

Vielleicht, dachte Kerstin, war die Erklärung ganz einfach. Sie hatte ja nicht ahnen können, dass das, was sie damals bei Mathias empfunden hatte, nicht als bloße pubertäre Schwärmerei abgetan werden konnte, sondern dass Liebe sich immer so anfühlte, wenn sie echt war. Sie brannte lichterloh, wenn sie nur an Mathias dachte, während der Gedanke an Nick eher wie eine wärmende Glut war. Das sei die Liebe, wie sie erwachsene Menschen empfinden, hatte sie bislang gedacht. Und so eine Liebe war ja auch nicht schlecht, wenn man so auf Sicherheit und stille Harmonie bedacht war wie sie. Aber es war und blieb nun einmal wahr, dass sie für Nick, auch direkt nach ihrem Kennenlernen, nie so empfunden hatte wie für Mathias. Dafür konnte Nick gar nichts. Aber sie ja auch nicht.

Während die zwei Seelen in ihrer Brust abwechselnd für Nick und für Mathias sprachen, wurde ihr auf einmal klar, was sie jetzt tun musste. Es gab eine einzige Sache, die bedeutete ihr so viel, dass sie beim besten Willen keinen Mann heiraten konnte, der sie ablehnte. Also musste sie Nick in dieser Sache auf den Zahn fühlen.

»Es waren so viele Leute da, mehr als ich angenommen hatte, man konnte wirklich jede helfende Hand gebrauchen«, sagte Katharina zum Verlobten ihrer Tochter, ohne zu ahnen, was in jener gerade für innere Streitgespräche abliefen.

»Man tut was man kann«, antwortete Nick geschmeichelt, der breitbeinig im Sessel am Fenster saß.

Die Stille, die im Raum herrschte, ließ Kerstin zu dem Entschluss gelangen, dass jetzt der rechte Moment war, um Nick auf die Probe zu stellen.

»Nick, Mama – ich wollte etwas mit euch besprechen«, begann sie.

»Ja, was ist, Schatz?«, fragte Katharina, ging zum Fenster und öffnete es weit. »Mag jemand von euch ein Glas Wein oder Bier? Wie ist es mit dir, Nick?«

Nick kam zum großen Küchentisch geschlendert. »Ich bin voll bis oben hin von dem vielen Kaffee und dem Wasser, ein Bier nach dem Essen wäre jetzt aber ganz gut.«

Kerstins Blick ruhte auf ihm, als er sich geschmeidig auf dem Stuhl niederließ, während die beiden Advokaten in ihrem Inneren die Arbeit wieder aufnahmen. Nein, mit Nick musste eine Frau sich nicht verstecken. Er war das, was ihm selbst an Frauen so wichtig erschien: Er war vorzeigbar, wie er es nannte! Eine Eigenschaft, die Kerstin wiederum völlig kalt ließ, ja, vor der sie sich fast ein bisschen fürchtete. Nick war ein Augenmensch, wie er betonte. Was bedeutete das für sie, wenn sie einmal älter wurde? Wie würde er sie anschauen, wenn sie einmal Pickel bekommen sollte, oder schlimmer, Herpes? Würde er sich dann angeekelt abwenden? Was, wenn sich die ersten Falten zeigten? Würde er ihr dann womöglich zu Botox raten? Was, wenn sie rundlich würde? Das war anzunehmen, denn sie liebte gutes Essen, wie jeder in ihrer Familie. Oder würden sich solche Fragen im Laufe der Jahre von allein klären in einer Ehe, in der sie alles dafür tat, dass sie harmonisch abliefe?

Und Mathias – kannte sie ihn wirklich lange genug, um eine Entscheidung für oder gegen ihn zu treffen? Sie hatten sich als Jugendliche gekannt, und das auch eher flüchtig wegen des Altersunterschieds. Doch die Jahre veränderten einen Menschen. Was, wenn sie sich in ihm täuschte?

In seinem schwarzen Anzug sah Nick sehr schmal und elegant aus. Er war so groß wie Mathias und mindestens genauso attraktiv, vor allem, fand sie, weil er heute auf das Gel in seinen Haaren verzichtet hatte. Auf einmal begriff sie, welche entscheidende Zutat, die man nicht erwerben konnte, sondern entweder hatte oder nicht, Nick fehlte: Sex-Appeal. Aber reichte Sex-Appeal denn schon für eine gelingende Ehe aus? Es ging doch wohl dabei nicht in erster Linie um Sex und Leidenschaft, sondern um etwas, das tiefer ging. Leidenschaft würde mit den Jahren abkühlen. Die tiefen Gefühle würden bleiben.

»Hallo, Kerstin, du Träumerin, möchtest du auch ein Bier?«, riss ihre Mutter sie aus ihren Gedanken. Kerstin kam wieder zu sich und setzte sich an den Tisch. »Ja, danke, mir bitte auch eins.«

Katharina holte drei Biergläser und schenkte ein. Dazu stellte sie ein Tablett mit Käse und setzte sich dann ebenfalls.

»Es ist ja so, dass Franzi jetzt allein ist«, begann Kerstin, ergriff ein Stück Käse und biss hinein, obwohl ihr Magen so voll war, dass sie die nächsten drei Tage eigentlich auf das Essen hätte verzichten sollen.

»Abgesehen davon, dass sie glücklicherweise uns hat«, nickte Katharina seufzend.

»Ja, aber eine Mutter – die ist doch auch sehr wichtig.«

»Schatz, komm zur Sache«, forderte Nick sie auf.

Kerstin senkte den Kopf und spielte mit den Fransen der Tischdecke. »Ich und Franzi, wir waren immer die besten Freundinnen. Sie mag mich, und ich liebe sie wie eine Schwester. Und da dachte ich … um es kurz zu machen – ich möchte sie adoptieren!«

In der Stille, die eintrat, war nur das Ticken der Uhr zu vernehmen. Aus dem geöffneten Fenster drang der letzte Ruf einer unermüdlichen Amsel. Die klare, abgekühlte Luft von draußen verdrängte die dumpfe Atmosphäre, die immer noch in der Küche zu hängen schien, aus der sich die letzten Gäste erst vor Kurzem verabschiedet hatten.

»Ja, aber Schatz, du kannst sie doch nicht einfach adoptieren«, brachte Katharina heraus, die als Erste ihre Fassung wiedererlangte. Sie warf Kerstin einen vorwurfsvollen Blick zu. Du weißt doch genau, warum!, signalisierte dieser Blick. Was spielst du hier eigentlich für ein Spiel? »Du kannst sie meinetwegen in Pflege nehmen«, fuhr sie fort, »was ich im Übrigen genauso könnte, ich habe ebenfalls schon mit dem Gedanken gespielt.«

»Einmal ganz davon abgesehen, ob dein Verlobter da nicht auch ein Wörtchen mitzureden hat und mit dieser plötzlichen Veränderung seiner Lebenssituation einverstanden ist«, meldete sich Nick zu Wort.

Kerstin warf ihm einen Seitenblick zu. Er wirkte völlig überrumpelt.

»Sicher, genau deswegen wollte ich ja auch mit dir und Mama darüber sprechen«, versicherte sie mit treuherzigem Augenaufschlag. »Ich kam darauf, als die Franzi so geweint hat und ich sie im Arm hielt. Da habe ich ihr versprochen, dass ich mich um sie kümmern werde. Seither geht mir das durch den Kopf, und jetzt habe ich mich entschieden, dass ich ihr die Mutter ersetzen will.«

»Was für ein Unsinn!«, rief Nick aus. »Seine Mutter hat man oder man hat sie eben nicht mehr. Die kannst du nicht einfach so ersetzen. Also wirklich!«

»Nick hat recht, Liebes«, sekundierte Katharina, ergriff ihr Glas und nahm einen großen Schluck.

»Einmal ganz davon abgesehen, dass du mich vielleicht vorher auch darüber in Kenntnis setzen dürftest«, wütete Nick erneut.

»Aber das hab ich doch soeben getan«, verteidigte sich Kerstin.

»So, wie du dir das vorstellst, kannst du aber nicht vorpreschen«, warf Katharina ein. »Du musst zuerst einmal mit … mit dem Jugendamt oder wem auch immer darüber reden.«

Kerstin musste sich ein Grinsen verbeißen. Ihre Mutter hatte natürlich Mathias gemeint, mit dem sie zuerst reden müsste. Beinahe hätte sie sich verplappert. Nick hatte keine Ahnung, dass Mathias der Vater von Franzi war. Auf einmal spürte sie, wie etwas sachte gegen ihr Schienbein schlug.

»Und dann müsstest du natürlich Franzi selbst auch noch fragen«, war Katharina inzwischen eingefallen.

»Die würde sicher am allerwenigsten dagegen haben«, behauptete Kerstin mit einem Achselzucken.

»Ihre Mutter ist gerade heute beerdigt worden«, bemerkte Katharina kopfschüttelnd. »Das Kind steht unter Schock. Wie stellst du dir denn das vor? Mama ist tot, Tante Kerstin erscheint, und für Franzi ist alles auf einen Schlag wieder gut? Gib ihr doch erst einmal Zeit, sich zu fangen, bevor du anfängst, über ihren Kopf hinweg Pläne zu schmieden.«

»Ich kann mir nicht vorstellen, dass sie etwas dagegen haben könnte«, spielte Kerstin ihre

Rolle weiter. Unter dem Tisch suchte sie mit ihrem Fuß nach dem ihrer Mutter und gab ihr einen ganz vorsichtigen Tritt. Als Katharina sie erstaunt ansah, blinzelte sie ihr zu und hoffte, dass sie das Signal verstanden hatte.

Nick bemerkte nichts von dieser heimlichen Verständigung. Er hatte soeben sein Glas an die Lippen setzen wollen und stellte es nun mit einem hörbaren Klirren zurück auf den Tisch. »Aber ich vielleicht, meine Liebe! Darf ich dich daran erinnern, dass ich andere Pläne habe?«

Kerstin ergriff seine Hand und blickte ihn bittend an. »Ich weiß, Schatz, dass ich dich damit überrumple. Aber schau, sie braucht doch jemanden, der für sie da ist.«

»Und wieso bildest du dir ein, das müsstest ausgerechnet du sein?«, ereiferte er sich. »Das Jugendamt sieht das vielleicht ganz anders. Du bist ja nicht einmal verheiratet.«

»An mir liegt das aber nicht«, gab Kerstin ruhig zurück und sah mit Genugtuung, dass er rot wurde.

»Und was ist mit etwaigen Familienangehörigen? Vielleicht findet man in den Unterlagen von Eva ja sogar den Namen des Vaters, bist du einmal auf diese Idee gekommen? Irgendwo muss ja eine Urkunde vorhanden sein. Und der hätte gewisse Vorrechte. Vielleicht benötigt Franzi deine Hilfe ja gar nicht?«

»Vielleicht will sie ja gar nicht zu einem Vater, der sich zehn Jahre lang nie hat blicken lassen und der ihr völlig fremd ist«, gab Kerstin zurück.

»Ich könnte Franzi ja zumindest einmal den Vorschlag machen.«

»Oder mich fragen, ob ich damit einverstanden bin«, erinnerte Nick sie kalt.

»Nun, die Antwort von dir scheint ja klar. Du bist dagegen!«

»Vor noch nicht allzu langer Zeit wolltest du unbedingt von mir schwanger werden, jetzt möchtest du gleich ein fremdes Kind adoptieren. Womöglich willst du sogar beides zugleich? Also wirklich!«

Kerstin blickte Nick in die Augen und nahm seine Hände. »Ja, ich hätte gerne ein eigenes Kind«, sagte sie sanft. »Du hast aber gesagt, du willst jetzt noch keines, vielleicht, wenn wir einmal vierzig sind. Bis dahin soll ich also meine Wünsche verschieben, und ich bin bereit, das zu tun. Aber vielleicht kann ich dann ja gar keine Kinder mehr bekommen? Jetzt ist aber ein Kind ganz in der Nähe, das unbedingt jemanden braucht. Franzi ist schon zehn Jahre alt, sie wird dir weder den Nachtschlaf rauben noch deinen beruflichen Ehrgeiz behindern, und ich kann dir aus jahrelanger Erfahrung mit ihr versichern, dass sie ein ganz pflegeleichtes Persönchen ist. Bitte, lieber Nick, überschlaf die ganze Angelegenheit also noch einmal.«

»Da gibt es nichts zu überschlafen!«, brauste ihr Verlobter auf. »Du weißt genau, dass ich mich selbstständig machen will und dafür meine ganze Kraft benötigen werde. Du wiederum arbeitest hart in dem Hotel deiner Familie. Das Mädchen mag jetzt lieb und nett sein, aber bald kommt sie in die Pubertät, und dann geht's bekanntlich rund!«

Katharina hatte sich zurückgehalten, wie das offenbar von ihrer Tochter gewünscht worden war. Aber sie besaß feine Antennen, und was immer Kerstin hier auch im Schilde führte, jetzt war es ihrer Meinung nach genug.

»Ihr Lieben, seid nicht bös, aber ich muss ins Bett«, sagte sie und stand auf. »Der Tag war lang und anstrengend. Und ihr solltet auch schlafen gehen, bevor ihr euch so zerstreitet, dass es euch hinterher leid tut. Nick, eine Nacht über eine Sache schlafen schadet bekanntlich nie. Und du, Kerstin, gib dir auch Zeit. Eine solche Entscheidung fällt man nicht in Zeiten, in denen man vor lauter Gefühlen nicht klar denken kann.«

»Ganz recht«, brummte Nick. Er stand auf. »Ich habe morgen einen schweren Tag. Ich hab in Waldhaus eine Immobilie an Land gezogen, die sich ganz wunderbar für mein neues Büro eignen würde. Da will ich hin. Dazu vier weitere Außentermine und ein mäkelnder Chef, der mir sogar den heutigen Urlaubstag verweigern wollte. Es wird Zeit, dass ich ihm endlich die Kündigung auf den Tisch legen kann. Ich weiß nicht mehr, wo mir der Kopf steht.«

Kerstin stand ebenfalls auf. »Dann mach's gut«, murmelte sie und erwiderte an der Tür halbherzig seinen Kuss.

In ihrer Wohnung war es ungewohnt hell, als sie aufschloss. Das Licht im Flur hatte sie brennen lassen für den Fall, dass Franzi aufwachte und zur Toilette musste. Das Kind schien aber zu schlafen, denn alles war still. Sie bewegte sich leise, um es nicht aufzuwecken, öffnete aber dennoch vorsichtig die Tür zu ihrem Gästezimmer, um sich zu vergewissern, ob Franzi wirklich schlief.

Die kleine Lampe, die sie aus Franzis Kinderzimmer herübergeholt hatten, spendete sanftes Licht. Das Mädchen schlief zum Glück tief und fest. Ohne ihre Brille wirkte sie noch jünger und schutzbedürftiger. Kerstin bemerkte, dass ihre Faust die Kette ihrer Mutter umklammerte. Vorsichtig ging sie zum Bett und löste sie aus der kleinen Hand. Erst als sie die Kette auf den Nachttisch legte, fiel ihr auf, dass der Verschluss kaputt war.

Nun, es würde für den Juwelier ein Leichtes sein, sie zu reparieren. Bei einem so schönen Stück lohnte sich das auch, zumal sie so ein wichtiges Andenken für Franzi an ihre Mutter war. Sie nahm die Kette noch einmal in die Hand und betrachtete sie näher. Die war bestimmt nicht billig gewesen. Ein wirklich edles Teil hatte Mathias Eva geschenkt, dachte sie mit einem Anflug von Eifersucht, für den sie sich sofort schämte.

Aber irgendetwas an der Sache war merkwürdig. Wieso hatte Eva ihr die Kette nicht gezeigt?

Hatte sie vielleicht bemerkt, wie eifersüchtig sie, Kerstin, manchmal auf sie gewesen war? Fast jede freie Minute war Eva bei Mathias gewesen, während sie selbst nur ihren Tagträumen von ihm nachhängen konnte. Aber natürlich hatte Kerstin eingesehen, dass dies die unvermeidliche Folge ihrer eigenen Ratschläge war. Schließlich zog so eine Vaterschaftserklärung eine Menge Papierkram nach sich. Behördengänge mussten getan werden. Aber dass die beiden das Liebespaar gespielt hatten, um Lisa Arnsfeld zu täuschen, hätte nach Kerstins Meinung nicht sein müssen ...

Nun, spätestens nach ihrer heutigen Scharade mit Nick stand es ihr nicht mehr zu, Mathias dafür Vorwürfe zu machen, befand sie. Ein Glück, dass ihre Mutter die stumme Bitte richtig verstanden und den Mund gehalten hatte. Morgen würde sie ihr alles erklären.

Wäre es nicht so traurig gewesen, hätte man darüber lachen können, wie leicht Nick den Köder geschluckt und wie einfach er ihr die Entscheidung gemacht hatte. – Armer Nick. Es war bestimmt nicht seine Schuld, dass ihm andere Dinge im Leben wichtig waren als ihr, und Kerstin musste sogar anerkennen, dass manche seiner Argumente Hand und Fuß gehabt hatten.

Wie sehr, ahnte Nick nicht einmal! Das Jugendamt war längst bei Mathias vorstellig geworden, und auch bei ihrer Mutter war eine Frau Gerstner aufgetaucht, eine nette Person mit wirrem Lockenschopf, beachtlichen Kurven und mitfühlenden Augen. Katharina war es gelungen, sie davon zu überzeugen, dass für Franzi in der nächsten Zeit gesorgt war. Wie es auf längere Sicht weitergehen sollte, konnte also ohne Zeitdruck entschieden werden. Frau Gerstner hatte sich damit zufrieden gegeben.

Aber hier kam es nicht nur auf Argumente an, sondern auch darauf, wie sie vorgebracht wurden. Und da stand für Kerstin nun fest, dass sie als Nicks Frau für immer zum Nachgeben verurteilt wäre. Eigentlich verabscheute Kerstin Auseinandersetzungen wie die, die sie gerade geführt hatte, aus tiefstem Herzen. Wenn er keine Kinder haben wollte, dann würde sie sich also damit abfinden müssen, dass auch sie ohne Kinder alt werden würde. Nein, das Leben mit diesem Mann würde sie unglücklich machen. Und deshalb würde sie ihn bitten müssen, die Verlobung zu lösen. Ihr graute davor, ihm mit dieser Bitte gegenübertreten zu müssen, aber daran führte leider kein Weg vorbei.

Warum war ihr Leben nur auf einmal so kompliziert geworden? Bis vor Kurzem war alles noch harmonisch und beinahe glücklich gewesen. Sie hatte sich sogar für vollkommen glücklich gehalten! Mit einem Schlag hatte sich alles verändert. Genauer betrachtet hatte es sogar zwei Schläge gegeben. Mathias' Aufkreuzen war es, was ihr Leben auf den Kopf gestellt hatte. Und nun Evas Tod.

Wieder fiel ihr Blick auf die Kette mit dem kaputten Verschluss. Sonderbar, dass Eva diese Kette, die zuvor niemand je an ihr gesehen hatte, ausgerechnet beim Fischen bei sich gehabt hatte. Hatte sie sie vielleicht erst am Tag davor bekommen und sich so darüber gefreut, dass sie sie unbedingt tragen wollte, wie unpassend der Anlass auch immer war?

Aber nein, das konnte nicht sein. Dann hätte sie sie doch auch schon mittags in der Küche angehabt.

Oder hatte sie sie angehabt, weil sie dort jemanden treffen wollte? Vielleicht den Mann, der sie ihr geschenkt hatte?

Vielleicht ihren ... Mörder?

Kerstin fröstelte auf einmal. Mord! Hatte sie noch alle Tassen im Schrank? Aber sie konnte nicht aufhören, das Garn weiterzuspinnen, mit dem sie begonnen hatte. Der Mörder hatte ihr dann vielleicht die Kette vom Hals gerissen; deshalb war auch der Verschluss kaputt. Auf einmal sah sie die Szene vor sich, als geschähe der Mord direkt vor ihren Augen.

In einer Aufwallung von Entsetzen schleuderte sie die Kette zurück auf den Nachttisch, sprang auf und starrte das Schmuckstück an, als wäre es eine giftige Schlange.

Nimm dich zusammen, sonst wacht Franzi noch auf!, ermahnte sie sich und atmete mehrmals tief aus und wieder ein. Deine Phantasie spielt dir gerade einen Streich. Aber sie, die Zurückhaltende, sie neigte doch sonst nicht zu Überspanntheit. Das war das Markenzeichen dieser Lisa Arnsberg, wegen der alle dauernd Rücksicht nehmen sollten: Mathias, Franzi, Kerstin selbst ...

In ihrem Schlafzimmer – dem Gemach einer Prinzessin, wie Britta Kerstins Hang zum Kitsch oft spöttisch kommentierte – öffnete sie das Fenster, zog den Vorhang zu und löschte das Licht des zierlichen Kronleuchters, den sie auf einem Flohmarkt erstanden hatte. Britta liebte klare, strenge Linien, sie hingegen mochte eher das Verspielte, wenn auch nicht in den Ausuferungen ihrer Mutter. Statt deren Kaffeekannen liebte Kerstin vor allem romantische Stoffe und setzte sie ein, wo immer es möglich war.

Sie sank zurück in ihr dickes, mit altem Leinen bezogenes Kopfkissen und verschränkte die Hände unter dem Kopf. Die Entscheidung war unwiderruflich gefallen, sie spürte es ganz deutlich. Sie konnte die Dinge nun nicht mehr auf die lange Bank schieben. Tränen liefen ihr auf einmal über die Wangen, sie wischte sie ungeduldig fort.

Nick war ihr vertrauter Gefährte der letzten drei Jahre. Warf man so etwas einfach fort? Selbst bei ihnen im Dorf kam es mittlerweile viel öfter als früher vor, dass sich Paare nach kürzester Zeit wieder trennten. Sogar das Internet hatte in der Partnersuche in ihrem Dorf Einzug gehalten – eine ihrer Freundinnen hatte den nach ihrer Meinung Richtigen dort gefunden, eine andere allerdings war bitter getäuscht worden.

Nick war vertraut. Nick liebte sie. Nick wollte halt keine Kinder. Er hatte nie ein Geheimnis daraus gemacht, und früher hatte es sie nicht gestört. Sie selbst hatte ja auch oft gesagt, dass man keine Kinder brauche, um ein glückliches Leben zu führen.

Und Mathias? Liebte er sie wirklich? Rannte sie mit ihm wirklich keinem Hirngespinst hinterher?

Gleich morgen wollte sie ihn sehen. Er war es gewesen, der gedrängt hatte, sich mit ihr zu treffen. Vielleicht war eine Entscheidung tatsächlich gar nicht so schwer, lösten sich ihre Probleme schneller, als sie gedacht hatte?

Sie wischte sich mit beiden Händen übers Gesicht, drehte sich zur Seite – und schlief auf der Stelle ein.

10

Am nächsten Morgen wurde am Frühstückstisch mit keinem Wort das Gespräch vom gestrigen Abend erwähnt. Kerstin war froh darüber und bewunderte wieder einmal, wie feinfühlig ihre Mutter sein konnte – wenn sie nur wollte.

»Du, Kerstin?«, fragte Franzi. Sie wirkte heute Morgen gefasst, als wäre nichts geschehen, und Kerstin war erleichtert. Ein Glück, dachte sie, dass die Sommerferien noch nicht angebrochen waren. In dieser Zeit hatte Eva immer Urlaub genommen, um so viel Zeit wie möglich mit ihrer kleinen Tochter zu verbringen. Jetzt war noch Schule, und Franzi würde für den größten Teil des Tages abgelenkt sein.

»Ja, mein Schatz?«

»Du, ich möchte so gerne zum Fluss. Da, wo die Mami immer fischen war. Könntest du heute Nachmittag mit mir dorthin gehen?«, fragte sie.

Kerstin zog erschrocken die Luft ein. Plötzlich hatte sie wieder das Bild vor Augen, das sie am Abend zuvor kurz an ihrem Verstand hatte zweifeln lassen: Eva, wie sie mit ihrem Mörder rang. Franzis Augenaufschlag hätte allerdings selbst einen Stein erweichen können. Und war es nicht sogar eine Möglichkeit, dieses unheimliche

Spukbild für immer zu vertreiben, wenn sie sich mit der Realität befasste?

»Wenn du das wirklich möchtest, gerne«, sagte sie. »Du müsstest aber bis vier warten, vorher hab ich noch einen Termin.«

»Ja, natürlich. Ich muss ja auch vorher die Schulaufgaben machen«, entgegnete Franzi. Sie war eine lernbegierige Schülerin, die keine Probleme in der Schule hatte, vom Sportunterricht abgesehen. Aber nachdem Eva einmal ein ernstes Wort mit der alten Sportlehrerin gesprochen hatte, hatte sie Franzi nicht mehr so hart wie vorher angefasst. Hoffentlich war diese Lisa ebenso sensibel.

»Obwohl das Wetter heute ja nicht so besonders ist«, sagte sie mit einem Seitenblick. Der Himmel hatte sich schon gestern abend immer mehr zugezogen, und jetzt war tristes Nieselwetter.

»Och, das macht nichts. Wir haben doch unsere Regenmäntel.«

Kerstin bemerkte, dass Franzi die Kette ihrer Mutter trug. »Du, Schatz, ich glaube, die Kette ist ein bisschen zu schade für die Schule. Ich würde sie nur danach tragen.«

Franzis Hand fuhr hoch, als müsse sie sicherstellen, dass niemand ihr die Kette einfach wegnahm. »Meinst du auch, Tante Kathi?«, fragte sie Katharina.

»Ja, Schatz, die Kerstin hat recht. Stell dir vor, sie geht kaputt beim Spielen.«

»Ach so: Kaputt ist sie jetzt schon. Gestern Abend habe ich gesehen, dass der Verschluss entzwei war. Wie hast du sie eigentlich festgemacht?«, fragte Kerstin.

»Ich hab sie zusammengeknotet, das ging ganz einfach. Jetzt hält sie wieder.«

»Lass mich dir helfen«, bat Kerstin. Sie löste dem Mädchen die Kette vom Hals. »So ein Knoten kann wieder aufgehen, ohne dass du es merkst, und dann verlierst du sie vielleicht. Am besten wir bringen die Kette gleich heute zum Juwelier, der kann sie wieder reparieren.«

Angesichts dieses Versprechens überließ Franzi ihr die Kette ohne Widerrede, stopfte die Brote, die Katharina ihr gemacht hatte, in die Schultasche und eilte hinaus.

»Heute Morgen scheint sie gefasst zu sein«, bemerkte Katharina.

»Ja. Zum Glück«, entgegnete Kerstin versonnen. »Du hast doch nichts dagegen, wenn ich heute früher gehe, damit wir an den Wildbach gehen können?«, fragte sie mehr der Form halber, denn natürlich teilten sie beide sich selbstständig ihre Arbeit ein. Aber heute hatten sie sich eigentlich gemeinsam ihren Finanzen widmen wollen, damit sie einen Überblick bekamen, wie viel Geld ihnen für den Bau des Golfplatzes zur Verfügung stand.

»Nein, natürlich nicht, das weißt du«, winkte Katharina ab. »Das mit dem Geld, das können wir auch später in Angriff nehmen.«

Angesichts der mühsam verborgenen Erleichterung ihrer Mutter musste Kerstin trotz allem schmunzeln. Die Finanzen waren eine

Beschäftigung, die ihrer Mutter gar nicht lag, und wenn sie sich dieser Himmelsstrafe freiwillig unterzog, anstatt sie einfach Kerstin zu überlassen, dann nur, wenn sie sich wieder einmal für eine neue Idee begeisterte. Aber so groß konnte die Begeisterung nicht sein, dass ihr ein Tag Aufschub nicht angenehm gewesen wäre.

»Aber ob das so eine gute Idee ist, mit der Kleinen zum Fluss zu gehen?«, fuhr Katharina fort.

»Mama, du hast sie doch gehört. Ich bin der Meinung, wir sollten ihr momentan jeden Wunsch erfüllen. Wenn sie die Stelle sehen will, dann geh ich mit ihr dorthin. Und wer weiß, vielleicht ist es ja gut für sie. So, wie es offenbar auch gut gewesen ist, sie zum Begräbnis mitzunehmen.«

»Vielleicht hast du recht. Man muss offen für alles sein, was ihr hilft«, seufzte Katharina, ohne wirklich überzeugt zu wirken. Aber weitere Einwände hatte sie nicht.

Um vier gingen Kerstin und Franzi los und lieferten erst die Kette zum Reparieren beim Juwelier ab, dann spazierten sie zum Wildbach. Der Nieselregen hatte aufgehört, aber die Hitze der letzten Wochen war verschwunden; der Himmel war bedeckt und die Temperatur angenehm. Franzi plauderte auf dem Weg die ganze Zeit mit Kerstin, das schien ihr ein hoffnungsvolles Zeichen dafür, dass sie mit diesem Besuch nicht vielleicht doch einen schwerwiegenden Fehler machte. Eine halbe Stunde später hatten sie den Platz erreicht. An dem Abzweig, wo der Wanderweg weiter hinauf zum Gipfel führte, blieben sie stehen.

»Ich glaube, das reicht. Weiter brauchen wir nicht zu gehen«, sagte Kerstin, während ihr Blick den Wildbach entlangglitt. Sie wunderte sich. Warum hatte Eva ausgerechnet an einer Stelle gefischt, die sich so nah an dem kleinen Wasserfall befand, wo sie heruntergerutscht war? Hatte sie das sonst auch getan?

Als hätte Franzi ihre Gedanken gehört, sagte sie im gleichen Moment: »Die Mami hat mir immer verboten, so weit den Bach runter zu spielen. Und jetzt ist sie selbst den Wasserfall hinuntergefallen«, sagte sie. »Schau, da liegt ja noch ihr Stiefel.« Sie deutete auf eine kleine Sandbank im Fluss.

Tatsächlich, dort lag ein Stiefel. Ehe Kerstin ihr Einhalt gebieten konnte, war Franzi bereits an das Ufer des Baches und auf die Sandbank hinabgestiegen und hielt nun den Stiefel ihrer Mutter in der Hand. Kerstin, die keine Lust hatte, mit ihren Sandalen über die Ufersteine zu balancieren, blieb, wo sie war, und wartete, dass Franzi wieder heraufkam.

»Den hat sie an der Stelle verloren, wo sie mit mir auch immer steht«, rief Franzi schwer atmend, als sie wieder bei Kerstin angelangt war. »Warum ist sie nicht einfach dort geblieben? Sie war dumm, dass sie bis an den Wasserfall gegangen ist.« Ihre Stimme zitterte dabei gefährlich.

Kerstin nahm sie in den Arm und fuhr ihr übers Haar. »Sicher wird sie ihre Gründe gehabt haben.«

Eigentlich wunderte sie sich auch darüber, dass Eva bei dem Unglück den Stiefel verloren hatte. Oder hatte man ihn nur beim Bergen Evas verloren? Dann fiel ihr ein, dass man die Leiche wohl kaum den Wasserfall hinaufgezogen hatte, sondern sie aus dem Strudelloch zuerst ans Ufer getragen und dann abtransportiert hatte. Wenn der Stiefel also beim Bergen der Leiche verloren gegangen wäre, hätte er im Strudelloch landen müssen.

»Ich möchte ihn mitnehmen«, bat Franzi.

»Ja, natürlich, hier unten soll er nicht liegen bleiben«, nickte Kerstin. Sie vergewisserte sich, ob es tatsächlich Evas Stiefel war, doch die englische Marke war der Beweis. Auch die Größe stimmte, und die wusste Kerstin ganz genau. Eva und sie hatten die gleiche Schuhgröße, und Eva hatte lange hin- und herüberlegt, ob sie die Stiefel behalten oder zurückgeben sollte, weil sie ein wenig zu groß waren.

Eine ganze Weile standen Kerstin und Franzi noch da und hingen schweigend ihren Gedanken nach, dann spazierten sie langsam heim. Während des gesamten Rückweges gingen Kerstin die Worte Franzis durch den Kopf.

Wieso eigentlich hatte sich eine so erfahrene Anglerin wie Eva an eine Stelle gestellt, die sie normalerweise immer gemieden hatte? Hatte sie einen Grund gehabt, eine andere auszuprobieren? Aber wie war es überhaupt möglich, bei einem Sturz aus dem Stand gleich den Wasserfall hinunterzufallen? Die wichtigste Frage lautete allerdings: Warum war ihr Stiefel einige Meter von der Sturzstelle entfernt gelegen?

Sie lieferte Franzi bei ihrer Freundin Annika ab, mit der sie sich für den späten Nachmittag verabredet hatte. Auf ihrem Weg zum Hotel begegnete sie durch Zufall dem Polizisten Bernd Ullstein. Das nahm sie als Wink des Schicksals. Sie sprach ihn an und berichtete ihm von ihren Beobachtungen.

»Ja, liebe Frau Pichler, wollen Sie mir damit andeuten, dass Sie meinen, Eva Breitner sei keines natürlichen Todes gestorben?«

Sie sah dem Beamten, einem kleinen, drahtigen Mann mit borstigem, kurz geschnittenem Haar, ins Gesicht. »Nun, seltsam ist es doch schon, finden Sie nicht?«

»Nein, das finde ich nicht«, antwortete Ullstein postwendend. »Sie kann tatsächlich auch an der Sandbank umgefallen sein. Ihr wurde schlecht, sie fiel hin, und dann ist sie durch die Strömung des Wassers den Bach hinabgetrieben worden, wobei sich der Stiefel von ihren Füßen löste. Bedenken Sie, wie lange sie im Fluss gelegen sein muss! Wasser besitzt eine ungeheure Kraft, und gerade an der Stelle fließt es sehr schnell.«

Kerstin spürte, dass sie bei Bernd Ullstein kein Verständnis finden würde, und sie musste auch zugeben, seine Schilderung klang ganz überzeugend. Immerhin war der Stiefel Eva ja zu groß gewesen, also konnte er sich tatsächlich einfach gelöst haben.

Und wollte sie denn wirklich behaupten, jemand hätte Eva getötet? Sie hatte keinen einzigen Feind auf der Welt gehabt. Die einzige, die sie vielleicht weniger gemocht hatte, war Lisa Arnsberg. Aber diese schmale Person wäre kaum in der Lage gewesen, jemanden wie Eva durch den Bach zu schleppen – und schon gar nicht in ihrem momentanen Zustand.

Aber wieso eigentlich nicht?, überlegte Kerstin dann. Neben der Sandbank war der Bach erstaunlich tief, der hohe Wasserstand und das Gefälle trugen dazu bei, einen Gegenstand, sogar einen Menschen, leichter fortzubewegen, als dies an Land möglich gewesen wäre, sodass auch eine zierliche Person Eva, die ja ebenfalls ein Fliegengewicht gewesen war, bis zu dem Wasserfall hätte ziehen können.

»Es könnte aber auch Mord gewesen sein«, beharrte sie deshalb und beschrieb Ullstein, auf welche Weise der Mörder Eva von der Sandbank zum Wasserfall hätte befördern können. »Und außerdem hatten die Schwindelanfälle längst wieder aufgehört, das hat sie morgens am Frühstückstisch sogar noch ausdrücklich gesagt«, fiel ihr dann noch ein.

»Liebe Frau Pichler, wir leben hier in unserem friedlichen Seewinkel und nicht in Chicago. Hier gibt es keine Mörder, die sich an einen einsamen

Fluss stellen, um einem möglichen Opfer aufzulauern«, sagte der Polizist in einem Ton, in dem er möglicherweise auch zu einem Kindergartenkind gesprochen hätte, das es vor dem schwarzen Mann im Wald zu beruhigen galt. Er machte kein böses, sondern ein verständnisvolles Gesicht dazu und reichte ihr die Hand. »Ich sehe, dass Sie mir nicht so recht glauben wollen. Das erlebe ich öfter, als Sie ahnen! Dass ein plötzlicher Unglücksfall wie dieser die Angehörigen verunsichert, ist ja auch verständlich. Aber glauben Sie mir, auch diesmal ist alles mit rechten Dingen zugegangen, so, wie ich es schon viele Male zuvor erlebt habe.«

Kerstin widersprach dem Beamten nicht mehr, aber nachdem sie sich verabschiedet hatte, änderte sie die Richtung, in die sie ging. Sie hatte beschlossen, Dr. Burger einen Besuch abzustatten. Nach ihrem kleinen Crash hatte sie ihn nicht mehr aufgesucht, und so war es ein guter Vorwand, ihm zu sagen, dass wirklich wieder alles mit ihr in Ordnung war. Dabei konnte sie das Gespräch auch auf Eva lenken.

Das Haus des Doktors machte mit den prallen Geranien in den Kästen rings ums Haus einen einladenden Eindruck, wie auch das ganze Dorf für den prächtigen Blumenschmuck an den Häusern bekannt war. Auch die Eingänge vieler Häuser waren mit Trögen und Kästen verschönert, was allerdings einen banaleren Grund hatte: Die Touristen parkten die Eingänge gern einmal zu. Kerstin betrat den dämmrigen, angenehm kühlen

Flur, dessen Boden mit denselben Granitsteinen ausgelegt war, für die sie sich auch bei sich zu Hause entschieden hatten, und ging dann in den geräumigen Vorraum der Praxis. Die Sprechstundenhilfe nahm sie in Empfang.
»Sind Sie angemeldet?«
»Nein.«
»Eigentlich wollte der Doktor gleich Hausbesuche machen«, sagte Frau Berger, eine mollige Person mit eisgrauen, raspelkurz geschnittenen Haaren, Mutter von vier Kindern und bereits Oma von zwei Enkeln, die morgens arbeitete und sich die Stelle mit der Ehefrau des Arztes teilte, welche in der Regel am Nachmittag in der Praxis anzutreffen war.
»Ich möchte ihn nur kurz sprechen. Es wird höchstens fünf Minuten dauern«, antwortete Kerstin und knipste ihr schönstes Lächeln an. Mit Frau Berger war nicht gut Kirschen essen, wenn es galt, die kostbare Freizeit des Doktors zu verteidigen, denn der war viel zu gutmütig, um jemanden nach Hause zu schicken, der ihn brauchte – und wenn es für ein einfaches Gespräch war.
»Gut. Aber nicht länger, sonst kriegt er wieder nichts zu essen«, bestimmte Frau Berger, die ihn am liebsten umsorgt hätte wie seine Mutter. Doch das tat ohnehin bereits seine Frau, die ein nicht minder strenges Regiment führte.
Kerstin musste nicht lange warten, denn nur noch ein Patient saß im Wartezimmer. Nach einer Viertelstunde betrat sie den Behandlungs-

raum des Arztes, den sie von klein auf kannte. Nachdem er sich nach ihrem Gesundheitszustand erkundigt hatte, kam Kerstin auf den eigentlichen Grund ihres Besuches zu sprechen. Sie behauptete, ihre Mutter mache sich Vorwürfe, weil sie Eva nicht vom Angeln abgehalten hatte – was ja nicht einmal gelogen war. Auch der Arzt versicherte ihr, dass Eva völlig genesen war, als sie das letzte Mal bei ihm gewesen war.

»Sie hatte nichts Tragisches, und ihr Schwindel war völlig verschwunden, als sie das letzte Mal bei mir war. Grüß deine Mutter von mir und sag ihr, dass sie sich nicht sorgen soll. Selbst ich hätte keine Bedenken gehabt, Frau Breitner an den Bach zum Fischen gehen zu lassen.«

Noch am gleichen Abend rief Kerstin Mathias an und bat ihn, sich mit ihr zu treffen.

»Nichts lieber als das. Aber wir sollten uns nicht bei mir treffen, hier hätten wir ja doch keine Ruhe. Am besten gehen wir zum See. Ich hole dich morgen ab. Wann kannst du frühestens?«

»Ich nehme morgen den Vormittag frei«, entschied sie spontan. Sie war völlig erschöpft, denn sie hatte in den letzten Tagen gearbeitet wie eine Wilde. Und das, was Mathias und sie einander zu sagen hatten, konnte man nicht zwischen Tür und Angel bereden.

»Wunderbar. Wie wäre es um zehn?«
»Zehn ist perfekt.«

11

Um Punkt zehn lief Mathias auf das Haus zu. Er kam aber nicht einmal dazu, an die Haustür zu klopfen, denn die ging von alleine auf, und Kerstin kam ihm entgegengelaufen, als er den Hof erst zur Hälfte überquert hatte, und warf sich stürmisch in seine Arme.

»Dein Auto ist endlich fertig geworden. Wenn du willst, nehme ich dich nachher gleich mit zur Werkstatt«, sagte er, während sie den Weg zum See einschlugen.

»Oh, prima. Wie teuer ist es denn geworden?«

»Das muss dich nicht interessieren. Den Rost habe ich auch entfernen lassen, genauer, ich hab das Auto ganz neu lackieren lassen«, informierte er sie stolz, »denn so, wie es aussah, konnte man dich damit ja nicht mehr fahren lassen.«

»Du übertreibst. Aber trotzdem danke ich dir schön«, lachte sie.

Sie gingen den See entlang zur stillsten Stelle und setzten sich auf eine der Bänke hinter einem lauschigen Gebüsch, sodass sie vom Weg aus nicht sofort zu entdecken waren. Dort vergaßen sie alles rings um sie her und küssten sich, kaum dass sie sich gesetzt hatten. Weder die gemähten Wiesen, auf denen die Kräuter zum Trocknen auslagen und einen himmlischen Duft verströmten, noch dem wunderbaren Blick auf die Berge, auf denen auch die kleinsten Schneeflecken nun geschmolzen waren, schenkten sie Aufmerksamkeit.

»Also, habe ich das richtig verstanden, was du mir ohne Worte gesagt hast?«, fragte Mathias schließlich. »Willst du mit mir zusammen sein? Ich weiß, das ist eine große Entscheidung, aber ich jedenfalls habe keinen Zweifel daran, dass du die Richtige für mich bist.«

»Ich bei dir auch nicht. Einschließlich deines Anhangs.« Kerstins Augen leuchteten. Hatte sie nicht Kinder haben wollen? Nun, die gab es jetzt gewissermaßen im Doppelpack.

»Ich will eine direkte und klare Antwort auf meine Frage. Und bitte zwing mich nicht, mich auf die Knie zu werfen, wie in diesen Liebesfilmen«, bat Mathias.

»Meine Antwort lautet: Ja, ich möchte mit dir zusammen sein«, präzisierte Kerstin. »Und du darfst sitzen bleiben, obwohl es sicher ein rührender Anblick wäre, dich zu meinen Füßen zu sehen.«

»Hast du mit Nick gesprochen?«

»Nein, oder doch – nein, eigentlich noch nicht richtig«, haspelte Kerstin hinunter. Sie schüttelte ungeduldig den Kopf. »Ich hatte ein Gespräch mit Nick, das mich zu meiner Entscheidung gebracht hat, aber Nick weiß von dieser Entscheidung noch nichts«, brachte sie ihr vorheriges Gestammel in eine verständliche Form. »Noch heute werde ich mich mit ihm aussprechen.«

»Na, Gott sei Dank. Denn ich möchte meinen Weg mit dir gehen«, wiederholte er. »Und das so früh wie möglich.«

»Das bedeutet, dass du es Lisa jetzt auch sagst?« Es gab eine kleine Pause »Von mir aus kannst du aber wirklich noch warten, bis sie entbunden hat«, schlug sie großzügig vor. Jetzt hatte sie keine Angst mehr, dass Lisa ihr seine Liebe streitig machen könnte. »Aber ich werde auf jeden Fall mit Nick reden. Noch heute.«

»Wenn es dich wirklich nicht stört, dann warte ich vielleicht noch«, sagte Mathias, und es klang ein bisschen erleichtert.

Erst viele Umarmungen und Küsse später kam Kerstin auch auf den Stiefel zu sprechen. Sie schilderte Mathias, wie sie mit Franzi am Wildbach gewesen war.

»Stell dir vor, der Stiefel lag auf der Sandbank, auf der Eva, wie Franzi sagt, immer beim Fischen gestanden ist. Gefunden hat man sie jedoch unterhalb des Wasserfalls in einem tiefen Strudelloch.«

»Ja, und?«

»Mathias! Das ist doch nicht normal!«

Er nahm den Arm von ihrer Schulter und hob ein dünnes Stöckchen auf, um es spielerisch in die Richtung von zwei aufdringlichen Erpeln zu werfen, die eine Wildente belästigten.

»Wieso? Der Bach hat an der Stelle eine starke Strömung, und sie hat dort möglicherweise bereits seit dem Mittag gelegen. Was soll daran nicht normal sein?«

»Ich kann es mir einfach nicht vorstellen, dass der Fluss eine solch reißende Kraft besitzt. Mein Gefühl sagt, dass hier etwas nicht in Ordnung ist.« Kerstin zögerte. »Aber Herr Ullstein hat das Gleiche wie du gesagt.«

»Wer ist denn Herr Ullstein?«

»Unser örtlicher Freund und Helfer. Kennst du ihn denn nicht?«

»Jedenfalls nicht von früher. Da gab's noch den alten Brandtner.«

»Der wurde schon vor Jahren pensioniert.«

»Drum«, grinste er. »Den kannten wir Jungs recht gut. War aber ein netter Kerl. Hatte viel Verständnis für Dumme-Jungen-Streiche.«

»Bei denen du in der ersten Reihe mitgemischt hast?«, neckte sie ihn.

»Alles halb so schlimm. Und vergiss nicht, ich habe als Held das Dorf verlassen«, erinnerte er sie stolz.

Sie schwiegen eine Weile, bis zwei Spaziergänger, die wie sie den See aufgesucht hatten, wieder außer Hörweite waren. »Also du meinst auch, ich bin auf dem Holzweg mit meiner Mordtheorie?«, fragte sie. Nichts wäre ihr lieber gewesen als das. »Dann werde ich mir keine schlaflosen Nächte mehr darüber machen. Aber komisch finde ich die ganze Sache schon.«

»Was mich ein bisschen wundert, ist, dass die Polizei den Stiefel einfach stehen gelassen hat«, räumte Mathias ein. »Auch wenn Eva unter dem Wasserfall lag, hätte man die Spurensuche dennoch oben durchführen müssen, von wo sie herabgestürzt war, und dann hätten sie den Stiefel ja kaum übersehen können.«

»Der Ullstein hat das Arbeiten nicht erfunden«, fand Kerstin eine Erklärung. »Das jedenfalls behauptet meine Mutter. Vielleicht war es ihm einfach zu viel Aufwand.«

Da nun alles erklärt war, wandten die beiden sich wieder erfreulicheren Beschäftigungen zu.

Katharina bereitete soeben einen gemischten Salat zu, als Kerstin in die Küche kam. »Und?«, fragte sie.

»Was und?«, gab Kerstin sich ahnungslos.

Katharina verdrehte die Augen. »Und was ist jetzt mit euch beiden? Alles klar auf der Andrea Doria?«

»Wenn du meinst, ob Mathias und ich ein Paar sind – ja, alles klar«, antwortete Kerstin lachend.

»Ich freue mich so für dich mein Schatz.« Katharina legte das Salatbesteck zur Seite, wischte sich ihre Hände an der halben Schürze ab, die sie stets zum Kochen umlegte, und umarmte ihre Tochter stürmisch. »Und wann sprichst du mit Nick?«

»Ich werde ihn gleich anrufen. Er hat heute einen schweren Tag, aber wann hat er den nicht? Ich kann nicht mehr länger warten.«

»Aber du machst doch wohl nicht am Telefon mit ihm Schluss?«, entfuhr es ihrer Mutter entsetzt.

»Wo denkst du hin, natürlich nicht! So viel Anstand habe ich, um ihm das wenigstens ins

Gesicht zu sagen. Aber um mich mit ihm zu treffen, muss ich das ja telefonisch vereinbaren.«

»Vielleicht besser bei ihm als hier? Dann … dann könntest du fliehen, wenn's sehr unangenehm wird«, schlug ihre Mutter vor.

Kerstin verdrehte die Augen. »Mama, ich bin sechsundzwanzig Jahre alt, und er ist kein Totschläger. Wir sind zwei zivilisierte Menschen, die wissen, wie man mit so einer Situation umgeht – wenn man auch mit mir nicht immer zivilisiert umgesprungen ist, sondern mich auf eher feige Art abserviert hat. Zweimal, wenn du dich entsinnst.«

»Ich weiß – dieser Hübsche. An meinem Geburtstag vor vier Jahren, als Andreas uns in dieses schöne Lokal in Mittenwald eingeladen hat, nicht wahr?«

»Ja, Gernot beendete die für ihn unerfreuliche Angelegenheit passenderweise per SMS.«

»Auf unserer Fahrt zum Restaurant, ich weiß. Du hast den ganzen Abend und den ganzen nächsten Tag kein Wort herausgebracht. Der soll mir einmal zwischen die Finger kommen! Der Kerl kann von Glück sagen, dass er nicht von hier war.«

Kerstin lächelte. Ihre Mutter war bereit, jedem eins mit dem Nudelholz überzuziehen, der ihre Augensterne schlecht behandelte.

»Heute ist er in einer Klinik für Menschen mit Borderline-Syndrom«, informierte sie ihre Mutter.

»Oh weh, das sind doch die, die sich selbst verletzen? Bei ihm hält sich mein Mitleid aber in Grenzen«, bemerkte Katharina mit harter Stimme. »Was der Kerl dir alles angetan hat … ich mag gar nicht mehr daran denken.«
Und du weißt noch nicht einmal alles und wem er sonst noch alles Mögliche angetan hat, dachte Kerstin.
»Und dieser Kranke aus München, der seine Unterhosen gebügelt hat, der darf mir auch nicht vor die Füße kommen, den zertrete ich im Staub – wo wir gerade dabei sind«, erinnerte ihre Mutter an einen weiteren Mann im Leben ihrer Tochter, den sie nicht in guter Erinnerung behalten hatte.
»Mama, lass gut sein«, wehrte Kerstin lachend ab. »Ich habe sie beide überlebt. Und Mathias ist der Richtige, davon bin ich fest überzeugt.«

In diesem Moment kam Franzi die Treppe herunter. Gerührt bemerkte Kerstin, dass Franzi trotz der Wärme ein Seidentuch trug, das ihrer Mutter gehört hatte.
»Das Tuch ist schön, die rote Farbe steht dir sehr gut.«
»Ja, es ist von meiner Mama.«
»Ich weiß, es war eines ihrer Lieblingstücher.«
»Es riecht nach ihrem Parfüm«, nickte Franzi, »das eine, das ich ihr zu ihrem Geburtstag geschenkt habe.«
Kerstin entsann sich, dass Franzi es im Supermarkt gekauft hatte. Es war bezahlbar für sie

gewesen, und Eva hatte es in der Tat jeden Tag benutzt.

Britta, die dank Katharina inzwischen eine Aushilfsköchin zur Seite gestellt bekommen hatte, gesellte sich zu ihnen. Katharina hatte eine Brokkoli-Suppe aufgetaut, dazu gab es Stangenweißbrot und danach den schmackhaften Salat. Zum Nachtisch hatte sie ein Beerenkompott gekocht. Alle waren froh, dass auch Franzi am Essen nicht nur nippte, aber so verwunderlich war das andererseits gar nicht, denn Brokkoli-Suppe gehörte – zu Kerstins Erstaunen – zu ihren Leibgerichten. Vom Salat aß sie hingegen wie ein Vögelchen, obwohl Katharina extra eine Sahnesoße zubereitet hatte.

»Mama, deine Salatdressings sind einfach die besten, da kann man sagen was man will«, lobte Britta.

»Schatz, mit deinen asiatischen Köstlichkeiten ist meine schlichte Sahnesoße doch nicht zu vergleichen«, wiegelte Katharina bescheiden ab.

»Die einfachsten sind of die besten«, widersprach ihre Tochter. »Aber deine sind besonders gut, weil du immer nur frische Kräuter verwendest.«

»Ja, zum Glück haben wir ja den Kräutergarten. Ich muss mich dort nur mal wieder an die Arbeit machen. Sag, Schatz, magst du mir nicht helfen?«, wandte sie sich an Franzi. »Ich könnt ein wenig Hilfe gut gebrauchen beim Unkrautjäten.« Um ihre Bitte zu untermalen, legte sie die Hand auf den Rücken und dehnte sich nach hinten.

»Gern, Tante Kathi«, sagte Franzi, die nichts lieber tat, als im Garten in der Erde zu buddeln oder Verblühtes abzuschneiden.

»Weißt, deine Hilfe kann ich gerade jetzt ganz gut gebrauchen, wo ich doch momentan so viel im Büro sitze. Da komm ich mit der Arbeit im Garten gar nicht nach.«

»Du weißt doch, dass ich dir gern helfe, Tante Kathi«, entgegnete Franzi eifrig.

Britta und Kerstin wechselten einen wissenden Blick. Ja, Mama machte es ganz richtig. Sie wusste, wie man Franzi ablenken konnte. Franzi, die keine große Sportlerin war, liebte den Garten. Und zum Erstaunen aller liebte sie auch das Spazierengehen.

Nach dem Mittagessen ging Katharina in ihre Wohnung und ruhte sich aus, ebenso wie Britta. Franzi wollte hinauf zu Kerstins Wohnung, um ihre Hausaufgaben zu machen.

»Du, Franzi, wart einen Moment, ich möchte dir etwas sagen«, rief Kerstin sie im letzten Moment zurück.

»Ja?«

»Heut Abend nach dem Abendessen, da gehen wir beide hinauf, und dann hab ich eine schöne Überraschung für dich.«

»Au ja, eine Überraschung, bitte verrat's mir jetzt schon«, bat Franzi stürmisch.

»Nein, dann ist es ja keine Überraschung mehr!«

»Ich bin ja so gespannt.«

»Das sollst du auch sein«, lächelte Kerstin. »Also, bis heute Abend.«

Mit einem Schmunzeln sah sie dem kleinen Mädchen hinterher. Beim Essen war ihr etwas eingefallen, womit sie Franzi eine Freude machen konnte: ein kleines Kätzchen. Jedes Mädchen wünschte sich ein Kätzchen, und Franzi war da keine Ausnahme. Aber ihre Mutter hatte es ihr nie erlaubt, weil im Hotel keine Haustiere bei den Gästen geduldet wurden. Kerstin erinnerte sich noch gut, wie oft Franzi versucht hatte, Eva zu erweichen, aber auch daran, wie sie selbst als Kind darum gebettelt hatte, einen Hund halten zu dürfen. Doch auch ihre Mutter war hart geblieben, denn damals hatten sie noch im Hotel gewohnt.

»Wir können doch nicht selbst ein Tier halten und es dann den Gästen verwehren«, lautete die Begründung.

»Aber warum dürfen die Leute ihre Tiere denn nicht mitbringen?«, fragte Kerstin enttäuscht. Neben dem eigenen Wunsch nach einem Haustier fühlte sie auch mit den armen Tierbesitzern mit, die ihren Hund oder ihre Katze sicherlich gerne im Urlaub bei sich gehabt hätten.

»Weil die Leute ihre Tiere nicht immer pflegen«, erklärte ihre Mutter. »Und dann schleppen sie diese kleinen Tierchen ins Haus, die uns um den Schlaf bringen. Diese kleinen Mistviecher vermehren sich in solcher Windeseile, da können wir so sauber arbeiten, wie wir wollen – die kriegen wir ohne Kammerjäger nicht mehr los. Aber den müssten wir in aller Heimlichkeit hineinlassen, sonst laufen uns ja die Gäste davon. Nein, nicht mit mir. Ein Haustier kommt deshalb aber auch für uns nicht infrage.«

Im neuen Haus hätte Kerstin dann einen Hund haben dürfen. Sie hatte darauf verzichtet, weil sie erstens zu beschäftigt war und zweitens ihr Wunsch nach einem Tier da schon nicht mehr so groß war.

Den Nachmittag wollte Kerstin den Finanzen widmen. Wie viel Geld war überhaupt da, dass man ein solches Großprojekt in Angriff nehmen konnte? Aus dem Handgelenk konnte sie nur sagen, dass sie finanziell gut dastanden. Doch bei so einem Vorhaben musste alles Hand und Fuß haben, da war sie nicht so spontan wie ihre Mutter.

Zuvor musste sie aber Nick noch anrufen. Nachdem sie sich einen Kaffee aus der Hotelküche geholt hatte, schloss sie die Tür und ergriff den Telefonhörer. Sie atmete einmal tief durch, dann wählte sie seine Handy-Nummer und hoffte, dass sie ihn in einem freien Augenblick erwischte, da er heute so viele Termine hatte.

Sie hatte Glück, er saß gerade im Auto. »Hallo, Schatz«, erwiderte er ihren Gruß. »Was gibt's, dass du mich zu so unchristlicher Zeit anrufst?« Es klang gestresst.

»Ich möchte ... ich muss mit dir reden«, begann sie unbeholfen.

»Na, da hast du dir aber eine absolut unmögliche Zeit ausgesucht, du weißt doch, dass ich den ganzen Tag bis oben hin voll gestopft mit Terminen bin.«

»Nick, mit reden meine ich ernsthaft reden«, sagte sie mit eindringlicher Stimme, damit er begriff, dass etwas Dringendes anlag.

Sie hörte, wie er den Motor abstellte, ein Glück. »Das klingt ja ganz so wie im Film. *Schatz, wir müssen reden!* Damit leiten die Paare zumeist ein Beziehungsgespräch ein, das schließlich die Beziehung beendet.«

Genau, dachte Kerstin.

»Und an deiner sprachlosen Reaktion könnte man fast meinen, dass du genau das im Sinn hast«, fuhr er fort.

Ja, ihr Nick konnte zuweilen ungeahnt feine Antennen ausfahren, dachte Kerstin nervös. Aber er war schließlich nicht dumm, und die Zeichen hatten zwischen ihnen ja bereits auf Sturm gestanden.

»So etwas in der Art ... ja ... über unsere Beziehung wollte ich mit dir sprechen«, sagte sie. Ihre Stimme war dabei so belegt, dass sie sich räuspern musste.

»Sag mir jetzt nicht übers Telefon, dass du unsere Beziehung beenden möchtest«, antwortete er aggressiv.

»Nein, übers Telefon wollte ich es eben nicht tun«, platzte sie heraus.

»Bitte Klartext«, befahl er. »Willst du mir hiermit zu verstehen geben, dass du unsere Verlobung lösen willst?« Kerstin fuhr sich nervös durchs Haar.

Oh, Himmel, was sollte sie nur tun? Er hatte es exakt erfasst, doch genau das hatte sie ja nicht gewollt – ihre langjährige Beziehung einfach mal so nebenbei übers Handy beenden.

»Ich möchte dich sehen. Heute Abend. Bitte, Nick«, sagte sie fast flehend.

»Also wenn es so ist, wie ich gerade denke, dann können wir uns dieses Treffen auch sparen«, sagte er steif. »So, wie du dich vorgestern Abend aufgeführt hast, scheint zwischen uns ja auch alles gesagt. Ich nehme die Auflösung unserer Verlobung hiermit an.«

Ehe sie etwas entgegnen konnte, hatte er aufgelegt.

Scheiße!, dachte Kerstin. Richtig schäbig kam sie sich auf einmal vor. Dabei war sie doch voll guten Willens gewesen, sich anständig von ihm zu verabschieden. Sie beschloss, dass sie ihn auf jeden Fall noch einmal sehen musste. Das wollte sie sich nicht vorwerfen lassen können, sich so schäbig aus der Beziehung gestohlen zu haben.

Danach hatte sie Mühe, sich auf ihre Arbeit zu konzentrieren. Nick hatte es ihr, stellte sie fest, letztlich sehr leicht gemacht, auch wenn sie wahrhaftig nicht vorgehabt hatte, auf diese Weise zu verfahren. Vielleicht, sinnierte sie ein wenig schuldbewusst, hätte sie als Erstes einfach bei ihm vorbeifahren sollen. Dann wäre es wenigstens zu einem anständigen Gespräch gekommen.

Nach dem Abendessen zog sie sich wie immer in den letzten Tagen zusammen mit Franzi früh in ihre Wohnung zurück. Die Kleine hatte sich ihre Milch mit Honig, die Katharina ihr seit dem Tod ihrer Mama immer kochte, mit ins Bett genommen und kuschelte sich – ebenfalls wie immer in den letzten Tagen – an Kerstin, während sie ihre Milch genoss.

»Und jetzt sag, was für eine Überraschung du hast«, forderte Franzi aufgeregt.

Kerstin stopfte ihr das Kissen fest in den Rücken und legte den Arm erneut um sie. »Ich finde, jetzt, wo doch deine Mami nicht mehr da ist, da brauchst du etwas, das dich ein klein wenig tröstet. Und da dachte ich …« Sie hielt einen Moment inne, um die Spannung zu erhöhen. »… da dachte ich … ich mache dir ein kleines Geschenk.«

»Au fein, was für eins?«

»Eines auf vier Pfoten.«

Das glückliche Quieken, das dann ertönte, ließ Kerstin auflachen. »Nicht so stürmisch«, wehrte sie die Küsse ab, »du weißt ja noch gar nicht, was für vier Pfoten.«

»Egal, ein Tier, und ich hab mir so oft eines gewünscht. Sag sofort, was du für mich ausgesucht hast.«

»Noch hab ich gar keins ausgesucht. Aber ich dachte an eine Katze. Und ich finde, du solltest sie dir selber aussuchen.«

Der Jubel war unbeschreiblich, und Kerstin wurde es ganz warm ums Herz. Vorsichtig nahm sie dem Mädchen den Becher aus der Hand. »Der Alois von nebenan, der hat einen Bruder, und dort haben sie gerade vier Kätzchen übrig. Ich habe ihn schon gefragt. Morgen können wir gleich hinüber, wenn du willst, und du kannst dir eins aussuchen.« Kerstin fuhr zärtlich durch Franzis Haar. »Du musst mir natürlich auch versprechen, dass du dich immer um das Tier kümmerst«, bat sie mit ernstem Gesicht.

»Ja, freilich«, nickte Franzi. »Das mach ich doch gern.«

»Na, dann steht ja unserem Ausflug morgen zum Hans, das ist der Bruder vom Alois, nichts mehr im Weg. Vorher gehen wir noch schnell beim Juwelier vorbei und holen die reparierte Kette ab.«

Franzi nickte, aber angesichts der sensationellen Neuigkeit verschwendete sie an die Kette keinen weiteren Gedanken.

»Was für eine Katze ist es denn?«, fragte sie.

»Keine Ahnung, hab ganz vergessen, danach zu fragen. Ich glaub, es ist eine ganz normale Hauskatze. – Aber jetzt solltest du schlafen.«

Kerstin nahm Franzi die Brille ab, steckte die Decke fest um sie ein, wie die Kleine es liebte, dann blieb sie noch eine Weile neben ihr liegen. Keine fünf Minuten später war das Mädchen eingeschlafen. Vorsichtig stand Kerstin auf. Dann fiel ihr auf, dass sie ganz vergessen hatte, Franzi zu erzählen, dass Mathias und sie nun ein Paar seien. Aber das, dachte sie, wäre für heute vielleicht zu viel gewesen, denn es bedeutete ja auch, dass sie, Kerstin, sich von Nick getrennt hatte. Eine von Nicks netten Seiten war, dass er, dank seiner eigenen spielerischen Art, einen leichten Zugang zu Kindern hatte – wie sonderbar war es doch, dass er sich so heftig gegen eigene Kinder wehrte! –, und Franzi hatte mit ihm immer viel Spaß gehabt. Die Trennung bedeutete einen weiteren Verlust für sie, und das sollte, fand Kerstin, nicht alles auf einmal kommen, sondern sie sollte es nach und nach verarbeiten dürfen.

12

Kerstin war bester Laune, als sie am folgenden Morgen die Küche betrat. Während sie sich Kaffee eingoss, dann eine Semmel nahm, Butter draufstrich und eine Scheibe Schinken und eine Scheibe Bergkäse darüberlegte, erzählte sie von ihrem Einfall mit dem Kätzchen. Dass ihre Mutter düster dreinsah, nahm sie gar nicht wahr. Als sie fertigerzählt hatte, biss sie herzhaft in ihr Brötchen.

»Mir ist der Appetit vergangen, kann ich dir sagen«, platzte Katharina endlich heraus, da ihre Tochter nicht von selbst fragte.

»Wieso denn das?«, fragte Kerstin, nachdem sie heruntergeschluckt hatte.

»Weil ich gestern Abend noch einen Anruf von Alois erhalten habe. Die Versteigerung wird nicht stattfinden.«

»Warum das denn nicht? Will er jetzt doch nicht verkaufen?«

»Doch, aber nicht an mich. Aber dem werd ich's schon zeigen!«

Kerstin nahm vorsichtig einen kleinen Schluck von dem kochendheißen Kaffee. »Und wie?«

»Er will natürlich verkaufen, aber erstens hat sich wohl außer mir niemand zur Versteigerung angemeldet und zweitens will er die Sache in der Hand behalten und selber entscheiden, wem er sein Grundstück verkauft. Jetzt hat er für heute eine Annonce in die Zeitung gesetzt, vielmehr in mehrere, auch eine in München, und will abwarten, ob sich jemand meldet.«

»Na, das tut mir leid für dich, Mama, wo du dich doch schon so auf den Golfplatz gefreut hast.«

»Mein liebes Kind, ich habe eine Schlacht verloren aber nicht den Krieg ... oder so«, murmelte Katharina versonnen. Sie nahm einen Apfel, teilte ihn energisch in vier Stücke und biss hinein. »Heut mach i mi auf nach Minga. Wollen doch mal sehen, ob wir da nicht das Schwert noch herumreißen können.«

»Das Steuer«, verbesserte Kerstin.

»Welches Steuer?«, fragte Katharina konsterniert.

»Ist ja egal, Mama«, lachte ihre Tochter. »Wie genau sieht also dein Plan aus? Denn wie ich dich kenne, hast du den bereits.«

»Und ob!«, lächelte sie mit zusammengekniffenen Augen. »Ich lag natürlich danach nicht müßig in meinem Bett, sondern habe mir einen Schlachtplan zurechtgelegt. Ich gehe jetzt zur Attacke über.«

»Yeah!«

»Ich habe nämlich gestern noch meinen süßen Stiefvater angerufen und mich mit ihm beratschlagt.«

»Oh ha! Ihr beide zusammen auf Kriegspfad. Da kann der Loisl sich aber warm anziehen«, lachte Kerstin.

»Des kannst wohl laut sagen! Mei, wenn ich bedenk, wie ich ihn früher falsch beurteilt hab, den Stefan ...« Katharina schüttelte den Kopf, immer noch erstaunt, wie sie sich in ihm geirrt hatte. »Ich hab mich aufgeführt wie eine alte, eifersüchtige Hexe! Wenn ich daran denke, könnte ich mich heute noch schämen. Aber weißt du, meine Mama und dieser Adonis, der nicht einmal viel älter als ich war! Das konnte ich mir damals einfach nicht vorstellen.«

»Und was habt ihr zusammen ausgeknobelt? Ihn den Grund von Alois kaufen zu lassen?«

Katharina nickte.

»Mei, Mama, du kannst wirklich eine Schlange sein.«

»Logisch, wenn's drauf ankommt. Und erst recht, wenn's pressiert«, grinste Katharina.

»Und Stefan hat sofort zugesagt?«

»Er hat sich eine Nacht Bedenkzeit erbeten. Vor einer halben Stunde rief er an. Er hat die Annonce in der Zeitung gelesen, und die Idee gefällt ihm. Jetzt fahr ich gleich nach dem Frühstück zu ihnen, und dann sehn wir schon.«

»Warum fährst du zu ihnen? Lass sie doch einfach herkommen! Dann könnte der Stefan den Grund, den er kaufen will, vorher wenigstens einmal anschauen.«

Katharina ließ das Messer, mit dem sie eine Semmel hatte aufschneiden wollen, auf den Teller fallen. »Mei, Schatz, manchmal ist deine Mutter aber auch ein Hornochse. Freilich, dass ich nicht gleich auf die Idee gekommen bin.«

»Oder der Stefan«, nickte Kerstin.

»Aber vor allem ich! Ich habe mir doch noch etwas anderes überlegt … Nun, da Britta und Sascha im Herbst in ihr Häuschen ziehen würden, könnte ich die beiden hier unterbringen. Wenn sie herkommen, können sie sich die Sache ja gleich einmal anschauen.«

»Vorausgesetzt, sie wollen das überhaupt.«

Aber Katharina war in diesem Punkt zuversichtlich. »Was hält die beiden denn in München?«, fragte sie. »Der Stefan ist kinderlos und hat nur noch einen älteren Bruder, der den größten Teil des Jahres auf Mallorca verbringt.«

Ein Familienmensch war der Stefan aber gleichzeitig auch, und mit Katharina und ihren Töchtern kam er längst bestens aus. Sollten sie die Wohnung im Erdgeschoss als zu klein empfinden oder sollte die Gemeinschaftsküche sie stören, überlegte sie nun, dann würde sie sich auch noch von einem zweiten Häuschen trennen.

Gerade als Franzi, die heute Morgen etwas länger hatte schlafen dürfen, in die Küche gehüpft kam und ihrer Tante Kathi die frohe Botschaft von dem neuen Hausgesellen überbringen wollte, hatte sie die Nummer von München gewählt, um mit ihrem Stiefvater zu reden.

»Glei, Schatz«, sagte sie und legte den Zeigefinger auf den Mund. »Ich muss erst telefonieren.«

Franzi setzte sich auf ihren Platz und goss sich die heiße Schokolade in die Tasse.

Katharina hatte Glück, Stefan ging sogleich ans Telefon. »Und da hat die Kerstin natürlich recht, dass ich nicht gleich daran gedacht hab«, sagte sie abschließend. Sie stockte und lauschte auf die Worte ihres Stiefvaters.

»Ja, freilich könnt ihr ein paar Tage bleiben, so lange wie ihr wollt, ein paar freie Zimmer haben wir jetzt schon. Also, du weißt Bescheid. Du fährst gleich zum Alois, unserem Nachbarn, da weißt ja, wo der wohnt, du kannst ihn gar nicht verfehlen, ein großer Bauernhof mit einem wunderhübschen Vorgarten und einem Brunnen im Hof, die Mama kennt ihn. Und erst nachdem du mit ihm geredet hast, kommst du zu uns. Die Mama musst du vorher aber rauslassen, die darf der Alois freilich nicht sehen, denn die kennt er ja. Und danach kannst du völlig unbefangen zu uns kommen.«

Sie hielt erneut inne. »So machen wir's! … Bis später dann. Grüaß die Mama von mir und pfüat di.« Sie legte auf.

»Mei, bin i froh, dass i ned nach der Stadt nei muss«, sagte sie erleichtert, denn sie hasste die Fahrten ins überfüllte München, bei denen sie mit schlafwandlerischer Sicherheit jedes Mal in einen Stau geriet.

»Wolltest du nach München, Tante Kathi?«

»Wollen tat ich nicht, aber jetzt muss ich auch nicht. Die Oma und der Onkel Stefan kommen uns heute besuchen«, strahlte sie.

»Tante Kathi, weißt du schon, dass wir heute das neue Kätzchen holen?«, sagte Franzi. Ihre blanken Augen zeugten davon, dass sie gut geschlafen hatte. Ihre Wangen waren gerötet und sie aß mit gesundem Appetit.

»Ja, freilich, Schatz. Du und die Kerstin, ihr geht gleich nach der Schule zum Hans, und dann suchst du dir das süßeste Kätzchen aus, das sie dort haben.«

»Da müssen wir aber auch einen Korb haben, damit es irgendwo schlafen kann«, sagte Franzi an Kerstin gewandt.

»Ich werd mich gleich darum kümmern, wenn du in der Schule bist. Was brauchen wir denn alles?«

»Wasserschalen«, sagte Franzi.

»Fressnäpfe«, ergänzte Kerstin. »Natürlich, und Futter, vielleicht irgendein Nestchen mit einer warmen Decke, damit es sich wohl fühlt«, fügte sie überlegend hinzu.

»Vor allem braucht ihr einen guten Tierarzt, der dem Tier was gegen Flöhe gibt, denn das wird euer erster Weg sein. Das ist meine einzige Bedingung«, mahnte Katharina ihre Tochter. »Ich weiß von der Marit vom Söllner-Wirt, die haben sich zwei Katzen geholt und die haben sogleich die unangenehmen Viecher eingeschleppt. Mich kribbelt's am ganzen Körper, wenn ich nur dran denk. Zuerst hat sie sich fast totgesaugt, aber dann hat sie doch den Kammerjäger kommen lassen müssen, weil sie es allein nicht geschafft haben, sie wieder loszuwerden.«

»Ja, ja, Mama, wir werden schon darauf achten, dass wir dir keine Flöhe einhandeln«, erwiderte Kerstin leicht genervt.

»Soll die Katze denn auch rausdürfen?«

Kerstin zuckte die Schultern. »Darüber haben wir noch gar nicht nachgedacht, gell Franzi?«

»Wenn's eine Hauskatze bleiben soll, dann braucht's ihr gleich zwei«, entschied Katharina. »Weil sich ein Kätzchen allein vielleicht langweilt«, sagte sie vage.

»Au ja, zwei Kätzchen«, rief Franzi erfreut.

»Nein, Schatz«, entschied Kerstin. »Ich glaub, wir versuchen es erst einmal mit einem. Und sie nur im Haus zu halten, das gelingt uns ja sicher ohnehin nicht, weil hier die Türen immer offen stehen.«

»Du hast recht«, nickte Katharina. »Und vergesst nicht einen Kratzbaum oder so etwas Ähnliches, damit sie uns nicht sämtliche Möbel zerstört.«

Kerstin verdrehte die Augen. »Mama, wir kaufen nur eine Katze und keinen Tiger«, grinste sie.

»Da sei mal nicht so sicher«, antwortete Katharina. »In jeder Katze stecken mindestens zwei Tiger.«

Franzi kicherte. »Und Spielsachen brauchen wir auch«, rief sie.

»Wie willst du das Kätzchen denn nennen?«

»Mitzi«, entschied Franzi augenblicklich. »Ich hatte einmal ein Buch mit einer Mitzi. Die war ganz süß.«

»Also Mitzi«, lachte Kerstin, »wenn's denn ein Mädchen ist.«

»Und Fritz, wenn's ein Kater wird«, lachte Franzi glücklich. »Holst du mich von der Schule ab? Du hast doch jetzt wieder ein Auto.«

Und was für eines! Es sah mit der neuen Lackierung aus wie neu, dabei hatte es gut und gern seine zehn Jahre auf dem Buckel. Katharina hatte es bereits gebührend bewundert.

»Freilich, wir wollen all die Sachen, die wir für das Kätzchen besorgen müssen, ja nicht tragen müssen. Wann habt ihr denn heute frei?«

Das Mädchen verzog das Gesicht. »Leider muss ich ausgerechnet heut bis ein Uhr bleiben.«

»Macht doch nichts, dann fahren wir gleich nach der Schule zum Hof. Ist ja nicht weit von hier.«

Franzi nahm ihre Brote und den Apfel und lief fröhlich aus der Küche.

»Das war eine gute Idee von dir, das mit der Katze«, sagte Katharina beifällig, als die Tür hinter dem Kind zugeklappt war.

»Finde ich auch.« Kerstin nahm eine frische Semmel und strich Butter und ein wenig Salz darauf und biss hinein.

Katharina goss ihr und sich frischen Kaffee in die Tassen. »Wenn man ihr mit so wenig eine so große Freude machen kann, dann soll's mir recht sein«, sagte sie.

Sie widmeten sich ihrem Frühstück nun eher einsilbig, denn beide hingen ihren Gedanken nach. Schließlich stand Katharina auf. »Und jetzt lauf ich rasch rüber und arbeite ein wenig, damit ich für meine Mutter und Stefan Zeit finde, wenn sie da sind.«

»Wir müssen uns auch dringend noch mit den Finanzen beschäftigen«, nickte Kerstin und half ihr beim Aufräumen. »Der Golfplatz wird uns eine schöne Stange Geld kosten«, fuhr sie fort. »Bist du sicher, dass es das wert ist?«

Katharina hatte daran nicht den leisesten Zweifel. »Ja, da bin ich mir hundertprozentig sicher. Die Leute haben das Golfen entdeckt wie vor zwanzig, fünfundzwanzig Jahren das Tennis, wo sich die Tennisvereine ja auch vor Mitgliedsanträgen nicht mehr retten konnten. Und hier bei uns in dieser schönen Natur ... Weißt, mir schwebt ein englischer Landschaftspark vor, mit riesigen Bäumen, mit Teichen, mit ...«

»Hast du dich denn einmal schlau gemacht, ob die Grünen damit einverstanden sind?«

»Die Grünen?« Katharina krauste die Stirn. »Nein, natürlich nicht, muss man das denn? Alfons ist jedenfalls auf meiner Seite.«

Alfons Braumeister war der hiesige Bürgermeister und ihr Freund. Die grüne Fraktion im Gemeinderat schätzte er hingegen nicht sonderlich.

»Alfons sicher«, nickte Kerstin ernst. »Aber die ›Eiserne Loko‹ wird dir so viele Steine in den Weg legen, wie sie kann. Die ist aus Prinzip gegen Golfplätze, das weiß ich. Der kannst du sogar drei Biotope vor die Nase setzen, wenn die auf dem Golfplatz liegen, ist sie dagegen.«

»Die ist gegen alles, was nicht grün ist. Und somit kann sie gegen meinen Landschaftspark – der offen ist für alle!«, fügte Katharina hinzu, den Finger hoch erhoben, »gar nichts haben.«

Ebenso wenig wie Alfons Braumeister konnte sie Gertrude Weissmüller, rothaarig, Igelschnitt, nur aus Sehnen und Knochen bestehend und eisern wie eine Dampflokomotive, nicht ausstehen, da sie »aus Prinzip« vieles ablehnte, was die Gemeinde sich erwünschte. Sie sah tatsächlich Schwierigkeiten darin, die grüne Fraktionschefin von ihrem Projekt zu überzeugen. Aber da war ja immer noch Alfons, der würde die Sache schon richten, da war sie ganz sicher.

»Die hat ihre Prinzipien und wird zur Kampfmaschine, wenn die gegen etwas ist«, warnte Kerstin. »Bei der wirst du auf Granit beißen.«

»Ich werde zur Abrissbirne und sie niedermachen, sobald sie meine Pläne durchkreuzt«, entgegnete Katharina unerschrocken. »Wenn du wüsstest, wie ich mich auf das Gesicht vom Loisl freu, wenn ich dem sag, wer hinter dem Kauf seines Grundstücks in Wahrheit steckt. Hoffentlich hat der Stefan, wie ich es ihm geraten hab, auch genügend Kleingeld eingesteckt«, sagte sie halb im Scherz, halb ernst, während sie die Küche verließen. »Beim Loisl könnte der Satz ›Nur Bares ist Wahres‹ nämlich ausschlaggebend sein.« Sie kicherte. »Ich weiß, dass er die Banken hasst. Das, was der Stefan ihm hinlegen wird, lagert er dann unter seinem Kopfkissen, da bin ich sicher.«

»Wollen wir hoffen, dass es nicht noch andere Interessenten gibt, die das Gebot in die Höhe treiben«, unkte Kerstin.

»Glaub ich nicht.« Katharina blickte im Vorbeilaufen in den großen Spiegel mit dem goldenen Rahmen und war mit dem Ergebnis, das sich ihren Augen bot, zufrieden. »Für die Versteigerung gab es ja auch nur mich.«

Gegen zwölf, gerade als Katharina überlegte, ob sie im Hotel oder zu Hause essen sollten, steckte ihre Mutter den Kopf durch die Tür. Sie war braungebrannt, und wirkte mit ihrem schneeweißen Schopf, den sie sich ganz kurz hatte schneiden lassen, beinahe jugendlich.

»Geh, Mama, du siehst aus wie das blühende Leben«, begrüßte Katharina sie zufrieden und küsste sie auf beide Wangen.

»Stefan hält mich jung, das weißt du doch«, sagte Maria. »Da hast du ihm ja wieder einen Floh ins Ohr gesetzt. Der Mann war heute gar nicht wiederzuerkennen, so aufgedreht war er auf einmal. Seit er seine Firmen verkauft hat, hab ich den Verdacht, dass er beginnt, sich zu langweilen. Da kam ihm dein Schelmenstreich gerade zur rechten Zeit.«

»Schelmenstreich ist gut«, grinste Katharina. »Wo sollen wir essen, Mama, bei uns drüben oder hier im Hotel? Bei mir allerdings gibt's mittags nur Suppe und einen Salat. Groß kochen tu ich erst heute Abend, oder nein, diesmal lassen wir uns was vom Hotel herüberbringen, dann haben wir mehr Zeit, miteinander zu reden. Wir werden uns gleich ein feines Menü ausdenken, und dann lassen wir für diesmal andere für uns arbeiten.«

»Ich find, drüben bei dir ist's ohnehin am allergemütlichsten«, antwortete Maria.

Katharina schmunzelte. Natürlich, sie hätte gar nicht zu fragen brauchen. »Dann haben wir noch ein wenig Zeit, ich habe die Suppe fertig, und der Salat ist geputzt. Die Soße geht dann rasch. Setzen wir zwei uns drüben erst einmal gemütlich hin. Bis Stefan herüberkommt, wird es bestimmt noch dauern. Der Alois muss ihm ja wenigstens den Grund einmal zeigen, den er erwerben will.«

Nachdem sie die Bürotür geschlossen hatte, verließen sie das Hotel und überquerten den im gleißenden Sonnenlicht liegenden Hof. Es standen nur wenige Autos auf dem großen Parkplatz, denn die Gäste hatten sich wie immer in alle Himmelsrichtungen zerstreut. Alles war friedlich. Selbst die Vögel hatten in der Hitze ihren Gesang eingestellt.

Katharina hakte ihre Mama unter und geleitete sie hinüber zu ihrem Haus. Dort führte sie sie zum Aufzug, auf dessen Einbau ihr Mann bestanden hatte, der dabei an seine eigenen späteren Lebensjahre und dann vielleicht auftretende Gehprobleme gedacht hatte, ohne zu ahnen, dass er das mittlere Alter nicht überleben würde. Zwar war ihre Mutter noch gut zu Fuß, doch dann und wann machten sich bei ihr die Knie bemerkbar.

Sie öffnete die Tür und drückte auf den Knopf, damit der Aufzug sie hinauf in ihre Wohnung brachte. »Magst einen Kaffee?«

»Nein, lieber einen schwarzen Tee. Und wenn du was Süßes hättest, das würde mich retten. Mein Frühstück liegt ja bereits Stunden zurück«, seufzte Maria. »Bis ein Uhr bin ich längst verhungert.«

»Mein Schrank ist voll davon. Ich schaff's einfach nicht, darauf zu verzichten.«

»Du kommst halt ganz auf mich«, lächelte Maria. »Jedenfalls in den wichtigsten Dingen des Lebens.«

Im oberen Stockwerk öffnete sich die Tür, und sie betraten den geräumigen Flur von Katharinas geliebter kleiner Zwei-Zimmer-Wohnung unterm Dach mit der gemütlichen Loggia, die so geschützt war, dass sie länger als im Garten hier die ersten und die letzten Sonnenstrahlen im Jahr genießen konnte. Der Weitblick von hier oben war einfach bezaubernd, vor allem jetzt, da der Enzian in voller Blüte stand.

Katharina ging in die Küche, während ihre Mutter ins Wohnzimmer schlenderte und sich wie immer zuerst die Bilder anschaute, die ihre Tochter neben ihren Kaffeekannen außerdem noch sammelte. »Hast du dir was Neues gekauft?«, fragte sie.

»Nein, ich konnte bisher noch nicht viel auf Entdeckungsreisen gehen, im Hotel war so viel zu tun. Im Herbst hab ich allerdings einen schönen Urlaub geplant, diesmal Richtung Kalterer See. Wenn'st magst, nehm ich dich eine Woche mit, Mama.«

Maria schaute hinaus aus dem Fenster. »Danke, das wäre wirklich schön, einmal wieder die netten Weindörfchen zu besuchen und das Essen und den Wein zu genießen. Das haben wir ja schon lange nicht mehr gemacht. Mit dir ist es immer so gemütlich.«

»Dann werden wir gleich, wenn Stefan zurück ist, planen, wann wir fahren könnten.«

Maria setzte sich und wartete, dass ihre Tochter den Tee servierte.

Katharinas geblümtes Sofa und der dazu passende Sessel mit dem ovalen Couchtisch standen vor dem Fenster. An den Wänden gab es nur halbhohe Regale, darüber hingen ihre geliebten Landschafts-Aquarelle, die sie im Laufe der Jahrzehnte gekauft und geschenkt bekommen hatte.

Die Regale belegten ihre Sammlung von Kaffeekannen und kompletten Kaffee- und Tee-Servicen aus feinem Porzellan. Ihre nicht weniger heiß geliebten Bücher waren in Regalen im Flur aufbewahrt. Schweren Herzens hatte sie sich von gut der Hälfte getrennt und sie der Leihbibliothek gespendet, denn der Platz hier oben war natürlich begrenzt.

Den begehbaren Kleiderschrank, mehr eine Ecke unter der Schräge, die ihr aber völlig ausreichte, liebte sie, weil er ihr den nötigen Platz verschaffte, ihren antiken Sekretär unters Fenster zu stellen, auf dem sich ihr privater Laptop befand. Davor stand ein zierlicher Sessel aus den fünfziger Jahren, den sie seit ihrer Jugend vor den Stürmen des Lebens bewahrt hatte und liebte wie am ersten Tag. Von dem Rosenmusterbezug, entschied sie, würde sie sich allerdings in nächster Zukunft trennen.

Katharina wählte für den Tee mit ihrer Mutter ein altes chinesisches Teeservice und stellte die Tassen auf den Couchtisch. Dazu kam das Tee-Stövchen aus Kristall, das ihre Mutter ihr irgendwann einmal geschenkt hatte. Sie brachte den Tee herein – Darjeeling, wie ihn ihre Mutter liebte – stellte Kandis und Sahne hinzu und die feinen Pralinen, die sie immer vorrätig hatte. Dann fielen ihr die Mozartkugeln ein, die sie im Eisschrank aufbewahrte. Sie stand erneut auf und holte sie. »Ein Geschenk eines Gastes«, lächelte sie. »Ein Stammgast, der bestimmt schon zwanzig Jahre herkommt.«

Maria nahm sich eine Kugel und entfernte das silber-blaue Papier. Sie schob die Köstlichkeit in den Mund, verdrehte die Augen und hauchte: »Wunderbar! Hab ich ewig nicht mehr gegessen.«

»Ein Fehler.« Katharina lächelte und nahm sich ebenfalls eine. »So, Mama«, murmelte sie, nachdem sie die kühle Schokolade genossen hatte, »bevor ich loslege, erzählst erst einmal du. Wir haben uns ja eine Ewigkeit nicht mehr gesehen.«

»Daran ist Stefan schuld, der reist halt so gern«, lachte Maria.

»Und das bekommt dir prächtig, wie ich feststellen kann.«

Bevor Maria loslegte, nahm sie einen Schluck vom Tee, den sie mit der Sahne verfeinert hatte. Britta bezog die Milchprodukte vom Biobauern aus Kirchbichl, und alle waren fest davon überzeugt, dass die Sahne von niemandem besser schmeckte als vom Klausner Ludwig.

»Stefan liebäugelt gerade damit, unser Haus zu verkaufen«, erzählte Maria nach einem längeren Bericht über eine vierwöchige Kreuzfahrt, die sie in so ziemlich jedes Land Asiens geführt hatte, das über ein Küstengebiet verfügte. Ihre prachtvolle Villa in bester Lage in München einfach nur als »Haus« zu bezeichnen, kam Katharina fast schon wie eine Majestätsbeleidigung vor. Aber das war vielleicht die Methode ihrer Mutter, sich vom Reichtum ihres Mannes nicht einschüchtern zu lassen.

»Ich sagte ja, er braucht was Neues, woran er sich austoben kann«, fuhr Maria fort. »Und ich muss gestehen, ich finde das Haus mittlerweile auch ein bisschen zu groß für uns zwei. Man kommt sich manchmal doch recht verloren darin vor.«

»Das gibt mir gerade das richtige Stichwort«, unterbrach Katharina sie rasch. Und dann unterbreitete sie ihrer Mutter ihren Vorschlag, hierher zu ziehen. »Ihr könntet euch in aller Ruhe entscheiden: entweder die Wohnung von der Britta oder das Häusl im Garten«, schloss sie.

»Diese Idee finde ich einfach super«, begeisterte sich ihre Mutter. »Das Häusl, das bräuchten wir nicht, das wäre ja wieder ganz schön groß, und wir wollten uns doch verkleinern.«

»Nun, so groß wie euer … Haus ist es dann doch wieder nicht«, wandte Katharina ein. »Und wer weiß, vielleicht ist's dem Stefan mit uns

Weibern im Haus ein bisserl zu eng. Zumal er es ja gewöhnt ist, viel Platz daheim zu haben. Aber wenn ihr euch für die Wohnung unten im Haus entscheiden könntet, wäre es mir natürlich sehr recht, dann wärt ihr näher bei mir. Ihr werdet schließlich auch nicht jünger.«

»Keine Sorge, noch sind wir fit«, sagte Maria beschwichtigend. »Und sollte ich senil werden, ist der Stefan fit genug für uns alle beide.«

»Mama, hör auf, von senil zu reden«, befahl Katharina streng.

»Schon recht«, lachte Maria. »Ich glaube fast, auch der Stefan könnte von der Idee überzeugt werden. Gegen die gemeinsame Küche hat er mit Sicherheit nichts einzuwenden, von eurer Koch-WG hat er ja schon immer geschwärmt, wie du weißt.«

Um viertel vor eins begaben sie sich nach unten, um die kleine Mittagsmahlzeit auf den Tisch zu bringen. Aber außer Britta, die die von ihrer Mutter verordnete Ruhe jetzt mittags brav einhielt, saßen sie heute allein am großen Tisch. Sascha hatte bis halb zwei Unterricht. Für ihn stellten sie den Salat in den Kühlschrank, daneben stand die fertige Soße, und die Suppe würde er sich rasch selbst erwärmen. Mit Kerstin und Franzi war nicht zu rechnen, da sie sich gleich nach der Schule auf den Weg zum Hans machen wollten – Franzi, dachte Katharina, hätte andernfalls aber vor lauter Aufregung bestimmt nichts heruntergebracht. Sich sein erstes eigenes Kätzchen aussuchen zu dürfen, war schon ein besonderes Ereignis.

Stefan war noch nicht zurück, aber das war auch kein Wunder, in einer Stunde konnte er unmöglich alles mit Alois beredet und entschieden haben.

Erst als sich die Familie gegen sechs erneut gemeinsam in der Küche einfand, gesellte Stefan sich auch wieder zu ihnen.

»Ich wollte gerade eine Vermisstenanzeige aufgeben«, sagte Katharina leichthin, doch es schwang durchaus eine Spur von Ernst in ihrer Stimme mit. Das Unglück Evas lag ja noch nicht lange zurück, da war es schwer, bei Verspätungen unbefangen zu bleiben.

»Da kann ich nur sagen, ich hatte einen wirklich aufschlussreichen Tag mit dem Loisl«, antwortete Stefan, und Katharina bemerkte, dass seine Stimme nicht mehr ganz so fest wie normal war.

»Und den Branntwein, den der Loisl noch von seinem Vater im Keller hortet, scheint ihr auch ausgiebig probiert zu haben«, bemerkte Britta grinsend.

»Ja, freilich«, schmunzelte Stefan und setzte sich zu den anderen an den Tisch.

Katharina ließ ihren prüfenden Blick über die Köstlichkeiten schweifen, die sie sich vom Hotel hatten herüberbringen lassen. Sie hatten sich für Fisch, Salat und einen opulenten Nachtisch-Teller entschieden, eines der Aushängeschilder ihrer Küche, für die sie berühmt waren, den eine kleine, aber feine Käseplatte abrundete. Sie setzte sich und legte sich die Serviette auf den Schoß. Der Weißwein machte die Runde, auf den heute außer Britta und natürlich Franzi niemand verzichtete.

»Und jetzt tu mir den Gefallen und berichte. Ich sterbe bereits seit Stunden vor Neugierde«, befahl sie lachend.

»Und deine Frau auch«, meldete Maria sich, die keine einzige Silbe darüber verloren hatte, dass ihr Mann leicht angeheitert zurückgekehrt war, und erst recht nicht, als er sich das Weinglas dennoch füllte. Sie wusste, dass er an ihr besonders schätzte, dass sie ihn leben ließ, wie er es mochte, und es sich verbot, an ihm herumzunörgeln.

»Tja, also, Kinder, ihr könnt mir gratulieren. Das Geschäft ist in trockenen Tüchern.«

Alles jubilierte und erhob die Gläser.

»Wobei natürlich mein Vorschuss in bar kein Nachteil war«, vermeldete Stefan stolz.

»Und du bist sicher, dass der Alois dich nicht aufs Kreuz gelegt hat?«, fragte seine bessere Hälfte mit bangem Gesichtsausdruck. »Nachher hast du ihm einen Batzen Euros da gelassen, er verjubelt den Zaster und zieht später sein Angebot zurück, ehe ihr beim Notar wart.«

»Du hast doch keinen Esel zum Mann«, sagte Stefan. »Natürlich waren wir heute noch beim Notar in Berchtesgaden. Darum bin ich ja auch erst jetzt zurück. Alles ist geregelt, aber abgesehen davon gilt ein Handschlag unter Männern trotzdem immer noch«, fügte er hinzu. »Dem Alois kann ich trauen, da bin ich ganz sicher. Ich kenn mich schließlich aus.«

»Ja, bei deinen Geschäften hast du wohl tatsächlich ein goldenes Händchen«, sagte Katharina mit Bewunderung.

»Und nicht nur bei seinen Geschäften«, kicherte Maria, der der Wein auf nüchternen Magen – die Mozartkugeln zählten da nicht – sogleich zu Kopf gestiegen war.

»So, geliebter Stiefvater, jetzt lassen wir die ganze Angelegenheit erst einmal auf sich beruhen, du wartest, bis der Notariatsvertrag unter Dach und Fach ist, und ich kann solange schon einmal mit dem Leitner Mathias und dem Ferdl beratschlagen, wie wir am besten den Golfplatz anlegen.«

»Das wird dauern«, sagte Stefan.

»Ich habe doch Zeit! Das Wichtigste wäre ja nun geklärt«, sagte Katharina. »So kann ich in aller Ruhe planen. Ich denke nicht, dass ich vor dem nächsten Frühjahr mit dem Bau beginnen kann.«

Der Anfang war gemacht mit dem Kauf des Grundstücks. Allerdings konnte sie es kaum erwarten, Alois brühwarm zu erzählen, wie sie ihn hereingelegt hatte.

»Hast du denn keine Angst davor, dass du damit einen saftigen Nachbarschaftsstreit anzetteln könntest?«, erkundigte sich Britta, nachdem sich die erste Aufregung gelegt hatte. »Ich fände das sehr schade.«

»Aber nein, ich kenn doch meinen Alois«, sagte Katharina großspurig, »und da brauchst du auch gar nicht so ironisch zu schauen, lieber Stiefvater. Der Alois frisst mir aus der Hand.«

»Wenn du dich da mal nicht arg täuschst«, unkte Britta.

13

Zwei Tage später verspürte Katharina, als sie morgens aufstand, erneut das, was sie »meine Zustände« nannte: das deutliche Gefühl, etwas werde eintreten, womit sie nicht gerechnet hatte. Früher hatte das Magenkribbeln in ihr ausgelöst, und sie hatte der Zukunft mit freudiger Erregung entgegengesehen. Doch Evas Tod hatte auch diese Ahnungen zu etwas leicht Beängstigendem werden lassen. Die unerwarteten Wendungen der letzten Zeit hatten ihrer aller Leben außerdem ziemlich auf den Kopf gestellt, und momentan war ihr Bedarf an Aufregungen eigentlich gedeckt. Nun, fand sie, durfte auch wieder für ein Weilchen etwas mehr Ruhe in ihr Leben eintreten, bis sie sich an alles, was neu und anders war, gewöhnt hatten – darunter auch, dass – meistens dann, wenn man am wenigsten damit rechnete – ein kleines graues Knäuel durch die Zimmer tobte. Sie lernten gerade, immer auf ihre Schritte zu achten. Vor allem, wenn Franzi in der Nähe war, denn dann war wahrscheinlich auch das Kätzchen nicht weit.

Kerstin nahm den neuen Hausgenossen mit hinüber ins Büro, solange Franzi in der Schule war. Sie empfand das auch nicht als eine Last, sondern als Bereicherung. Alle liebten mittlerweile Mitzi, die mit ihrer ansteckenden Lebensfreude und drolligen Tollpatschigkeit auch die griesgrämigste Laune verbessern konnte.

Ihre Mutter und Stefan weilten noch im Hotel und genossen ihren Urlaub, den sie jedoch am übernächsten Tag bereits abbrechen wollten, um sich in München um den Verkauf ihres Hauses zu kümmern. Katharina war zwar erstaunt und, wenn sie ehrlich war, auch ein wenig enttäuscht, aber Stefan war eben genau wie sie selbst ein Mensch der schnellen Entschlüsse.

Wie ihre Mutter vorausgesehen hatte, war Katharinas Vorschlag mit Begeisterung von ihm aufgenommen worden. Nur einen Moment lang hatte er verdutzt gewirkt, dann aber ohne Zögern eingewilligt, künftig in Seewinkel zu wohnen. Überstürzen wollen hatte er zunächst eigentlich ausdrücklich nichts, aber nun war er wohl doch von einer freudigen Unruhe ergriffen und hatte zu sehr »Ameisen im Hintern«, um einen erholsamen Urlaub richtig genießen zu können. Dabei würde es noch ein paar Wochen dauern, bis die Wohnung von Britta und Sascha frei wurde. Die beiden würden erst im September in das größte der Häusl im Garten umziehen. Das war auch ein idealer Zeitpunkt, denn dann war die ärgste Sommerhitze vorbei, und sie konnten sich in aller Ruhe einrichten bis zur Geburt ihres Kindes im Dezember. Aber andererseits, sagte sich Katharina, brauchte es bestimmt aufwendigere Vorbereitungen, ein so großes und teures Objekt wie Stefans Münchner Villa zu verkaufen, als zum Beispiel bei einem normalen Reihenhaus. Da war es bestimmt kein Fehler, die Sache nicht auf die lange Bank zu schieben.

Im Grunde war es ja auch gar nicht schlecht so. Das Wetter zeigte sich gerade von seiner besten sommerlichen Seite, und im Hotel summte es vor lauter Gästen. Katharina, Kerstin und Britta fielen abends todmüde, jedoch in der Regel hoch zufrieden ins Bett. So schön Katharina es auch fand, ihre Mutter und ihren Stiefvater als Gäste zu haben, in solchen Zeiten hatte es ja auch etwas für sich, den normalen Alltagsrhythmus beibehalten zu können – so gut das eben ging, wenn man gerade einen Golfplatz plante.

Angesichts ihres schon das ganze Jahr immer fast vollständig ausgebuchten Hauses wunderte sich Katharina, dass Kerstin ihren Golfplatz-Plänen so ablehnend gegenüberstand – genauer gesagt: nicht den Plänen an sich, jedoch ihrer finanziellen Realisierung. Nach dem Kassensturz hatte ihre jüngere Tochter ihr ohne Umschweife gesagt, mit dem Golfplatz würden sie sich übernehmen, und sie könne ihrer Mutter nur raten, ihren Plan wieder fallenzulassen. Nun, das musste noch nichts heißen. Kerstin hatte für Neuerungen noch nie viel übrig gehabt. Sie hatte auch schon geunkt, bevor sie den Wellness-Bereich gebaut hatten, der dann auch finanziell gesehen ein großer Erfolg geworden war.

Schwerer wog, dass der Golfplatz sehr viel teurer werden würde, als sie eigentlich erwartet hatte. Natürlich war ihr klar gewesen, dass er eine große Investition sein würde, für die man entsprechend viel Geld in die Hand nehmen musste. Dass er allerdings so viel davon verschlingen würde, wie Mathias ihr in einer Überschlagsrechnung auf den Tisch gelegt hatte, damit hatte sie nicht gerechnet.

Kurz überlegte sie sogar, ob es möglich war, dass Mathias seiner ängstlichen Kerstin zuliebe die Kosten etwas übertrieben haben konnte, um sie von ihrem Plan abzubringen. Aber so richtig glauben konnte sie das nicht. Würde ein Geschäftsmann aus lauter Liebe so weit gehen, einen lukrativen Auftrag selbst zu sabotieren? Wohl kaum! Also hatten die Berechnungen von Mathias sicherlich ihre Richtigkeit.

Davon abgesehen: Falls der Kostenvoranschlag als Abschreckung gedacht gewesen sein sollte, blieb die erhoffte Wirkung jedenfalls aus. Nach dem ersten Schock war Katharina zu ihrer Hausbank gestiefelt, und nach dem Gespräch war klar, dass man dort auf ihrer Seite war – der zur Finanzierung nötige Kredit würde bewilligt werden. Es hatte aber auch in der Bank besorgtes Stirnrunzeln gegeben. Ja, natürlich sprengte dieser Kredit den Rahmen, den sie gemeinsam für die nächsten zehn Jahre nach dem Bau des Wellness-Bereichs gesetzt hatten. Aber große Neuerungen waren ein Gewinn fürs Hotel und rechneten sich auf Dauer immer. Katharina war klar, dass sie auch bei der Bank vielleicht noch einmal Überzeugungsarbeit würde leisten müssen, wenn es ernst wurde. Aber sie war ja nicht umsonst aus hartem Holz geschnitzt. Wenn sie sich etwas vornahm, setzte sie es in der Regel auch durch.

Das Wetter würde stabil bleiben, es war nicht mehr ganz so heiß wie in den letzten Wochen, und es ging eine leichte Brise. Für diesen Donnerstag hatte Katharina sich deshalb einen freien Tag vorgenommen und dies auch ihrer Familie einen Tag zuvor angekündigt. Sie hatte eine lange Wandertour hinauf zum Enzianhügel geplant, das pustete den Kopf frei und tat ihren steifen Knochen gut, denn aufgrund der vielen Arbeit – schließlich war in den letzten Tagen viel aufzuarbeiten gewesen, und Eva fehlte an allen Ecken und Enden – hatte sie ihr Training, wie sie ihre kurzen Spaziergänge immer nannte, vernachlässigt. Sie fühlte sich ein wenig steif. Auch die überstandenen Aufregungen hatten ihre Spuren hinterlassen. Heute also würde sie die Talwege verlassen, sie hatte eine richtige Tour geplant.

Wie üblich saß sie um sieben am Frühstückstisch, als das Telefon ging. Zu ihrem Erstaunen meldete sich Alois. So sehr sie sich darauf gefreut hatte, ihn von ihrer List in Kenntnis zu setzen: Am Telefon schien ihr das ähnlich unpassend, wie seiner Freundin auf demselben Weg den Laufpass zu geben.

Ganz allgemein fühlte sie sich beim Gedanken daran, wie Alois reagieren würde, nun doch ein bisschen unbehaglich. Das lag natürlich nur an Stefan, versicherte sie sich selbst, denn zwischen den beiden war, seit sie handelseinig geworden waren, so etwas wie eine Freundschaft entstanden. Stefan ging jeden Tag nach nebenan und verbrachte dort etliche Stunden. Was die beiden Mannsbilder dort wohl treiben mochten? Am Freitag, nahm sie sich vor, würde sie ihren Loisl aufsuchen und ihm dann den errungenen Sieg kundtun. Und natürlich würde sie ihm dann auch noch einmal in aller Ruhe darlegen, wie sie sich diesen Golfplatz vorgestellt hatte.

Aber was wollte er denn nun im Moment von ihr, der Alois? Die Überraschung war perfekt, als er fragte, ob sie Lust habe, mit ihm zusammen auf den Berg zu gehen. Da hatte wohl der Stefan gestern etwas von ihrer heute geplanten Wanderung erwähnt?

»Ja, freilich mag ich mit dir auf den Berg gehen«, antwortete sie, ohne sich lange besinnen zu müssen. Dann fiel ihr ein, dass sie diese Gelegenheit ergreifen konnte, um ihm ihren Triumph über ihn und seine Sturheit zu vermelden. »Sehr gern sogar«, setzte sie hinzu. »Wir sehen uns dann in einer Viertelstunde.«

Sie legte auf und blickte etwas gehetzt um sich. Das Frühstück auf dem Tisch konnte stehenbleiben, Kerstin würde später schon alles forträumen. Aber sie selbst entschied sich, ihre Bequem-Hose gegen die neue Wanderhose auszutauschen, die zwar sehr schick war, jedoch am Bund etwas zwickte. Da sie beim Kauf der leichtfertigen Überzeugung gewesen war, dass sie es schon schaffen würde, diese ein, zwei Pfunde, die zur

Bequemlichkeit fehlten, abzunehmen, wenn sie nur wollte, hatte sie sie dennoch gekauft. Nun würde sie sich hineinzwängen, denn sie war, wie gesagt, wirklich sehr schick. Dann beförderte sie die Stöcke, mit denen sie eigentlich auf die Tour hatte gehen wollen, zurück in den Schrank im Keller, wo alle ihre sportiven Gerätschaften und Schuhe lagerten. Er war randvoll, denn im Laufe ihres Lebens war sie so gut wie auf alle guten Dinge hereingefallen, die laut Werbung zu einer straffen, schlanken Figur führen sollten. Aus einer unerklärlichen Eitelkeit heraus wollte sie heute jedoch nicht neben Alois an solchen Krücken durch die Natur schreiten. Noch ging es durchaus ohne.

Gut gelaunt schloss sie die Haustür, und da kam er ihr auch schon entgegen. Auch er wirkte irgendwie neu, stellte sie fest, bis ihr aufging, dass er sein Haar hatte schneiden lassen. Die kürzere Länge stand ihm gut, dachte sie und zog den Bauch ein. Dieser Mann konnte wirklich essen, was er wollte, ohne zuzunehmen. Das wusste sie noch von früher, als er ihr den Hof gemacht hatte. Der nette altmodische Ausdruck passte in diesem Fall tatsächlich. Auch ihr Andreas hatte ihr den Hof gemacht. Dass zwei so schmucke Männer einmal um sie gekämpft hatten, darauf konnte sie sich wahrhaftig etwas einbilden!
Alois trug zu seinen Wanderschuhen, die extrem benutzt aussahen, enge Jeans und ein T-Shirt, das ebenso wie die Hose neu schien und seine

gute Figur betonte. Ja, wer auf Muskeln stand, dem musste dieser Mann gefallen. An ihr prallten solche Äußerlichkeiten ja eigentlich ab, doch einen so erfreulichen Anblick konnte man ja trotzdem ein bisschen genießen!

Der Verkauf des Grundstücks schien ihm gut getan zu haben. Seine Schultern waren gestrafft, sein Blick nicht mehr so verhangen wie noch vor nicht allzu langer Zeit, und sein Gang strahlte federnde Jugendlichkeit aus. Er trug wie sie einen Tagesrucksack, in dem der ihre jedoch zweimal Platz gefunden hätte. Gut so, dann würden sie wenigstens nicht verhungern – eine Sorge, die ihr unnötige Energie geraubt hätte. Auf den leichten Touren, die sie in der Regel allein oder mit ihren Freundinnen machte, gab es zwar genügend Einkehrmöglichkeiten, aber nur das, was sie bei sich trug, beruhigte sie. Früher hatte sie sich manchmal zu einer Hütte kämpfen müssen oder einem abseits gelegenen Gasthof, wo sie zumeist kaum etwas hinunterbekam, weil sie sich beim Wandern so übernommen hatte. Nun trug sie ihr Essen bei sich, da konnte sie rasten, wann und wo immer sie wollte. Ihre Familie zog sie auf, wenn sie sich ihr Picknick einpackte, aber sie konnte nicht anders. Essen war der Sex des Alters, gab es nicht einen solchen Spruch? Dabei fühlte sie sich noch kein bisschen alt.

Als Alois ihre Hand mit seiner warmen, schönen Hand umschloss und sein dunkler Blick sie streifte, als er ihr sein ›Grüaß di‹ sagte, durchzuckte sie unsinnigerweise der Gedanke, dass sie den eigentlichen Sex doch, seit Andreas tot war, sehr vermisste. Aber war das ein Wunder, wenn man vor einem solchen Bild von einem Mann stand? Mit ihrem verstorbenen Mann hatte der Loisl so viel Ähnlichkeit wie ein Tiger mit einem trägen Kater, der zufrieden war, wenn er auf der Ofenbank sein Nickerchen halten durfte.

Prompt bekam sie ein schlechtes Gewissen. Ihr Mann hatte ja allen Grund gehabt, sich wie ein träger Kater aufzuführen. Er war ja nicht nur von seinen immer wiederkehrenden hartnäckigen Wehwehchen geplagt, sondern vor allem durch seine chronische Herzschwäche, die zu spät erkannt worden war, tatsächlich in seiner körperlichen Kraft sehr eingeschränkt gewesen. Noch heute schämte sie sich, dass sie in all den Jahren ihre Ohren auf Durchzug gestellt hatte, wenn er ihr wieder einmal irgendein Zipperlein geschildert hatte. Mal schmerzte es hier, mal ziepte es da. Und, oh weh, jetzt hatte ihn auch noch die Erkältung erwischt. Das ging morgens so los und hörte abends erst auf, wenn er eingeschlafen war. Sie hatte sich irgendwann jeglichen Kommentar gespart, weil sie das Gefühl hatte, je mehr Aufmerksamkeit sie ihm schenkte, desto länger würden seine Litaneien. Tja, und dann war der vermeintliche Simulant an seiner Krankheit gestorben ...

Sie wandte ihre Augen ab von dem prächtigen Mannsbild vor ihr. Hatte Alois je eine Grippe niedergestreckt? Sie konnte es sich kaum vorstellen. »Aufi, geh'n mir«, sagte sie burschikos, um ihre plötzlich auftretende Verlegenheit zu überspielen.

Wieso fühlte sie sich nur auf einmal so befangen? Es war wohl, weil dieser Mann auf die seltsame Idee gekommen war, mit ihr auf den Berg zu gehen, einfach so – wie früher, als sie jung gewesen waren. Das war ein so außergewöhnlicher Umstand, dass es einen schon aus dem Gleichgewicht zu bringen vermochte. So jedenfalls erklärte sie es sich.

Anfangs hatte sie Mühe, mit seinem Schritt mitzuhalten.
»Wieso hast denn deine Stöcke nicht mitgenommen?«, fragte er.
»Die nehm ich doch nur zum Sport«, flunkerte sie.
»Und was ist das hier?«
Sie keuchte derart, dass sie stehenbleiben und erst tief Luft holen musste, um in der Lage zu sein, ihm zu antworten. »Ein Spaziergang.«
Er schenkte ihr einen seiner durchdringenden Blicke, sodass sie wahrhaftig errötete.
»Magst vorangehen?«, fragte er.
Um Gottes willen, dann hatte sie ja ständig diesen Blick im Rücken, allein diese Tatsache würde ihr den Atem rauben – was nur an den Wechseljahren liegen konnte, denen sie anheimgefallen war.
»Nicht nötig«, antwortete sie.
Dennoch verlangsamte er auf der Stelle seinen Schritt, und ihr Keuchen ging in kommodes Schnaufen über. Nein, das ruhige Durchatmen, wie auf ihren normalen Spaziergängen, war ihr in

seiner Nähe, so dicht hinter ihm, nicht möglich. Aber es normalisierte sich in ausreichendem Maße, dass die Aussicht bestand, die eintausend Höhenmeter irgendwie zu bewältigen, ohne vorher kraftlos in die Knie zu sinken.

Zu dieser frühen Stunde waren noch keine Spaziergänger unterwegs. Bald lagen das Dorf und der See unter ihnen. Schon sehr bald war die erwachende Geräuschkulisse des quirligen Dörfchens nicht mehr zu hören, der Wald, der hier unten sehr dicht war, schluckte diese Alltagsgeräusche. Später würden sie über die Freiflächen des Enzianhügels laufen, dann war der Alltag ohnehin fern wie der Mond von der Sonne.

Es machte ihr nichts aus, in einträchtigem Schweigen neben oder hinter ihm herzugehen. Beim Wandern musste sie nicht schnattern, wie es ihre Freundinnen so gern taten – was sie natürlich auch liebte, wenn sie unter sich waren. Doch in der Regel schwieg auch sie gern bei längeren Wandertouren und lauschte den Naturtönen.

»Wenn du nichts dagegen hast, machen wir auf unserer Hütte Mittagsrast«, unterbrach er irgendwann die Stille. »Ich wollt mal nach der Brennerei schauen, war lang nicht mehr droben. Und später vielleicht noch ein paar besondere Enzian-Plätze aufsuchen.«

Sie entsann sich, dass er sie früher oft mit hinaufgenommen hatte, um Enzianwurzeln zu graben, eine schwere Arbeit, bei der er seinem Vater oft geholfen hatte. Die Koflers besaßen ein altes Brennrecht, das es ihnen als einer von wenigen

Familien erlaubte, den geschützten Enzian und die Meisterwurz zu ernten, genauer, die Wurzeln auszugraben, um sie in mühseliger Arbeit zu zerkleinern und daraus schließlich den würzigen Enzianschnaps zu brennen. Doch seit einigen Jahren hatte man darauf verzichtet, dieses Recht wahrzunehmen, wenn sie recht unterrichtet war. Deshalb erstaunte es sie, dass er jetzt nach der Brennhütte, in der man früher den Schnaps hergestellt hatte, schauen wollte.

»Wenn du so selten droben bist, hattest du da nie Lust, eure Hütte zu vermieten?«

»Um Himmels willen«, rief er erschrocken aus.

Sie lachte. »Damit könntest du eure Kasse aufbessern, viele Touristen lieben das einfache Leben auf einer Alm, hoch droben auf einer einsamen Bergwiese. Ich seh doch, wie sie unsere Häusl mieten, die einen gehen, die anderen kommen, wir haben kaum Zeit, sie zu reinigen.«

»Ja, bei euch und eurem Almhütten-Verschnitt da gibt es ja auch das einfache Leben mit allem Komfort, der hier oben eben fehlt«, grinste er.

Almhütten-Verschnitt! Dabei waren die Häusl eine ihrer besten Ideen überhaupt gewesen.

»Und die Hüttn auf Vordermann zu bringen, das kostet«, fuhr er fort. »Wie du dich vielleicht entsinnst, gibt es keinen Strom und kein fließend Wasser.«

»Freilich weiß ich das noch. Könnten wir hier vielleicht eine kleine Rast einlegen?«, fragte sie und wies auf eine Bank, die wie eine wunderbare Fata Morgana ein Stückchen weiter vor ihnen zu sehen war. Sie waren jetzt eine Stunde unterwegs, und sie spürte ihre Beine. Mittlerweile ärgerte sie sich über ihre Eitelkeit und vermisste ihre Stöcke, die ihr auf dem steilen, steinigen Pfad gute Dienste geleistet hätten.

Sie setzten sich, und Alois holte eine Thermoskanne hervor. »Magst einen Tee?«, fragte er.

»Nur, wenn er keinen Rum mit sich trägt«, antwortete sie lächelnd. »Alkohol so früh am Morgen haut mich um.«

»Wofür hältst du mich, für einen Säufer?«, grinste er.

»Na, manchmal kippst du dir gern einen hinter die Binde, ich darf dich nur an …« Erschrocken hielt sie inne. ›An den Umtrunk erinnern, den du mit Stefan an dem Morgen gehalten hast, als er dir dein Grundstück abgekauft hat‹, hatte sie sagen wollen. »… an frühere Zeiten erinnern«, wich sie in letzter Sekunde aus. Noch war nicht der richtige Zeitpunkt, ihm zu verdeutlichen, dass sie Stefan kannte. Dazu war es zwischen ihnen gerade viel zu harmonisch. Später wäre allerdings ein Schluck aus der Pulle vielleicht angeraten, um die Situation zu entspannen, bevor sie ihm ihre List auftischte, dachte sie flüchtig.

»Ich bin nicht mehr achtzehn«, schmunzelte er. »Heut kipp ich mir nur noch zu besonderen Gelegenheiten einen hinter die Binde. Allerdings bin ich nicht abgeneigt, mir manchmal ein gutes Glas Rotwein zu gönnen. Ansonsten muss man auf sich achten – besonders wenn man allein lebt, so wie ich.«

»Deine Mutter nicht zu vergessen.«

»Die zählt in diesem Fall nicht. Sie genehmigt sich allerdings noch jeden Abend ein Glas von unserem Enzianschnaps. Was diesen im Lauf der Zeit arg dezimiert hat und mich auch auf die Idee brachte, diese gute alte Tradition der Schnapsbrennerei wieder aufleben zu lassen.«

»Das ist wirklich eine tolle Idee«, nickte sie. Dankbar nahm sie den Becher entgegen. Der heiße Tee, den er mit Kandis gesüßt hatte, schmeckte köstlich. Genießerisch, nein, wahrlich glücklich, ließ sie ihren Blick über das Paradies vor ihren Augen gleiten. Steinernes Meer, Watzmann und Großer Hundstod, sie leuchteten in der Sonne und bescherten einem das Gefühl, dass es Dinge gab, die sich nicht veränderten. Es duftete lieblich, doch sie hätte nicht bestimmen können, wonach. Die Bergdohlen kreisten in großem Schwarm über ihnen. Das, fand Katharina, gehörte zum Felsengebirge wie Sahne auf den Apfelkuchen. Alois ergriff ihren Arm und deutete auf eine Gruppe Gämsen, die sie im grauen Fels nicht bemerkt hatte, obwohl sie den Blick auf dieselbe Stelle geheftet hatte. Ja, er hatte noch die gleichen Adleraugen wie früher.

Ihr Herz ging auf, und am liebsten hätte sie zum Pinsel gegriffen, um das Bild zu malen, das sich ihren Augen bot. Der graue Fels im Hintergrund unterstrich das blau-lila Leuchten des Enzians auf den grünen Matten, eine Komposition, die jeden überwältigen musste, befand sie. Leider konnte sie nicht malen und schenkte sich daher nur manchmal ein Aquarell oder ein kleines Ölbild, das sie auf Flohmärkten fand oder auf der Kurzreise nach England, die sie sich einmal im Jahr gönnte – Kitsch, wie Britta verlautete, doch das störte sie nicht, für sie war es einfach ein hinreißendes Bild, das ihr Herz selbst im regenreichsten November erfreute.

»Der Ungarische Enzian – nach ihm werde ich im Herbst graben. Aber wenn ich es recht anstellen möchte, muss ich schon noch ein paar Helfer auftreiben«, sinnierte er und biss herzhaft in seine Kaminwurzen, die er mit Katharina geteilt hatte. Katharina reichte ihm eine von ihren hauseigenen Semmeln, die noch immer dufteten, als hätten sie gerade den Backofen verlassen.

»Jetzt, wo du die Landwirtschaft an den Nagel gehängt hast, musst du dir ja auch was Neues suchen.«

»Genau. Also kam ich auf die Schnapsbrennerei. Die wirft gut was ab, das Gebiet, auf dem ich sammeln darf, umfasst ja den gesamten Nationalpark vom Roßfeld bis zur Kallbrunnalm im Pinzgau.«

»Und dann kannst du für den Rest des Jahres die Füße hochlegen und Gott einen guten Mann sein lassen.«

»Exakt. Aber erst, wenn ich fertig bin mit der Mosterei«, lachte er.

»Mosterei?« Katharina verspürte ein mulmiges Gefühl. Die Streuobstwiese würde ihm ja nun fehlen.

»Ja, freilich. Ich hab vom Hans die Maschinen erhalten. Er hat sie in den letzten Jahren im Nebenerwerb betrieben, aber sie haben keine Zeit mehr, sich auch noch darum zu kümmern, seit sie den Hofladen eröffnet haben. Denn eine Mosterei, die macht halt viel Arbeit. Ich hätt nun die Zeit, und Platz genug gibt's ja auf unserem Hof.«

»Find ich eine pfundige Idee«, krächzte Katharina.

Sollte sie jetzt mit der Wahrheit herausrücken? Nein, besser nicht. Sie wollte die gute Stimmung, die zwischen ihnen herrschte, nicht zerstören. Alois hatte sich derart in seine Begeisterung hineingesteigert, dass ihre Wahrheit ihn wie ein Guss Eiswasser auf seinen dicken Schädel treffen musste, auch wenn er bestimmt nicht nur das eigene Obst verarbeiten wollte. Am besten, sie ging einfach auf ihn ein – so unverbindlich, wie es eben möglich war.

»Ich bräucht natürlich schon auch dabei eine Hilfe«, legte Alois inzwischen seine Pläne weiter dar. »Annahme, Kasse, das Bedienen der Rätzmühle und Presse, das Abfüllen und Verschließen der Kronkorken-Flaschen, da braucht's viele Hände. Allein an der Pumpe muss immer jemand parat stehen, um den Saft durch einen Filter in den Entlüftungsturm zu pumpen.«

»Entlüftung? Wozu das denn?«

»Da kommt der Saft zur Ruhe, sodass der Sauerstoff entweichen kann.«

Katharina biss in einen knackigen Apfel. »Würdest du nur Äpfel pressen?«, fiel ihr dabei ein.

»Nein, auch Birnen und Quitten. Aber die erst am Ende des Mosttages, damit sie nicht den Geschmack des Apfels verändern. Außerdem ist nicht jedes Jahr ein gutes Apfeljahr. Alle zwei Jahre gibt's ein gutes, alle zwei ein schlechtes. Und den Trester, den kriegt der Hans wieder zum Verfüttern an seine Kühe.«

»Und wie macht ihr den Apfelsaft haltbar?«

»Nachdem er zur Ruhe gekommen, also der Sauerstoff raus ist, wird er innerhalb einer Minute auf achtundsiebzig bis achtzig Grad erhitzt. Das macht ihn für über ein Jahr haltbar. Und durch das schonende Erhitzen bleiben sämtliche Vitamine erhalten. Dann geht's in die Glasflaschen, Kronkorken drauf, fertig, und schon hast du ein Eins-A-Naturprodukt«, endete er stolz.

»Und was machst du, wenn du fauliges Obst angekarrt bekommst?«

»Das geht freilich nicht. Ich würd schon drauf achten, dass die Äpfel von guter Qualität sind, wer mag schon faulig schmeckenden Apfelsaft. Und gereinigt müssten sie natürlich auch sein. Aber eben drum bräucht ich noch eine Hilfe.«

Er schwieg, und sie hingen ihren Gedanken nach. Katharina schloss die Augen und wendete ihr Gesicht der Sonne zu. »Wir wären auf jeden Fall Abnehmer für deinen Bio-Saft, denn den könnten wir gut im Hotel gebrauchen«, sagte sie träge.

»Gern. Und jetzt ist genug gerastet«, entschied er schließlich.

Kurz vor zwölf hatten sie seine Hütte und daneben die Brennhütte mitten auf dem Enzianhügel erreicht. Sie war noch genau so romantisch, wie Katharina, die auch schon längere Zeit nicht mehr hier droben gewesen war, sie in Erinnerung gehabt hatte.

Die Watzmann-Ostwand flößte ihr wie immer gewaltigen Respekt ein. Sie war froh, dass ihr Andreas nie mitgegangen war, wenn Alois und seine Kumpanen sich auf den Weg gemacht hatten, sie zu bezwingen, wobei sie oft vom schlechten Wetter überrascht worden waren, sodass sie immer wieder ohne Erreichen des Gipfels umkehren mussten. Unvernünftig war der Loisl ja nie gewesen, doch damals, als ihr Herz noch so für ihn gebrannt hatte, hatte sie immer Angst gehabt, wenn er sich auf den Weg gemacht hatte.

»Gehst du eigentlich noch auf Gipfeltour? Oder hast du das Bergsteigen drangegeben?«, fragte sie ihn.

»Ich klettere nicht mehr, nein, das hab ich aufgegeben. Ohne Training ist das nix, denn gefährlich ist's halt immer. Ich kann gar nicht verstehen, dass so viele Menschen heutzutage so unvernünftig sind und die Watzmann-Tour mit einem Sonntagsausflug verwechseln«, schimpfte er. »Gestresst von der Woche im Büro wird sich ins Auto gesetzt und auf den Berg gerannt. Aber dafür braucht's Training und Zeit. Und die habe ich halt auch nicht mehr gehabt. Und außerdem, ich gesteh's nicht gern, zwicken mich auch manchmal die Knie«, sagte er mit einem schiefen Grinsen.

Er nahm den Rucksack vom Rücken, holte den Schlüssel hervor und steckte ihn ins Schloss. Die stabile Holztür öffnete sich mit einem Knarren, und sie betraten die dunkle Holzhütte, die sich mit ihrem flachen, mit dicken Felssteinen gesicherten Dach unter den Lärchen duckte. Er öffnete die Läden, und die Sonne erfüllte den Raum mit Licht, Wärme, Leben. Sofort fühlte sie sich zurückversetzt in die Zeit ihrer Jugend.

Ein Abend kam ihr in den Sinn – ihr letzter Abend übrigens mit ihm auf der Hütte –, an dem er sie mit einem Pilzgericht überrascht hatte. Noch jetzt entsann sie sich des angenehmen Geruches. Dafür hatte er den gelben Lärchenröhrling gesammelt, einen milden, feinen Pilz, der mit seinem gelben, feuchten Hut und dem beringten Stiel ausschließlich unter Lärchen wuchs, die es hier heroben bei der Hütte so zahlreich gab. Sie selbst wäre als Stadtkind, das Pilze nur als Champignons vom Supermarkt gewöhnt war, gegenüber jedem skeptisch gewesen, der ihr mit seinen selbst gesuchten Pilzen eine Freude hätte machen wollen. Doch als er seinen Korb füllte und ihr dabei die Merkmale des wohlschmeckenden Pilzes zeigte, hatte sie vollstes Vertrauen in ihn gehabt.

Vor allem diesen letzten Besuch würde sie nie vergessen, denn diese Nacht hatte entscheidenden Einfluss auf den weiteren Verlauf ihres Lebens gehabt. Damals hatte sie als Schreibkraft in einem Büro in München gearbeitet und sich tödlich gelangweilt. Sie hatte eine Woche Herbsturlaub in Seewinkel verbracht. Schon da war sie verliebt gewesen – in beide Männer. Hatte sich einfach nicht entscheiden können. An ihrem vorletzten Urlaubstag war sie mit Alois allein hoch in die Hütte gegangen, er hatte wieder einmal seinen Enzian gesucht. Es war bereits Mittag gewesen, als sie losgezogen waren, und natürlich war es dann spät geworden. Sie hatten sich entschieden, oben auf der Hütte zu übernachten.

Katharina hatte sich nicht naiv darauf eingelassen. Sie hatte gehofft, dass es die Nacht werden würde, in der ihre Entscheidung fallen würde. – Nun, das war sie dann auch geworden. Aber er war es gewesen, der sich zuerst entschieden hatte, und zwar gegen sie, jedenfalls hatte sie es so verstanden. Nicht angerührt hatte er sie, und dies hatte sie als Zeichen gewertet, dass er nicht vorhatte, sie zu fragen, ob sie die Seine werden wolle.

Am Tag darauf war es zwischen Andreas und ihr zu einem furchtbaren Streit gekommen – bei dem sie die Dinge richtigstellte: Der Loisl wolle gar nichts von ihr. Sie seien nur zum Enziansammeln hinauf in die Hütte gegangen und von der Nacht überrascht worden. Ihr späterer Mann glaubte ihr, oder vielleicht ja auch nicht, jedenfalls war er es, der sie fragte, ob sie wiederkäme, ob sie ihn liebe und ob sie ihn heiraten wollte. Sie sagte auf alle drei Fragen ja.

»Hallo, Träumerin«, weckte sie da die belustigte Stimme von Alois. Sie hatte den Rucksack abgelegt, sich draußen auf die Bank gesetzt und an die sonnenwarme Wand angelehnt, die Augen geschlossen und sich ihren nostalgischen Erinnerungen hingegeben.

»Ja, was ist?«

»Ich wollte dich fragen, ob du mit einem Glas eiskaltem Quellwasser zufrieden bist oder ob ich den Camping-Kocher anschmeißen und uns ein Rennfahrer-Süppchen kochen soll.« Rennfahrer-Suppe – noch so ein Wort aus ihrer Jugend. Es bedeutete eine schnelle Suppe aus der Tüte, oder nur einen Brühwürfel in heißem Wasser – ein Genuss, dem sie sich häufig auf ihren Wanderungen hingegeben hatten.

»Nein, danke, lieber nur ein Glas Wasser, oder besser eine ganze Kanne«, lachte sie.

Er breitete auf einem Teller das Obst aus, das er mitgenommen hatte, und sie steuerte die Reste aus ihrem Rucksack hinzu: Hühnchen, Salat mit Soße, die sie getrennt in einem Glas mitgenommen hatte, Tomaten und als Nachtisch Grießpudding. »Ein sehr gutes Mahl«, stellte er zufrieden fest.

Nachdem sie auf das Feinste gespeist hatten, legten sie sich auf die Bänke unter dem breiten Vordach der Hütte und gönnten ihren Knochen, Sehnen und Gelenken die wohlverdiente Ruhe. Dann feuerte Alois doch den Camping-Kocher an und zauberte einen herben Kaffee. Jetzt würden sie gemeinsam den Berg nach den größten Wurzen absuchen, versprach er. Katharina seufzte im Stillen, denn eigentlich benötigte sie keine weitere Wanderung, doch stimmte sie mit geheuchelter Begeisterung zu. Sie wusste es noch von früher, jetzt begann der noch anstrengendere Teil ihres Ausflugs.

»Auf geht's«, befahl er unternehmungslustig, band sich eine breite Ledertasche um den Bauch und nahm eine zweizinkige Hacke über die Schulter. »Wollen doch mal sehen, ob ich noch die guten alten Plätze finden werde.«

Katharina trocknete ihre Füße, die sie im herrlichen Eiswasser vom Brunnen vor der Hütte gekühlt hatte, und zog sich die Strümpfe und Wanderschuhe wieder an. Dann schloss sie den Knopf an ihrer engen Hose – nie wieder, dachte sie, würde sie dieses Teil anziehen, denn eine Brotzeit hatte kaum mehr darin Platz gefunden, geschweige denn zwei. Sie zog ihre Kappe in die Stirn, um sich vor der brennenden Sonne zu schützen. Dann holte sie tief Luft, um ihrem Kumpan über die Wiesen zu folgen. Oder vielleicht würde die Hose nach diesem Tag ja besser passen? Wenn sie jetzt keine zwei Kilo abnahm, dann wusste sie auch nicht! Diese Schinderei konnte nur positive Auswirkungen auf ihren trägen Stoffwechsel haben.

»Zuletzt hab ich vor sieben Jahren hier gegraben«, sagte Alois über die Schulter hinweg. »Jetzt müssten die Rhizome wieder schön gewachsen und größer als zuvor sein.«

»Sehr interessant«, log Katharina. Sie kannte die Geschichten immer noch in- und auswendig, eigentlich könnte sie mittlerweile selbst Enzian-Schnaps herstellen, sinnierte sie, so oft wie der Loisl ihr das damals erklärt hatte.

»Schau, da ist die Meisterwurz.« Er deutete auf das doldenförmige Gewächs mit den grasgrünen Laubblättern und seinen großen, flachen Blütenständen, auf denen sich zahlreiche Insekten niedergelassen hatten. »Die, hab ich mir gedacht, könnt ich auch einmal wieder brennen. Früher war es ja eine recht bekannte Heilpflanze. Meine Großmutter hat sie noch im Garten gehabt, obwohl sie hier droben weiter verbreitet ist, sie braucht die Höhe.«

Er zog eine der krautigen Pflanzen mit den hellen Dolden heraus. »Riech!«, befahl er.

Sie schnupperte und nahm den kräftig würzigen Geruch wahr. »Duftet fein, irgendwie nach Suppenkräutern. Wozu ist sie gut?«

»Meine Oma hat die Stube zu Weihnachten vorsorglich mit einer solchen Wurzel ausgeräuchert. Zum Vertreiben von Hexen«, schmunzelte er. »Aber sie ist auch gut gegen Asthma und Magenbeschwerden.«

»Ich kenn sie gar nicht«, gestand Katharina. Sie konnte sich auch nicht erinnern, dass Alois damals je von der Meisterwurz gesprochen hatte.

»Dabei ist sie gar nicht so selten, wenn man ein Auge für sie hat. Hier droben auf den Wiesen und drüben am Steilhang gibt's sie häufig, und drunten am Fluss gibt's ein paar Stellen. Und einen Käs könnt man auch aus ihr herstellen«, sagte er mehr zu sich selbst.

Sie gingen weiter. Plötzlich blieb er abrupt stehen, beinahe wäre sie ihm in die Hacken getreten. Er wies mit dem Holzstiel der Hacke auf einen unscheinbaren Flecken mit Enzian, der für sie aussah wie Hunderte andere auch.

»Hier probieren wir's«, entschied er, holte aus, und schon fuhr seine Hacke in die Erde. Er grub einen großen Erdbrocken aus und lockerte ihn dann mit den Zinken der Hacke auf. »Du musst die Mutterwurzel finden, dann hast du Glück.«

Mutterwurzel, erinnerte sich Katharina, bedeutete die Hauptwurzel der Pflanze, die bis über einen Meter lang werden konnte.

»Aber mehr als das obere Drittel darf'st nicht ausgraben«, dozierte er weiter. Er schüttelte den ärgsten Schmutz von der Wurzel, stopfte sie in einen Sack, den er aus der Ledertasche nahm, dann verschloss er die Grasnarbe wieder mit seinen Schuhen.

Sie nickte nur stumm. Ja, ja, ja. Sie kannte das alles, doch sie brachte es nicht übers Herz, ihm seine zahlreichen Lehrstunden ins Gedächtnis zu rufen, die er für sie, die Stadtpflanze, die sie damals gewesen war, gehalten hatte.

»Das schafft nur ein kräftiger Mann«, erinnerte er sie.

»Der du ja zum Glück bist.«

»Freilich, sonst könnt ich eine solche Arbeit gleich vergessen.« Er grub noch ein wenig weiter, glücklich, versunken in eine Arbeit, die er liebte. Die Wurzeln gab er in einen Sack, den er ebenfalls schulterte, als wäre es gar nichts, dabei wurden diese Säcke so schwer, dass man sie später schlicht den Berg hinabrollen ließ.

Müde – diesmal auch er, wie sie feststellen konnte, was aber kein Wunder war, wenn sie an die Hatscherei und vor allem Graberei dachte, die er bewältigt hatte – machten sie sich schließlich auf den Rückweg zur Hütte. Dort ließ sie sich schlicht von ihm bedienen, denn zu mehr Schritten als gerade noch bis zur Hütte war sie nicht fähig. Sie wusch sich mit dem Quellwasser das Gesicht, dann ließ sie sich schwer atmend auf die Bank nieder. Das, was dabei krachte, war nicht das altersschwache Holz. Müde, verschwitzt, aber glücklich schloss sie die Augen und dachte dabei an das Foto, das er ihr damals nach einem gleichen Ausflug wie diesem zum Abschied geschenkt hatte. »*Schmutzig, aber glücklich*«, hatte er draufgeschrieben, womit er ihre Worte wiederholt hatte, die sie am Ende des Ausflugs gesagt hatte. Und: *Nach dir wird es nie wieder eine andere Frau geben!* Dazu hatte er ein Edelweiß gesteckt, das er selbst gepflückt hatte. Noch heute besaß sie dieses Foto, das sich zwischen denen ihrer Lieben im Album befand. Von Liebesbeweisen trennte sie sich nicht.

»Du weißt schon, dass du mich huckepack tragen musst, wenn du mich jetzt noch den Berg hinunterkriegen willst«, bemerkte sie träge, irgendwann, als die Sonne bereits untergegangen war und sie gemeinsam draußen auf der Bank in der milden Abendluft saßen und ihren Enzian-Schnaps als Abschluss tranken, den er natürlich doch mitgenommen hatte.

»Was ich, ehrlich gesagt, heute nicht mehr schaffen würde«, lachte er. »Mir scheint, wir müssen tatsächlich die Nacht auf der Hüttn verbringen.« Es war wie leichthin gesagt, doch sie konnte die Spannung in seiner Stimme erkennen. Natürlich hatte auch sie gewusst, worauf ihr Nachmittagsausflug auf den Enzianhügel hindeutete – sie würden den Rückweg, der wieder seine vier Stunden lang war, auch wenn's nur mehr bergab ging, nur schaffen, wenn sie sich gleich um fünf auf den Weg machten, denn so lange hatte sie die Enzian-Suche auf Trab gehalten. Sie jedenfalls wusste, dass sie heute keinen weiteren Schritt mehr tun würde.

»Es sei denn, du rufst irgendwen von deiner Familie an, dass sie dich abholen.« Es gab natürlich den schmalen Fahrweg, den sie freilich nicht benutzt hatten, außer auf dem letzten Kilometer, denn der schmale Pfad durch den Wald und die Wiesen war ungleich schöner.

»Das könnt ich freilich«, antwortete sie vage. Den Teufel würde sie tun. Sie würde ihre Lieben zwar anrufen, aber nur, um ihnen mitzuteilen, dass es zu einer Not-Übernachtung kommen würde. Das würde sie zwar zum Frotzeln über das anregen, was der Galan ihrer Mutter wohl mit ihr anstellen mochte, doch das war ihr egal. Sie war selbst neugierig, wie sich der Abend gestalten würde. Eins stand fest: Sie würden diese Stunden genießen, sie würden in der Vergangenheit schwelgen, sie würden sich, mit anderen Worten, amüsieren – bevor sie ihn in die raue Wirklichkeit zurückpfiff.

»Das mach ich aber heute noch nicht!«, entschied sie nun endgültig.

Es gab nur eine Schlafkammer, und die Schlafstätte darin belief sich auf eine Breite von höchstens eins sechzig – wovon sie allein einen Meter in der Breite einnehmen würde. Seine sechzig Zentimeter daneben würden keinen Raum für eine Zeitungsseite zwischen ihnen lassen.

»Was bedeutet«, stellte sie klar, »dass du auf der harten Holzbank die lange Nacht verbringen müsstest. Ich weiß nicht, ob du damit einverstanden bist.«

»Bin ich nicht.« Er war ein Mann der klaren Ansage.

Sie spürte, wie ihr Magen vor Aufregung rumorte, als er den Arm um sie legte. »Freilich nur, wenn'st damit einverstanden bist.«

»Bin ich.«

Ja, es bedurfte nur weniger Worte, um dem Leben eine neue Wendung zu geben, dachte sie schließlich, als sie sich von ihm küssen ließ. Er war ein Mann der Tat, fürwahr!

Als sie am Morgen aufwachten, schaute er ihr in die Augen und sagte ernst: »Ich hoffe, du bereust nichts.«

Sie lächelte ihn liebevoll an. »Wie könnte ich eine solche Nacht bereuen«, erwiderte sie. »Ich habe jede Sekunde genossen. Ich werde sie nie vergessen«, schickte sie zur Sicherheit hinterher.

»Ich weiß nicht, wie oft ich mich damals verflucht hab, als ich dich in unserer letzten gemeinsamen Nacht nicht in die Kammer begleitet hab«, gestand er nun.

»Und wie oft ich dich erst dafür verflucht hab ... jedenfalls bis ich den Andreas geheiratet hab«, fügte sie rasch hinzu.

Das stimmte so freilich nicht ganz. Es hatte viele Nächte gegeben, in denen sie, die sinnliche Frau, die sie immer gewesen war, sich nach der Nähe ihres Gatten gesehnt hatte, der jedoch wieder einmal alle Kraft seiner Genesung von irgendeinem Wehwehchen hatte widmen müssen, das ihn geplagt hatte. Manchmal hatte sie das Gefühl gehabt, neben ihm zu vertrocknen, ein Wunder, dass ihnen dennoch zwei so prachtvolle Madln gelungen waren, hatte sie sich oft gesagt.

»Aber ich fühle mich geehrt, dass du nach mir nie geheiratet hast.« Sie stopfte sich das Kopfkissen in den Rücken und setzte sich aufrecht.

Er stützte sich auf seinen linken Arm. »Was nicht an dir gelegen hat, da muss ich dich enttäuschen«, hörte sie seine amüsierte Stimme leise an ihrem Ohr.

Sie wandte ihm abrupt das Gesicht zu. »Nicht?«, fragte sie konsterniert. »Du hast mir doch dieses Foto damals mit dem Edelweiß geschickt. Nach mir wird es keine andere Frau für dich geben.«

»Das war gelogen.« Er grinste.

»Logisch, Frauen gab es ja in deinem Leben, das hab ich natürlich gesehen. Aber du ... du hast wirklich nicht geheiratet, obwohl die Frauen dir nachgelaufen sind – und ich dachte immer, ich wäre der Grund«, gab sie verlegen lächelnd zu.

»Irrtum! Der Grund war der, dass ich keine Kinder zeugen kann.«

»Nein!« Katharina sah ihn ungläubig an.

»Doch. Die Frauen, die ich gern geheiratet hätte, wollten alle Kinder, und ich brachte es nicht über mich, ihnen die Wahrheit vorzuenthalten.« Ein Schatten flog über sein Gesicht. »Nun kennst du auch den Grund, warum wir damals in unserer letzten Nacht nicht endgültig zueinander gefunden haben. Ich hatte es da gerade erst erfahren, dass ich nach meiner Mumps-Erkrankung keine Kinder würde zeugen können. Und an dem Abend hast du von deinem Wunsch nach einer großen Familie mit mindestens vier Kindern geschwärmt. Ich … hatte da einfach das Gefühl, ich hätte kein Recht, dich um deine Hand zu bitten.«

»Also weißt du«, hauchte sie betroffen, »darauf wäre ich nie gekommen.«

»Solltest du ja auch nicht.«

»Aber … vielleicht wäre mein Leben dann ganz anders verlaufen«, sagte sie bestürzt.

»Du meinst, dann hättest du mich statt Andreas genommen? Dann hättest du aber nicht deine Kerstin und deine Britta, zwei prachtvolle junge Frauen. Und du wärst unzufrieden geworden, weil du auf einem Hof hättest schuften müssen, der kaum vier Menschen satt gemacht hätte, da es schon bei dreien so mühsam war. Nein, es war schon besser so. Wer weiß, ob du mich zum Schluss nicht gehasst hättest.«

»Hassen kann ich dich gar nicht, wenn du auch manchmal ein verdammter Sturkopf bist.«

Er zog sie an sich und sagte: »Und du eine ganz entzückende Kneifzange. Ich jedenfalls werde diese Nacht mit dir nie vergessen.«

»Ich auch nicht.«

Sie schwiegen, und zum ersten Mal hatte sie das Gefühl, dass zwischen ihnen eine unangenehme Spannung entstand. Vielleicht, weil ihr erneut der Gedanke gekommen war, dass sie ihn über den Handel mit Stefan endlich aufklären sollte. Doch dann verwarf sie diese Idee wieder. Im Bett mit diesem männlichsten aller Männer über Geschäfte zu reden, etwas Unpassenderes konnte man sich ja gar nicht vorstellen!

Sie warf die Bettdecke zurück und stand auf. »Und jetzt mach ich Kaffee«, sagte sie. Doch zuvor ging sie zum Brunnen und wusch sich mit dem erfrischenden Quellwasser. Er gesellte sich zu ihr, und bald gaben sie sich einer vergnüglichen Wasserschlacht hin, die ihnen den Schlaf aus den Gliedern zauberte.

Etwas anders blieb Katharinas Gliedern allerdings erhalten: ein handfester Muskelkater. »Oh, mein Gott, mir tut alles weh. Sollen wir nicht doch zu Hause anrufen, dass man uns abholt?«, schlug sie vor. Aber diese Worte hätte sie sich sparen können, sie hatte es doch geahnt.

»Niemals – wir werden jetzt schön langsam den Berg hinuntergehen! Wo gibt's denn so was?«, weigerte er sich kopfschüttelnd.

Dann bereitete sie den Kaffee zu, und Alois zauberte aus seinem Rucksack wahrhaftig noch Speck und Brot, sodass sie das Frühstück nicht verschieben mussten, bis sie wieder unten waren. Schließlich brachen sie auf, um sich ganz langsam, Schritt für Schritt, heimzubegeben, nachdem Alois Katharina grinsend noch einen schönen, langen, glatt geschmirgelten Stock in die Hand gedrückt hatte. Dass er ihr nicht davongaloppierte, wunderte sie, früher war er nicht so nachsichtig gewesen.

Sie war sehr still auf dem Rückweg. Wie sollte sie diesem wunderbaren Mann nur beibringen, dass sie hinter dem Kauf seines Grundstücks stand, auf dem sie den ihm so verhassten Golfplatz bauen würde? Jetzt jedenfalls war der falsche Zeitpunkt, ihm ihr wahres Wesen, das Wesen einer falschen Schlange, fürchtete sie, zu offenbaren. Zum ersten Mal verspürte sie einen Hauch von schlechtem Gewissen.

Im Hof des Hotels schlenderte ihnen Stefan entgegen, und Alois nahm den Arm von Katharinas Schultern, als hätte er sich verbrannt.

»Wie ich sehe, habt ihr euch ausgesprochen, und ich schätze, es kam zu keinen weiteren Kampfspuren«, grinste Stefan.

Katharina blieb stehen. »Was soll das bedeuten?«, fragte sie alarmiert.

»Nun, eh ... habt ihr also nicht miteinander geredet?« Stefans Blick wanderte unsicher von Alois zu Katharina.

»Geredet haben wir weniger«, antwortete Alois, und dass er dabei nicht grinsend die Lippen verzog, war wohl sein Glück.

»Könnte mir bitte mal einer verraten, worum es hier geht?«, fragte Katharina mit derselben drohenden Stimme, die sie früher immer bei ihren Mädchen zu Hilfe genommen hatte, wenn diese etwas verbrochen hatten.

»Ich finde, dass das die Aufgabe von deinem Stiefvater ist«, sagte Alois in Stefans Richtung. Dann senkte er den Blick auf die Spitzen seiner Wanderschuhe und sagte nichts mehr. Stefan wiederum blickte so angestrengt nach oben zu einer weißen Wolke, als warte er auf eine göttliche Eingebung von dort. Katharina blickte von einem zum andern. Als Frau der Tat hakte sie sich dann entschlossen bei den beiden Männern unter. »So, ihr zwei, jetzt gehen wir zu uns, und dort erklärt ihr mir, was euer rätselhaftes Getue zu bedeuten hat.«

Sie öffnete die Haustür. Zum Glück war niemand von der Familie anwesend, nicht einmal Franzi. Schweigend entledigte sie sich ihres Rucksacks, Alois tat es ihr nach, und dann betraten sie die Küche. Die beiden Männer setzten sich, während Katharina sich mit verschränkten Armen vor ihnen aufbaute. »Also, raus mit der Sprache.«

»Du zuerst«, befahl Alois Stefan.

Vorsorglich setzte Katharina sich nun ebenfalls hin.

»Tja, liebe Kathi«, begann Stefan, »du hast mich neulich gebeten, ein Grundstück deines Nachbarn zu kaufen.«

Katharina hielt den Blick gesenkt. Im Stillen schalt sie sich eine dumme Gans. Es musste die Verliebtheit sein, die ihre Wahrnehmung momentan benebelte, denn dass die Verlegenheit der beiden mit dem Grundstückskauf zu tun haben könnte, darauf wäre sie jetzt gar nicht gekommen.

»Um darauf einen Golfplatz zu errichten«, erinnerte sie mit anklagender Stimme ihr Nachbar und mit beglückenden Händen gesegneter Liebhaber.

»Nun ja.« Sie wusste gar nicht, wo sie hinschauen sollte.

»Wie du weißt«, fuhr Stefan fort, »machte ich mich guten Willens auf zu Alois. Ich unterbreitete ihm mein Kaufangebot. Er stimmte zu und … und im Laufe des Tages …«

»Derweil ihr freundschaftlich dem Enzian-Schnaps zugesprochen habt«, warf Katharina dazwischen.

» … kamen wir uns also näher. Als Freunde. Und da … nun ja, da empfand ich es als nicht fair, ihm unsere Abmachung zu verheimlichen …«

»Wie bitte? Du hast ihm alles erzählt? Und mir gegenüber ist das nun fair?«

»Nun ja … ehrlich gesagt, die Idee vom Golfplatz find ich jetzt auch nicht gerade so besonders.«

»Aber du hast doch die ganze Zeit so getan, als fändest du sie super«, rief sie erbost.

»Nun ja, das schon – bis mich Alois eines Besseren belehrte.«

Katharina verschränkte ihre Hände und presste fest die Lippen aufeinander. Wenn ihr Stiefvater noch einmal »Nun ja« sagte, würde sie ihm die Vase mit den Erlenzweigen an den Kopf schmeißen. Sie warf ihrem begabten Liebhaber einen finsteren Blick zu, die Augen so zusammengekniffen, wie Dschingis-Khan kurz vor einem neuen Kampf. »Und das bedeutet jetzt was?«

Am liebsten hätte sie die beiden bei ihren Haaren genommen und ihre Köpfe zusammengestoßen, doch erstens ließ Stefans schütterer Haarkranz einen festen Griff nicht zu und zweitens würde Alois dies nicht dulden, wenn sich auch sein Haar noch prächtig dazu eignete.

»Das bedeutet, dass ich vom Verkauf abgesehen habe«, endete Alois, und seine Stimme schwankte kein bisschen dabei.

»Was?« Katharinas Kinnlade fiel unvorteilhaft herab. »Aber ich habe gedacht, du wärst pleite?«

»Bin ich oder genauer gesagt war ich ja auch«, nickte Alois. »Aber der Stefan hat sich als mein Teilhaber angeboten.«

»Als stiller Teilhaber sozusagen«, stimmte Stefan ihm eifrig zu.

»Und er hat vorsorglich bereits einen Teil seiner stillen Teilhaberschaft an mich gezahlt.«

»Bevor es ein anderer tut. Der Mann hat ja so gute Ideen mit seiner Brennerei und seiner Mosterei«, begeisterte sich Stefan. »Ihm fehlte halt nur das notwendige Kleingeld – aber das hab dafür ich. Das werden wir also in Zukunft gemeinsam in Angriff nehmen, also das Schnapsbrennen und das Obst-Mostieren«, erklärte er ein wenig unbeholfen. »Und ich werde ihm dabei nicht nur mit meinem Geld, sondern auch mit meiner Hände Arbeit hilfreich unter die Arme greifen.«

»Exakt«, nickte Alois, wobei seine Augen Blitze in Richtung Katharina warfen.

»Das heißt, du hast mich die ganze Zeit belogen«, zischte Katharina.

Stefan schüttelte den Kopf. »Oh nein. Ich habe immer nur gesagt, das Geschäft ist in trockenen Tüchern. Oder wir sind uns einig«, widersprach er. »Und so ist es ja auch.«

»Du hast mir die ausschlaggebenden Details eures Geschäfts unterschlagen, das ist genau so mies, als hättest du gelogen«, antwortete sie kalt. »Es ist mithin Betrug.«

»Und das ist eben Ansichtssache«, murrte Stefan.

»Und ich gebe zu bedenken, dass du ebenfalls vorhattest, zu betrügen«, mischte Alois sich mit ruhiger Stimme ein. »Nämlich mich.«

»Papperlapapp«, wischte Katharina seinen Einwurf beiseite. »Ihr beide verlasst auf der Stelle meine Küche!« Ihre Lippen bebten. Sie legte beide Hände auf den Tisch und hievte sich vom Stuhl hoch – wie sie das bei dem höllischen Muskelkater zustandegebracht hatte, konnte sie sich später gar nicht erklären –, ging mit steifen Beinen zur Tür und öffnete sie. »Los jetzt!«, befahl sie mit einer knappen Kopfbewegung nach draußen, als sich beide nicht von der Stelle rührten.

Alois war der Erste, der sich bewegte, geschmeidig und mit einer Leichtigkeit, für die sie ihn hätte ohrfeigen können. »Du bist eine schlechte Verliererin, so kenn ich dich gar nicht, Kathi«, sagte er ruhig, ging an ihr vorbei und verließ ohne Gruß ihre Küche.

»Und du auch. Verschwinde!«, sagte sie rau zu Stefan. Hoffentlich ging er nun ohne viel Verhandeln, denn sie fühlte, dass sie nicht mehr lange in der Lage sein würde, die Fassung zu behalten. Da hatte man in der einen Nacht endlich einen wunderbaren Liebhaber gefunden, da flutschte er einem am Morgen danach wieder durch die Finger, so eine verdammte Scheiße!

Als sie beide draußen waren, wankte sie zu ihrem Sessel am Fenster, ließ sich darauf niederfallen und schlug die Hände vors Gesicht. Doch entgegen ihrer Erwartung kamen keine Tränen. Je länger sie da saß, umso mehr wurde ihr die Komik der Situation bewusst. Sie nahm die Hände vom Gesicht, legte den Kopf in den Nacken und begann schallend zu lachen.

14

Kerstin betrat das Haus, immer noch mit einem glücklichen Lächeln im Gesicht, nachdem sie das Gespräch mit Mathias beendet hatte, der sie kurz auf ihrem Handy angerufen hatte. Er befand sich in Oberstaufen und hatte ihr mitgeteilt, dass es heute Abend wohl zu spät würde, um am Abschiedsessen ihrer Großeltern teilzunehmen.

»Das macht doch nichts, dann sehen wir uns also morgen«, verabschiedete sie sich von ihm.

Ihr Lächeln wurde noch breiter, als sie aus der Küche das Gelächter ihrer Mutter vernahm. Wie nett, sie war zurück, und wahrscheinlich saßen sie und Alois noch in der Küche beisammen. Wie sie der Anruf ihrer Mutter am Abend zuvor von der Hütte gefreut hatte! Sie kannte zwar nicht speziell die Hütte von Alois, doch eine Übernachtung in einer solchen barg immer einen Hauch Romantik. Wenn die beiden sich nähergekommen waren, sollte es sie für beide freuen. Zumindest hatte ihre Mutter ihm nun aber wohl reinen Wein eingeschenkt, und wenn sie in der Küche saßen und miteinander lachten, war das ein gutes Zeichen.

Beschwingt öffnete sie die Küchentür und sah sich verwundert um. Kein Alois weit und breit, auch das Radio schwieg.

»Nanu, warum sitzt du hier denn mutterseelenallein und lachst und lachst?«, begrüßte sie Katharina.

Nicht einmal Mitzi konnte der Grund für diesen Heiterkeitsausbruch sein, denn die hatte Kerstin gerade selbst in den Armen. Sie ließ das Kätzchen vorsichtig auf den Boden hinab, das sogleich zu seinem Lieblingsplatz tapste, einem Körbchen nahe beim Ofen.

»Hallo, was gibt's so Lustiges?« Sie setzte sich zu ihrer Mutter an den Tisch und nahm ihre Hand. »Und vor allem, wie war dein Abend mit Alois?«, fragte sie schmunzelnd.

»Ach, Kerstin!« Katharina schüttelte immer noch lachend den Kopf. Dann wurde sie schlagartig ernst. »Sag, hast du etwa auch gewusst, dass der Alois das Grundstück gar nicht an Stefan verkauft hat?«

»Was?« Kerstin fiel aus allen Wolken.

»Du hattest also auch keine Ahnung?«, vergewisserte sich ihre Mutter.

»Aber nein!«

»Dein Glück. Ich dachte schon, dass ich die einzige Dumme in dem Spiel bin. Und dann wäre ich ungemütlich geworden.« Den letzten Satz brauchte Kerstin wohl nicht allzu ernst zu nehmen, denn um die Mundwinkel ihrer Mutter zuckte es verdächtig, als wolle sie gleich wieder loslachen.

»Aber er sagte doch, der Vertrag sei in Ordnung«, warf Kerstin ein. »Wir haben sogar mit Champagner ausführlich den Sieg gefeiert!«

»Freilich. Der Vertrag, von dem wir alle annahmen, er sei der Kaufvertrag. In Wahrheit hat er aber einen Vertrag als stiller Teilhaber von Alois für dessen Mosterei und Brennerei unterschrieben.«

»Ich verstehe dauernd nur Mosterei!« Kerstin blickte noch verwirrter als zuvor. »Also, Mama, jetzt erzähl doch einmal alles von Anfang an!«

Das tat Katharina. »Deswegen wollte Stefan auch so überstürzt abreisen, dieser Schuft«, sagte sie nachdenklich. »Und die Auflösung des Ganzen wollte er dem Alois überlassen. Das hätte ich nicht von ihm gedacht.«

»Also, weißt, das ist wirklich ein starkes Stück, dich so hinters Licht zu führen«, zürnte Kerstin. Sie war ernstlich erbost. »Aber davon einmal abgesehen, vom Geld her ist es doch das Beste, was passieren konnte, Mama. Die Kosten wären schwindelerregend geworden. Mathias hat mir seine Geschäftsunterlagen gezeigt, und seine Kosten machen ja nur einen Teil des Ganzen aus. Damit hätten wir uns verhoben, und das hätte ein böses Ende genommen, glaub mir das bitte.«

Sie bückte sich und nahm Mitzi auf ihren Schoß, die sich am Ofen gelangweilt hatte und nun an ihrem Schuh nagte. »Die Leitners verdienen gut an dem Golf-Boom«, sagte sie im Plauderton. »Sie haben damit eine sehr lukrative Nische für ihren Betrieb gefunden. Erinnerst du dich noch, dass Nick uns empfohlen hat, einen schottischen Betrieb zu beauftragen? Mathias hat sogar bei einem Schotten gelernt, er wäre also genau richtig für so ein Projekt gewesen. Und sogar er war der Meinung, das Risiko sei zu groß für uns. Übrigens«, fiel ihr ein, »ich hab ihn für heute zum Abschiedsessen der Großeltern einladen wollen, aber leider muss er nach Oberstaufen, um dort den Ausbau eines bestehenden Golfplatzes zu überwachen. Wenn du wüsstest, was für einen Stundensatz er dafür verlangt, hättest du keine Lust, das auch bezahlen zu müssen.«

Katharina musste sich eingestehen, dass es ja auch ihr selbst längst ein bisschen blümerant bei der ganzen Sache geworden war. Laut sprach sie das allerdings nicht aus. »Den Alois und den Stefan hab ich erst mal hinausgejagt«, schimpfte sie stattdessen weiter. »Mich würde bloß interessieren, ob Mama auch davon gewusst hat. Eigentlich würd's mich nicht wundern. Das werde ich sie jetzt auch gleich fragen, sobald ich unter der Dusche gewesen bin!«

»Ich wäre jedenfalls sauer, wenn mein Mann mir so was verheimlichen würde«, spekulierte Kerstin. »Aber lass den Holzhammer hängen, Mama. Denk daran, ältere Herrschaften darf man nicht mehr so aufregen.«

»Aber mich dürfen sie, meinst du? Ich hab bald selbst einen Herzanfall bekommen, als die beiden damit rausrückten«, schimpfte Katharina.

Mittags ließen sich die Großeltern nicht blicken, und Katharina sah sehr kämpferisch aus. Auf ihrem Gesicht waren hochrote Flecke, und ihre Augen blitzten nur so. »Ich hab sie überall gesucht, aber sie scheinen sich in Luft aufgelöst zu haben! Oder sie stecken drüben beim Loisl. Aber da kann ich schon gleich gar nicht hin, um sie zu suchen, sonst liegen der und ich uns sofort wieder in den Haaren. Da muss ich mich erst eine Nacht beruhigen, ehe ich ihm unter die Augen trete. Oder er mir, jedenfalls hat er sich bei mir zu entschuldigen, bis ich entscheide, ob wir jemals wieder miteinander verkehren.«

»Geh, Mama, vergiss nicht, auch er hätte Grund genug, dir böse zu sein, schließlich wolltest du ihn ebenfalls hinters Licht führen«, versuchte Kerstin, ihre Mutter zu besänftigen.

»Das ist etwas ganz anderes!«, behauptete Katharina.

Alle lachten.

»Wie war denn so die Nacht mit ihm?«, fragte Britta unverfroren, wie es ihre Art war.

»Geh, Britta, das ist doch wieder typisch für dich«, verwies Kerstin sie. »So etwas fragt man nicht.«

»Und schon gar nicht seine Mutter«, fügte Katharina hinzu und löffelte gelassen ihre Quarkspeise. »Aber damit du nicht vor lauter ungestillter Neugier eine Fehlgeburt kriegst: Die Nacht war einfach zauberhaft.«

Kerstin freute sich für ihre Mutter. »Dann kannst du dem Alois sicher auch verzeihen«, sagte sie, was wiederum für sie mit ihrem Harmoniebedürfnis eine typische Reaktion war.

Katharina wollte gerade darauf hinweisen, dass das gar nichts miteinander zu tun hätte, als sich die Tür öffnete. Alle Köpfe drehten sich in ihre Richtung, doch es waren nicht Maria und Stefan, sondern Franzi, die heute länger Schule gehabt hatte.

»Oh, Tante Kathi! Bin ich froh, dass du wieder da bist! Ich hab schon gedacht, dir wär was passiert, als du gestern Abend nicht zurückgekommen bist«, sagte sie und schmiegte sich an Katharina.

Die nahm den Kopf in ihre Hände und küsste die Kleine auf die Wange. »Du Dummchen, ich hab doch extra angerufen. Gestern Abend ist es so spät geworden auf der Hütte, da war es uns zu dunkel, um noch nach Hause zu laufen.«

Franzi ließ aber nicht locker. »Die Kerstin hätte dich ja abholen können, jetzt, wo sie ihr Auto wieder hat.«

»Schatz, ich hab einfach auf der Hütte noch ein bissl mit dem Alois feiern wollen, da hatten wir keine Lust, so früh nach Hause zu kommen«, entschuldigte Katharina sich beinahe.

»Wenn Tante Kathi anruft, damit wir uns keine Sorgen machen, und wir alle wissen, wo sie ist, musst du doch keine Angst haben«, sagte Kerstin zu ihr und nahm ihr liebevoll den Tornister ab. »Und jetzt setz dich, wir haben extra für dich die Quarkspeise mit den Kirschen gemacht, die du so gern isst.«

»Au, ja.« Und dann plapperte Franzi von der Schule, und alle waren froh, dass sie sich wieder gefangen hatte. Am Abend zuvor hatte Kerstin alle Mühe gehabt, sie zu beruhigen. Als Franzi im

Bett sogar zu weinen begann, hatte sie schweren Herzens das Handy genommen und die Nummer ihrer Mutter gewählt, damit diese noch einmal mit der Kleinen sprach und Franzi es auch wirklich glaubte, dass der Tante Kathi nichts passiert war.

»Was hast du für heute Nachmittag nach den Schulaufgaben geplant?«, fragte sie Franzi.

»Ich wollt zu Mama rübergehen und mir die alten Fotos anschauen«, antwortete Franzi. »Und du hast ja gesagt, ich soll mal überlegen, was ich alles von ihr aufbewahren will.«

Sie waren übereingekommen, dass sie alle Möbel und die Anziehsachen Evas, außer dem Sessel und dem Schreibtisch, die ein Geschenk Katharinas an Eva waren, an Bedürftige abgeben wollten. Aber vorher sollte Franzi noch einmal in aller Ruhe schauen, welche von den Dingen der Mutter, an denen diese gehangen hatte oder die Franzi an ihre Mutter erinnerten, sie behalten wollte. Die persönlichen Dinge Evas wollte Kerstin einlagern. Wenn Franzi älter war, dachte sie, würde sie vielleicht Interesse an ihnen haben, etwa an der CD-Sammlung der Mutter oder ihren Büchern, die jetzt zum Lesen für ein Mädchen in ihrem Alter noch nicht geeignet waren. Die Stofftier-Sammlung hatte Franzi bereits hinüber ins Gästezimmer genommen.

Gegen halb sechs fand Kerstin sich wieder in der Küche ein, wo Katharina in eine heftige Diskussion mit Stefan und Maria verwickelt war, wie man selbst durch die massive Holztür hören konnte. Sie seufzte und öffnete die Tür.

»Hallo, du Schuft«, begrüßte sie Stefan, dann fiel ihr Blick auf das Handy von Franzi, das auf der Anrichte lag. »Mei, jetzt hat sie's wieder vergessen«, rief sie, womit sie die Auseinandersetzung der Mutter und der Großeltern für kurze Zeit unterbrach.

»Auf jeden Fall solltest du dem Alois nicht allzu böse sein«, setzte Stefan an ihre Mutter gewandt, das Streitgespräch fort. »Wenn du sauer bist, dann bitte nur mit mir. Schließlich hab ich angefangen.«

»Wie angefangen?«, fragte Katharina.

»Nun ja, irgendwie tat er mir leid, und da entschloss ich mich anders. Ich sagte ihm, wenn ich ihm den Grund abkaufte, würd ich ihm garantieren, dass ich ihn dir nicht weiterverkaufe, sondern würde die Streuobstwiese so belassen und mich dafür an seiner Mosterei beteiligen. Diese Idee wiederum hat ihm so gut gefallen, dass wir übereingekommen sind, dass er die Wiesen behält und ich mich beteilige, indem ich helfe, die Maschinerie zu vergrößern oder auf den neuesten Stand zu bringen.«

In seine Augen trat ein Strahlen, als er fortfuhr: »Unter anderem wollen wir droben auf dem Berg noch ein bis zwei Brennöfen hinzufügen. Dann will er – übrigens auf meinen Vorschlag hin – auch Likör vom Enzian herstellen und außerdem die Meisterwurz seinem Sortiment zufügen.«

»Was ist denn Meisterwurz?«, fragte Maria.

»Eine Heilpflanze, aus ihr will der Alois ebenfalls Schnaps brennen«, antwortete Katharina knapp.

»Genau. Und ich werde dafür sorgen, dass er Helfer bekommt, denn wir zwei Alten können das nicht alles allein stemmen«, sagte Stefan ungewohnt bescheiden. »Der hat sich daraufhin noch viel mehr Sorgen gemacht als ich, wie du reagieren wirst, wenn du's rausfindest. Und das will was heißen, denn dich, meine liebe, aber manchmal zänkische Stieftochter, habe ich wirklich fürchten gelernt, wenn du sauer bist.« Sein Ton wurde ein wenig strenger. »Außerdem hattest du ja auch vor, ihn zu hintergehen, also seid ihr mehr oder weniger quitt, finde ich.«

»Ob wir quitt sind, das überlass mir!«, herrschte Katharina ihren Stiefvater an. »Der soll mir unter die Finger kommen. Aber dass du uns so belogen hast ...« Verstimmt hielt sie inne.

Er hob den Zeigefinger und sagte laut: »Moment! Ich habe nie ausgesprochen, dass ich die Wiese gekauft habe. Ich habe nur betont, dass das Geschäft in trockenen Tüchern ist.«

»Das Vorenthalten einer Information ist dasselbe wie eine Lüge«, bestimmte Katharina. »Und du, Mama?«, wandte sie sich etwas beherrschter an ihre Mutter. »Sei ehrlich, hast du davon gewusst oder nicht?«

»Ja, mei«, erwiderte Maria hilflos.

»Natürlich hat deine Mutter es herausgefunden«, half Stefan ihr weiter. »Sie ist doch nicht blöd!«

»Nein, aber ich«, seufzte Katharina, und zu ihrer Erleichterung merkte Kerstin, dass sie schon einen Hauch milder gestimmt schien. Und dann überraschte Katharina sie alle wieder einmal mit einer Reaktion, die keiner hatte vorhersehen können: Auf einmal begann sie zu glucksen, und dann lachte sie und lachte, und die anderen fielen erleichtert ein.

»Eigentlich sollte ich euch ja übers Knie legen ... aber kommt, Kinder, darauf müssen wir jetzt stattdessen einen trinken.«

Sie stand auf und holte einen Rotwein aus dem kleinen Kühlschrank in der Speisekammer. Im Sommer machte sie mit den Weinen nicht viel Brimborium. Wenn's heiß wurde, kamen die Flaschen mit dem Landwein schlicht in den Kühlschrank, denn sie hasste nichts mehr als lauwarmen Rotwein, der in der Regel selbst in guten Restaurants zu warm aufgetischt wurde. Kerstin stellte rasch einen Korb mit Weißbrot auf den Tisch und dazu eine Kräuterbutter, damit sie den Wein nicht auf völlig leeren Magen tranken, und dann goss Katharina jedem ein Achtel ein.

»Friede, lieber Stiefvater«, sagte sie. »Und du, liebe Kerstin, du kannst endlich beruhigt schlafen, deine Mutter wird also kein Geld zum Fenster rauswerfen.«

»Nein, und der Stefan bekommt endlich wieder eine Aufgabe«, atmete Maria auf. »Er wird dem Alois beim Mosten helfen und vielleicht sogar beim Enziansuchen.« Ihre Augen glänzten. Sie schien glücklich.

Kerstin nippte an ihrem Weinglas und freute sich mit den anderen, bis ihr Blick auf die Uhr fiel. »Hat irgendwer von euch eigentlich die Franzi gesehen?«, fragte sie erschrocken und stand auf.

»Nein, jetzt, wo du's sagst«, antwortete Katharina und warf einen ebenfalls besorgten Blick auf die Uhr. Es war bereits fast sechs Uhr. »Weißt du, wo sie steckt? Bei Annika?«

»Nach dem Mittagessen ist sie in Evas Zimmer gegangen, schauen, was sie alles als Andenken aufheben will. Aber das kann sie doch unmöglich so lange beschäftigt haben?«

Die Tür ging auf, doch es war nicht Franzi, sondern Angestellte des Hotels, die das vorbereitete Essen herüberbrachten. Heute Abend hatte niemand Lust und Zeit gehabt, das Abschiedsessen für die Großeltern zu kochen. Kerstin war es aber auch auf einmal nicht mehr danach, zu essen. Ungute Erinnerungen an den Abend, als Eva am Abendbrottisch gefehlt hatte, wurden bei ihr wach. Sollte sie hinübergehen?

Da flog die Tür auf, und Franzi stand freudestrahlend in der Küche.

»Na, Gott sei Dank, Franzi, wir haben uns schon Sorgen gemacht«, rief Kerstin.

Franzi lief auf sie zu und umarmte sie stürmisch. »Das brauchtest du doch nicht. Ich war doch nur in Mamas Zimmer ... ach ... ihr glaubt es bestimmt nicht, was ich herausgefunden habe«, rief sie ungewohnt temperamentvoll und völlig aufgelöst. Jetzt fielen Kerstin auch die hochroten Wangen und die leuchtenden Augen auf.

»Was ist denn passiert?«

»Denkt euch, ich weiß jetzt, wer mein Papa ist!« Franzi war so aufgeregt, dass ihre Stimmlage eine Oktave höher rutschte.

»Nein«, rief Maria in ehrlichem Erstaunen, denn so weit hatte Kerstin die beiden noch nicht eingeweiht.

»Doch, es ist Mathias. Ist das nicht toll?« Franzi strahlte.

Kerstin sank auf den nächsten Stuhl. »Wie hast du das denn herausgefunden?«

»Ich hab die Fotoalben von der Mama angeschaut und da fiel ein Brief heraus«, sprudelte das Mädchen aufgeregt hervor. »Erst wollte ich ihn wieder hineintun, denn fremde Briefe lesen, das gehört sich ja nicht. Aber dann hab ich ihn doch gelesen, weil ich dachte, einen Brief von Mama lesen ist bestimmt so ähnlich, wie ihre Stimme zu hören.«

»Aber wenn deine Mama ihn geschrieben hätte, hätte sie ihn ja weggeschickt«, warf Katharina ein. »Er war also von jemand anders an sie geschrieben worden.«

»Genau!«, bestätigte Franzi. »Und es war ein richtiger Liebesbrief! Von dem Mathias an meine Mama.«

Sie griff mit ihrer Hand in die Hosentasche und holte ein kleines, gefaltetes Stück Papier hervor. Es war kein feines Büttenpapier aus einem großen Schreibblock, sondern eher ein Papier, das man hastig aus einem Block riss, um auf ihm die Einkäufe zu notieren. Stolz gab sie es Kerstin, die das Stück Papier entgegennahm und auseinanderfaltete.

Liebe Eva! Heute ist etwas eingetreten, was mich völlig aus der Bahn wirft. Wir müssen uns unbedingt sehen! Ich hab dich lieb – dein Mathias.

Ein Datum stand nicht dabei. Kerstin sah sich das Papier genauer an, ob daran irgendwelche Alterungsspuren zu erkennen waren, fand aber keine. Nur, musste man bei einem zehn Jahre alten Brief solche Spuren überhaupt schon erkennen? Sie war sich nicht sicher. Er konnte aber dem Aussehen nach ohne Weiteres erst vor kurzer Zeit geschrieben worden sein.

Hatten Eva und er etwa gelogen, als sie behaupteten, sie spielten nur das Liebespaar, um Lisas Aufdringlichkeit zu entgehen? Kerstin ließ den Brief sinken und merkte, wie ihr übel wurde. Mühsam beherrscht reichte sie das Stück Papier Franzi zurück.

»Und da bin ich natürlich gleich zu Mathias gegangen«, fuhr die Kleine aufgeregt fort, »und … und … da war der aber nicht da, aber die Lisa, und …«

»Die Lisa war in seinem Zimmer?«, unterbrach Kerstin. Das wurde ja immer schlimmer.

»Ja, freilich.« Franzi hob beide Hände, um ihre Worte zu verdeutlichen: »Also, sie kam gerade aus seinem Zimmer heraus, denn der Mathias war ja nicht da. Und da hab ich ihr erzählt, dass der Mathias mein Papa ist, und ... und da hat die Lisa gesagt, das wäre aber fein, dann hätte ich ja bald ein Geschwisterchen, und da hab ich gefragt, ob wir dann eine Familie wären, und da hat sie ja gesagt.«

Atemlos hielt Franzi inne und blickte Kerstin erwartungsvoll an.

Kerstin wusste nicht, was sie sagen sollte. Dass die Franzi so begeistert von der Vorstellung schien, zusammen mit Mathias und ihrer Sportlehrerin eine Familie zu sein, versetzte ihr einen schmerzhaften Stich. Aber was konnte man da schon entgegensetzen? Dass Lisa im Zimmer von Mathias herumschnüffelte, war allerdings ein starkes Stück! Wenn sie denn geschnüffelt und sich nicht etwa bei ihm nach einem Schäferstündchen ausgeruht hatte, fuhr es ihr durch den Kopf.

Da das Zimmer von ihm gleich am Eingang lag, konnte jeder, der es darauf anlegte, hineinhuschen, denn in dem Haus standen die Türen immer offen. Der Vater von Mathias arbeitete in den Geschäftsräumen und seine Mutter ruhte oft in den oberen Schlafräumen, somit hatte jeder, der es darauf anlegte, freie Fahrt. Lisa konnte Mathias – oder vielleicht auch nur sein Zimmer – heimsuchen, wann immer es ihr beliebte.

Auf einmal war Kerstin sehr verunsichert. War sie vielleicht zu leichtgläubig gewesen? Womöglich hatte Mathias ihr ja ein Märchen aufgetischt. Vielleicht bedrängte Lisa ihn gar nicht. Diese Geschichte, dass sie ihm hierher gefolgt war, obwohl er kein Interesse mehr an ihr hatte, entsprach ja vielleicht gar nicht der Wahrheit. Und welche Rolle spielte dieser Brief an Eva? Hatte er entdeckt, dass er noch Gefühle für Lisa hegte, hatte Eva zum Bach gelockt und dann …?

Kerstin fasste sich an die Stirn. Langsam wusste sie nicht mehr, was sie noch denken sollte. Aber ihr schien, es war nicht völlig abwegig, was sie gerade dachte: Eva, die plötzlich mit der Tochter auftauchte, für die er nun würde zahlen müssen, war ihm vielleicht wegen Lisa ungelegen gekommen. Was zur Folge hatte, dass er tatsächlich Interesse daran gehabt haben könnte, dass Eva von der Bildfläche verschwand und Lisa nicht herausbekam, dass er Franzis Vater war. Somit, dachte sie entsetzt, war er ein Verdächtiger erster Güte … gesetzt den Fall, Eva war tatsächlich nicht eines natürlichen Todes gestorben. Aber diesen Verdacht hatte sie, Kerstin, ja trotz aller Einwände nie völlig von sich abschütteln können.

»Kinder, jetzt setzt euch erst einmal alle an den Tisch, sonst wird die Suppe kalt«, riss die energische Stimme ihrer Mutter sie aus den Gedanken. Alle folgten ihr, auch Kerstin, doch ihr kam die schmackhafte Pilzsuppe vor, als äße sie zerbröselte Pappe.

Auf einmal kam ihr ein Gedanke. War der Brief mit der Post gekommen, würde der Poststempel die Wahrheit ans Tageslicht bringen!

»Sag, Franzi, war der Brief in einem Umschlag?«

»Ja, warum?«

»Nur so. Wir sollten ihn wieder hineinstecken, damit er nicht verloren geht oder beschädigt wird«, sagte sie ins Blaue hinein. »Hast du ihn dabei, Franzi?«

Franzi überlegte einen Moment, dann schüttelte sie den Kopf. »Nein, ich habe ihn im Zimmer liegen gelassen.«

Kerstin stand so abrupt auf, dass der Stuhl, auf dem sie gesessen hatte, beinahe zu Boden ging. »Dann sollten wir ihn gleich holen«, stieß sie hervor.

Katharina hob die Hand und sagte mit scharfer Stimme: »Nein, zuvor wollen wir doch essen. Der Umschlag läuft uns nicht davon und wenn ... weit kann er nicht gekommen sein«, fügte sie spaßeshalber hinzu, worauf Franzi zu kichern begann.

Kerstin setzte sich wieder hin. Ihre Mutter hatte ja recht.

An diesem Abend dauerte es eine Ewigkeit, bis Franzi schließlich im Bett lag und eingeschlafen war. Erst nach zehn hatte Kerstin Zeit, in Ruhe über die neue Wendung nachzudenken, die sich aus Franzis Fund und ihrem Erlebnis mit Lisa Arnsberg möglicherweise ergab.

Ein weiterer Punkt war hinzugekommen, der sie besonders beunruhigte: Was, wenn Franzi plötzlich lieber eine »echte« Familie zusammen mit ihrem Vater und einer Frau haben wollte, die ihr schon bald ein Geschwisterchen schenken würde? Wäre es nicht normal für ein Kind in diesem Alter, so zu denken, gerade eines, das erst vor ein paar Monaten entdeckt hatte, dass ihr »normale« Familienverhältnisse fehlten? Auf einmal war Kerstin ganz froh, dass sie Franzi bislang verschwiegen hatte, dass Mathias und sie jetzt ein Paar waren. Vielleicht sähe Franzi es ja viel lieber, dass Mathias sich für die schwangere Lisa entschied, und wäre enttäuscht, stattdessen mit Kerstin vorlieb nehmen zu müssen.

Aber war es denn wirklich sicher, dass Mathias Kerstin überhaupt für diese Rolle vorgesehen hatte?

Die Zweifel, die angesichts des Briefs in ihr aufgekommen waren, hatten neue Nahrung erhalten, weil er nicht angerufen hatte. Das konnte einen ganz harmlosen Grund haben, nämlich, dass er auf sie Rücksicht nahm, weil er doch wusste, dass heute das Abschiedsessen für ihre Großeltern stattfand. Oder vielleicht war es in Oberstaufen so spät geworden, dass er sie nicht mehr stören wollte. Die Fahrt von dort nach Seewinkel dauerte immerhin fast vier Stunden. Aber sicher war sie sich seiner auf einmal nicht mehr.

Ob stattdessen sie bei ihm anrufen sollte?

Nein, entschied sie. Sie war viel zu müde dazu. Außerdem war sie momentan so durcheinander, dass sie nicht mehr wusste, was sie denken sollte, und dann würde sie ein Gespräch erst recht vermasseln, so, wie es ihr mit dem Anruf bei Nick gegangen war. Sie würde mit Mathias reden müssen, und das möglichst bald, aber nicht mehr heute. Stattdessen würde sie nun noch einmal in aller Ruhe nach dem Umschlag des Briefes suchen. Den hatten sie und Franzi nach dem Abendessen nämlich in Evas Zimmer nicht gefunden, und Franzi konnte sich nicht erinnern, wo sie ihn hingelegt hatte.

Kerstin stand vom Bett auf, wo sie vollständig angezogen gelegen war, verließ das Haus und ging hinüber ins Hotel, doch der Umschlag blieb verschwunden, obwohl sie alles auf den Kopf stellte. Sie ging zurück in ihre Wohnung, zog sich aus und fiel todmüde ins Bett. Plötzlich fuhr sie hoch. Sie Schaf! Sie hatte etwas ganz Wichtiges übersehen: Warum sollte Mathias den Brief per Post verschickt haben? Der Weg zu Evas damaliger Unterkunft, wo sie mit ihrer Mutter mehr gehaust denn gewohnt hatte, war so kurz, er hätte den Brief einfach in ihren Briefkasten geworfen. Dass sie daran nicht sofort gedacht hatte!

Sie sank zurück auf das Kopfkissen. Wenn es so gewesen war, würde sie der Wahrheit nie auf die Spur kommen.

15

Am folgenden Morgen erwachte Kerstin mit fürchterlichen Kopfschmerzen. Gerade heute hatte sie aber besonders viel zu tun, denn es hatten sich gleich zwei Busgesellschaften zu Mittag angesagt. Stöhnend stand sie auf und wankte unter die Dusche. Sie musste sich zusammenreißen! Ihre Mutter wollte sie mit ihren Sorgen nicht belasten, denn seit ihrem Hüttenbesuch war sie nicht mehr ganz sie selbst, sondern starrte die meiste Zeit geistesabwesend Löcher in die Luft.

Die Symptome waren eigentlich eindeutig: Bei ihrer Mutter hatte es eingeschlagen. Dass sie gleichzeitig auf das Objekt ihrer Begierde wütend war und ihm deshalb aus dem Weg gehen musste, machte die Sache noch komplizierter. Kerstin entschied, lieber mit Britta zu reden. Die behielt zumeist einen kühlen Kopf und konnte ihr helfen, Ordnung in ihre Gedanken zu bringen.

Am Mittag nach der Schule erschien Franzi pünktlich zu Tisch, und Kerstin erlaubte ihr, sich mit Annika zu treffen, um mit ihr gemeinsam die Schulaufgaben zu machen, und auch, dass sie die reparierte Kette nun anziehen dürfe, die Katharina am Vormittag beim Juwelier abgeholt hatte. Kurz nach fünf kam das Mädchen wieder heim.

Strahlend berichtete sie, dass sie nach den Hausaufgaben erneut bei Mathias gewesen sei.

»War er denn da?«

»Freilich, sonst hätte ich ihn doch nicht sehen können«, kicherte Franzi.

»War Lisa bei ihm?«

Franzi nickte eifrig. »Sie ging gerade, als ich kam, und als ich mich von ihr verabschiedet hab, war sie sehr nett zu mir. Ich durfte meine Hand auf ihren Bauch legen. Sie sagte, es würde sich schon bewegen, das Baby. Aber ich konnte nichts spüren. Und dann kam der Mathias raus. Sie ist gegangen, und ich hab mich mit meinem Papa unterhalten.«

»Aber dein Papa wusste doch noch gar nicht, dass er dein Papa ist«, flunkerte Kerstin.

»Freilich nicht, aber als ich es ihm gesagt hab, hat er gesagt, das hätte die Lisa ihm schon erzählt, und wie sehr er sich freut.«

Kerstin spürte, wie ihr Mund trocken wurde. Machte sie wirklich alles richtig, wenn sie Mathias für sich haben wollte? Sollte sie vielleicht auf ihn verzichten, um Lisa die Möglichkeit zu geben, sich mit ihm zu versöhnen? Franzi mochte ihre Turnlehrerin, das spürte man aus jedem ihrer Worte. Andererseits, was ging sie Lisa an! Sie liebte Mathias und wollte ihn nicht verlieren! Gleichzeitig konnte sie die quälende Vorstellung nicht mehr loswerden, dass er mit ihr vielleicht ein doppeltes Spiel trieb, und die plötzliche Unsicherheit machte sie geradezu krank.

Sie brauchte dringend den Rat ihrer Schwester.

In diesem Moment klingelte ihr Handy. Sie erkannte sofort Mathias' Nummer.

»Geh schon runter in die Küche und sag der Tante Kathi, dass ich gleich komme«, bat sie Franzi. »Du kannst ja so gut Kartoffeln schälen und ihr dabei helfen. Ich muss noch rasch telefonieren.«

»Das mach ich gern«, rief Franzi, »das ist sicher der Papa.« Sie ergriff Mitzi und lief trällernd hinunter in die Küche.

»Grüaß di, Schatz!«, meldete sich Mathias. »Du, entschuldige, dass ich mich gestern Abend nicht mehr gemeldet hab, aber bei mir ist's so spät geworden. Wie geht's dir?«

»Danke, gut, und dir?«, fragte sie ein wenig steif.

»Ich bin ehrlich gesagt ein wenig durch den Wind«, gestand er. »Die Franzi hat dir ja sicher erzählt, dass sie von mir und Eva weiß. Vorhin hat sie mir einen Brief gezeigt und mir auf den Kopf zugesagt, dass ich ihr Vater bin. Ich war völlig überrumpelt, habe wohl ziemlich herumgestottert und am Ende ein umfassendes Geständnis abgelegt. – Wirst sehen, dieses Kind geht eines Tages zur Kripo und lehrt alle Verbrecher das Fürchten!«, schloss er humorvoll.

»Ja, gestern hat sie diesen Brief gefunden und uns alle damit überrascht«, erwiderte Kerstin beklommen.

»Na, und mich erst!« Mathias lachte. »Mei, der Brief ist über zehn Jahre alt. Ich hätte nicht geglaubt, dass er überhaupt noch existiert.«

Kerstin spürte, wie der hässliche, kalte Klumpen in ihrem Magen sich aufzulösen begann. So unbefangen konnte doch wohl niemand klingen, wenn er eine Lüge erzählte?

»Du weißt ja die Sache mit dem Fest vom Trachtenverein«, hörte sie ihn weitererzählen. »Genau am Tag danach hatte ich einen höllischen Streit mit meinem Vater. Einen von der ganz schlimmen Sorte, und weil ich nicht nachgeben wollte, hat er mich am Ende aus dem Haus geworfen. Ich bin also weg zu meinem Onkel nach Kirchbichl und habe der Eva von da aus den Brief geschrieben. Eigentlich hatte ich noch mit ihr reden wollen, aber herfahren konnte ich einfach nicht … den Gedanken, wie die Leut hinter meinem Rücken über meinen Rausschmiss ratschen, hab ich einfach nicht ertragen. Aber Eva ganz ohne Nachricht lassen, das wollt ich auch nicht.«

»Hast du die Eva dann noch einmal gesehen?«

»Ja, nachdem sie meinen Brief erhalten hat, trafen wir uns in Kirchbichl, und dann bin ich auf nach München. Alles andere kennst du.«

»Ja, alles andere weiß ich«, antwortete Kerstin mit Erleichterung in der Stimme. Das hatte doch alles Hand und Fuß, was sie gerade gehört hatte! Warum nur hatte sie sich so geängstigt?

»Aber, Schatz, eigentlich rufe ich wegen etwas ganz anderem an«, hörte sie Mathias sagen. »Was ich dich nämlich dringend fragen wollte: Sag, von wem hat denn die Franzi die Kette?«

»Sie gehörte Franzis Mutter. Warum fragst du?«, antwortete sie erstaunt.

Einen Moment lang blieb es still in der Leitung.

»Aber ... das kann ich gar nicht glauben«, brachte Mathias heraus. »Diese Kette gehört der Lisa. Ich war es nämlich, der sie ihr geschenkt hat. Das war, als wir uns gerade erst kennengelernt hatten und noch sehr verliebt ineinander waren. Und ich weiß es deshalb so genau, dass es ihre Kette ist, weil ich damals in meiner Verliebtheit etwas eingravieren lassen habe. Eine Verwechslung mit einer anderen, ähnlichen Kette kann also nicht vorliegen.«

»Was hast du denn eingravieren lassen?«, konnte Kerstin sich nicht zurückhalten zu fragen.

Mathias räusperte sich. »Äh, du weißt, dass das zwei Jahre zurückliegt?«, fragte er ein wenig beklommen.

»Wenn du es sagst.«

»Also drin steht *In Liebe – für immer dein Mathias*«, sagte er mit verlegener Stimme.

»Das hatten wir noch gar nicht entdeckt«, gab Kerstin zu.

»Es ist ja auch sehr klein geschrieben. Und wie gesagt, Liebling – das war vor zwei Jahren«, fügte er eindringlich hinzu.

Kerstin musste lachen. »Ich glaub dir ja, Schatz, keine Sorge.«

Sie fühlte sich wie befreit, weil ihre quälenden Sorgen sich so vollständig aufgelöst hatten. Dann ging ihr endlich auf, was das bedeutete, was Mathias da gerade gesagt hatte.

»Um Himmels willen!«, flüsterte sie. Ihre Hand fuhr zum Hals. »Mathias, die Kette hat die Polizei bei Evas Leiche gefunden, deshalb waren wir alle sicher, dass sie ihr gehört hat. Aber ich hatte sie nie bei ihr gesehen und Franzi auch nicht. Wenn die Kette wirklich Lisa gehört ... dann ...«

Am anderen Ende der Leitung war es still. Dann sagte Mathias gepresst: »Das wäre als Indizienbeweis wohl fast schon ausreichend für eine Verurteilung.«

»Weißt du, was noch schlimmer ist?«, fiel Kerstin ein. »Lisa hat die Franzi heute bei dir ja auch mit der Kette gesehen. Mich wundert direkt, dass sie sie Franzi nicht weggenommen hat.«

»Aber nein! Dumm ist sie ja nicht. Damit hätte sie sich doch erst recht verdächtig gemacht«, sagte Mathias.

»Wir müssen auf der Stelle zur Polizei«, beschwor Kerstin ihn.

Er schwieg einen Moment. »Nein«, sagte er dann. »Lass zuerst mich mit ihr reden. Ich würde es mir nie verzeihen, wenn ich ihr die Polizei auf den Hals hetze und sie dann vielleicht eine Fehlgeburt hätte. Denn glaub mir, sie würde ausflippen, wenn man sie wegen Mordverdacht verhört! Außerdem, vielleicht gibt es ja auch eine andere Erklärung für die Kette.«

»Was für eine denn?«, fragte Kerstin irritiert.

»Sie könnte die Kette verloren haben.«

»Und der Finder ist dann hergegangen und hat Eva ermordet?«

Mathias musste zugeben, dass dies ziemlich weit hergeholt war. »Trotzdem«, beharrte er, »woher hätte Lisa denn wissen sollen, dass Eva genau zu dem Zeitpunkt beim Fluss war? Falls es ein Mord gewesen ist, muss der Mörder gewusst haben, wo sie sich aufhielt.«

»Ja, da hast du recht.«

»Außerdem gab sie nachmittags Turnunterricht.«

»Sicher, aber danach hatte sie frei. Vielleicht hat sie Eva ja nur zufällig am Fluss getroffen.«

»Möglich, aber eigentlich hasst sie anstrengende Spaziergänge.«

Wieder schwieg Mathias einen Moment, dann seufzte er. »Herumspekulieren hat keinen Sinn. Ich werde mit ihr reden und mich einfach ein bisschen vortasten, und dann seh'n wir schon.«

»Sicher hast du recht«, erwiderte Kerstin, obwohl sie erhebliche Zweifel hatte.

»Sprich Franzi nicht weiter auf die Kette an«, bat er. »Ich will auf jeden Fall vorher mit Lisa reden.«

Kerstin musste noch etwas loswerden. »Franzi sagte, dass sie gestern auch bei dir war und Lisa da aus deinem Zimmer gekommen ist.«

»Wann gestern? Ich war den ganzen Tag nicht da«, antwortete er.

»Gestern irgendwann am Nachmittag.«

»Das gibt's doch nicht!«, rief er wütend. »Heute war sie auch wieder da, das hat Franzi ja sicher erzählt. Ich weiß mir einfach nicht zu helfen mit ihr. – Aber mit der Polizei, Liebes, warten wir bitte noch. Wenn, dann gehen wir zwei gemeinsam dorthin, aber vorher muss ich mit Lisa allein reden.«

»Warte aber nicht zu lange damit«, bat Kerstin besorgt. »Und sei auf der Hut, denn wenn sie es wirklich gewesen ist, dann bringt sie dich vielleicht auch noch um.«

»Auf der Hut bin ich bei ihr immer, aber nicht, weil ich Angst vor ihr hätte! Aber da fällt mir ein: Morgen geht es auch nicht, ich muss ja wieder nach Oberstaufen und komme mit Sicherheit erst spät abends zurück.«

»Sehen wir uns dann heute noch?«, fragte Kerstin.

»Nein, leider nicht. Ich muss heute noch die Vorarbeiten für morgen erledigen. Wenn du willst, können wir uns aber morgen Abend sehen. Aber es würde wirklich spät.«

»Nein, nein, das muss ja nicht sein. Dann mach's gut, Schatz«, verabschiedete sich Kerstin etwas steif.

»Bitte, sei nicht böse, Schatz!« Aus seiner Stimme klang nichts als Bedauern und Zärtlichkeit. »Ich würde ja viel lieber mit dir zusammen sein, aber ich kann diesen Kunden ja nicht einfach aus heiterem Himmel links liegenlassen. Ich verspreche dir, nächste Woche bin ich mit dem Auftrag fertig, dann haben wir mehr Zeit.«

Eine quälende Sorge, nämlich die um Mathias, war für Kerstin beseitigt worden, nur um einer neuen, noch schlimmeren Platz zu machen.

Nachdem sie aufgelegt hatte, lief Kerstin die Treppe hinunter und klopfte an der Tür ihrer Schwester. Sie musste mit jemandem reden! Sofort!

»Sag, Britta, hättest du einen Moment Zeit für mich?«

»Freilich, komm rein, wo drückt der Schuh?«

Ein wenig gehetzt blickte Kerstin sich um. Sascha wollte sie auf gar keinen Fall beim Gespräch dabei haben. Sie wusste nicht, ob er Mathias mochte, und hätte seine besserwisserischen Kommentare jetzt nicht ertragen können.

»Sind wir allein?«, fragte sie zur Sicherheit.

»Ja, Sascha hat noch eine Konferenz in der Schule. Du siehst, sein Arbeitstag endet nicht mittags um eins«, fügte Britta mit dem Anflug eines Lächelns hinzu.

Kerstin schaute auf die Uhr. Sie hatten eine Viertelstunde Zeit, bis ihre Mutter sie zum Essen erwartete.

»Ich musste unbedingt mit jemandem reden«, begann sie.

»Das klingt ja sehr geheimnisvoll.«

Sie setzten sich auf das gemütliche halbrunde Sofa, dass einer Großfamilie Platz bot, und Kerstin schüttete ihren ganzen Sack voller Sorgen vor ihrer Schwester aus. Sie erzählte von dem Stiefel-Fund, von ihrem Gespräch mit Dr. Burger, von der Kette, was Franzi in den letzten zwei Tagen erlebt und was Mathias ihr gesagt hatte.

Britta hörte schweigend zu, bis Kerstin fertig war. Ihre Miene war ernst.

»Also, Kerstin, der Stiefel hätte mich ebenfalls bereits stutzig gemacht, aber dafür gäbe es zur Not auch noch andere Erklärungen. Mit der Kette ist das aber etwas ganz anderes. Wenn Mathias sagt, dass sie Lisa gehört, hat Eva sie ihr vielleicht im Kampf entrissen. Aber welchen Grund soll Lisa gehabt haben, Eva umzubringen? Da müsste sie doch eher auf dich eifersüchtig gewesen sein.«

»Nein, eigentlich nicht«, sagte Kerstin. »Mathias hat sich, seit Eva ihm gesagt hat, dass er Franzis Vater ist, fast jeden Tag mit ihr getroffen. Aber ich glaube nicht, dass Lisa mich auch mit ihm zusammen gesehen hat, außer das eine Mal im Café nach dem Unfall. Und außerdem haben Eva und Mathias vor Lisa auch noch so getan, als wären sie ein Liebespaar ...«

Sie schilderte, was Eva ihr darüber erzählt hatte.

»Fassen wir zusammen«, sagte Britta nüchtern. »Lisa hat ein Motiv, es gibt ein Indiz, das in ihre Richtung weist, und die Frage ist nun, ob sie auch die Gelegenheit dazu hatte. Woher zum Beispiel hat sie gewusst, wo sie Eva finden würde?«

Da fiel es Kerstin mit einem Mal wie Schuppen von den Augen. »Von Franzi natürlich!«, stieß sie hervor. »Ich hab ja selbst das Gespräch entgegengenommen, als sie angerufen hat, um zu sagen, dass die Mama später käme und ihr erlaubt hätte, zu ihrer Freundin zu gehen. Sie hat nicht von ihrem eigenen Handy aus angerufen – das lag wieder einmal bei uns in der Küche auf dem Buffet –, sondern vom Handy ihrer Turnlehrerin. Von Lisas Handy also!«

»Bist du da ganz sicher?«, vergewisserte sich Britta.

»Ja, hundertprozentig sogar!«, antwortete Kerstin. »Franzi hat es selbst erwähnt. Der Turnunterricht war gerade vorbei, und Lisa wird direkt daneben gestanden sein. Logischerweise, damit Franzi ihr das Handy danach wieder zurückgeben konnte.«

Brittas Gesicht war ernst. »Also, wenn du mich fragst, Schwesterherz, dann gehst du jetzt unverzüglich zur Polizei. Und deinen Mathias nimmst du gleich mit.«

»Spätestens übermorgen!«, versicherte Kerstin.

»Was übermorgen?«, fragte Britta verständnislos.

»Dann gehen wir zur Polizei«, erklärte ihre Schwester ein bisschen zaghaft.

»Quatsch, übermorgen! Warum erst dann?«

»Mathias muss noch einmal nach Oberstaufen – einen Golfplatz bauen«, erklärte Kerstin. »Heute und morgen geht es gar nicht.«

»Dann geh eben alleine.«

»Das kann ich aber nicht machen! Er will zuerst selbst mit Lisa sprechen.«

»Warum denn das, um Himmels willen?«, rief Britta aus.

»Weil er glaubt, dass es vielleicht eine andere Erklärung gibt.« Als ihre Schwester unwirsch

»So ein Blödsinn!« murmelte, schob sie nach: »Aber am Telefon hatten wir auch noch keine Erklärung dafür gefunden, woher Lisa gewusst haben könnte, dass Eva am Wildbach ist.«

Britta ergriff eine Hand von Kerstin und fragte: »Sag, hast du dir schon mal überlegt, dass dein lieber Mathias auch Dreck am Stecken haben könnte?«

»Wieso?« Kerstin gab sich ahnungslos, als hätte sie diese Frage nicht selbst schon seit gestern Abend gequält.

»Mein Gott! Denk doch mal nach! Es könnte durchaus sein, dass das mit dem Geschenk an Lisa eine Lüge ist. Dass in Wahrheit Mathias die Kette Eva geschenkt hat. Angenommen, er war der Mörder, und jetzt schiebt er Lisa die Schuld in die Schuhe, indem er behauptet, ihr diese geschenkt zu haben?«

Kerstin hatte ihre Hand zurückgezogen. »Dann stünde sein Wort gegen Lisas. Und außerdem – warum sollte er Eva töten?«

»Weil die ihm nach zehn Jahren mit einer Tochter angerückt kommt. Er ist also in die Pflicht genommen worden wegen der Unterhaltszahlungen. Vielleicht hat er sich vor denen schlicht drücken wollen?«

Kerstin schüttelte heftig den Kopf. »Das kann und das will ich nicht glauben. Außerdem hat er sich doch so gefreut, dass er eine Tochter hat. Das hat er immer wieder gesagt.«

»Tja, aber erst, nachdem Eva tot war«, antwortete ihre Schwester ungerührt. »Davor konnte er nicht wissen, dass Eva dich eingeweiht hat. Er hat vielleicht einfach sein Glück versucht, um an den Unterhaltszahlungen vorbeizukommen.«

Kerstin schüttelte wild den Kopf. »Nein, nein. Ich vertraue ihm.« Sie wunderte sich, wie schwach ihre Stimme dabei klang.

»Logisch, das würde ich auch nicht glauben wollen«, gab Britta zu. »Wie auch immer: Du hast mich gefragt, und ich hab dir meine Meinung gesagt, Schwesterherz. Entscheiden musst du allein. Aber vergiss nicht, es geht hier nicht um ein paar geklaute silberne Löffel. Versprich mir deshalb, dass du, egal, was Mathias dir gesagt hat, noch heute zur Polizei gehst und mit ihnen redest!«

»Aber verstehst du denn nicht, dass ich genau das nicht machen kann?«, rief Kerstin, den Tränen nahe. »Ich werde ihm aber von Franzis Anruf erzählen, sobald er Zeit hat.«

»Und das wäre wann?«, fragte ihre Schwester ironisch. »Auch übermorgen?«

Kerstin nickte halb zaghaft, halb trotzig.

»Und warum geht das nicht eher?«

»Weil er morgen nach Oberstaufen fährt, um den Golfplatz fertigzustellen und heute alles vorbereiten muss.«

»Ja, bist du denn von allen guten Geistern verlassen?«, rief Britta aus. »Das ist ein guter Grund, um einen Mondscheinspaziergang mit seiner Liebsten ausfallen zu lassen, aber doch keiner, eine Zeugenaussage wegen eines Mordes auf die lange Bank zu schieben, wenn der Mörder noch frei herumläuft! – Kerstin, entweder du kümmerst dich noch heute darum, oder ich mach es selber.«

Kerstin hatte keinen Zweifel daran, dass ihre Schwester diese Drohung wahrmachen würde. »Also gut«, ergab sie sich in ihr Schicksal. »Ich rufe Mathias heute noch an. – Aber versprichst du mir auch was?«

»Was denn?«

»Erzähl bitte der Mama nichts davon, ja? Sie ist im Moment nicht ganz sie selbst.« Trotz allem konnte Kerstin ein Schmunzeln beim Gedanken an ihre Mutter nicht unterdrücken.

»Sie ist handfest in unseren Loisl verknallt, ich könnt mich schieflachen!« Auch Britta grinste.

»Ich finde das ganz süß und hoffe, die beiden raufen sich zusammen«, antwortete Kerstin, heilfroh, ihre Gedanken in eine andere Richtung lenken zu können.

»Und das alles wegen diesem vermaledeiten Golfplatz, der doch gar nicht in unsere Gegend gepasst hätte.«

»Wenn auch die Kosten alles gesprengt hätten, was wir uns momentan leisten können, so, wie Mathias ihn geplant hat, hätte er wunderbar in die Gegend gepasst«, protestierte Kerstin scharf.

Britta verdrehte die Augen. »Ja, ja, nimm du deinen Liebsten nur in Schutz. Jetzt weißt du wenigstens, wie es ist, wenn alle Welt auf dem Mann deines Herzens herumtrampelt.«

»Wir trampeln doch gar nicht auf deinem Sascha herum«, widersprach Kerstin.

»Nein, ich weiß. Und dein Mathias baut wunderbare Golfplätze, die für unser Dorf wie geschaffen sind«, lachte Britta. Sie sah auf die Uhr. »Auf geht's. Lassen wir die Mama nicht länger warten.«

Aus der Küche duftete es wieder einmal herrlich. Diesmal hatte die Mutter einen Gemüse-Nudel-Auflauf vorbereitet. Als Nachtisch gab es einen Apfelstrudel mit Vanille-Soße.

»Ein reines Vier-Mädel-Haus. Auch mal schön«, vermeldete ihre Mutter zufrieden.

»Und, Mama, hast du dich schon mit Alois versöhnt?«, fragte Britta und schob sich ein letztes Stückchen vom Apfelstrudel in den Mund.

»Nein. Der hat zu mir zu kommen!«

»Geh, Mama, jetzt sei nicht so, du kennst doch die Männer«, lachte Kerstin.

»Ja, aber wenn ich zu ihm gehe, geb ich damit ja zu, dass ich ihn auch aufs Kreuz legen wollte«, sagte Katharina ernst.

»Des hast doch bereits, Mama«, kicherte Britta.

»Also wirklich, Britta, du bist unmöglich.«

»Wieso hat die Tante Kathi den Alois aufs Kreuz gelegt?«, fragte Franzi ernsthaft und steckte Mitzi ein Stückchen vom Kuchen ins Mäulchen.

»Das hat sie nur so dahergesagt, Schatz. Und bitte füttere nicht die Mitzi mit Kuchen. Sie hatte heute schon ihr Fressen«, befahl Katharina streng.

»Nur dieses kleine Stückchen.«

»Ihr wird sonst schlecht! Außerdem wird sie zu dick.«

»Sie wird ohnehin bald ein Rollmops sein, denn Kerstin füttert sie auch zwischendurch«, warf Britta ein und schleckte dabei genießerisch die Kuchengabel ab.

Ihre Schwester stand auf und begann, den Tisch abzuräumen. »Franzi, du siehst, wir müssen uns zusammenreißen. Kein Extra-Futter mehr für die Mitzi«, seufzte sie.

»Die Mitzi gehört doch mir«, sagte Franzi. »Darf ich ihr dann nicht auch Extra-Futter geben?«

Kerstin sammelte die Trinkgläser auf dem Tisch zusammen. »Weißt du, wenn man ein Tier hat, das ist fast so, wie wenn man ein Kind hat«, erklärte sie. »Deine Mama hat nie etwas getan, von dem sie geglaubt hat, dass es dir vielleicht schaden könnte. Da war es egal, ob sie das durfte oder nicht durfte. Denn am wichtigsten war es ihr, dass es dir gut geht. Du darfst also auch bei Mitzi nichts machen, was ihr schadet. Und ich auch nicht«, setzte sie mit einem Seufzer hinzu. »Deshalb werde ich ihr jetzt auch kein Extra-Futter mehr geben. Obwohl das schade ist.«

Franzi schien das einzusehen, aber irgendetwas nagte noch an ihr. »Gehört die Mitzi denn wirklich mir ganz alleine?«, fragte sie nach einer kleinen Pause. »Ich meine: Ganz richtig.« Nach kurzem Zögern ergänzte sie: »Wenn ich zu meinem Papa und der Lisa ziehe, darf ich sie dann mitnehmen?«

Der Boden unter Kerstin begann zu wanken. Sie musste sich festhalten und war froh, dass sie die Gläser bereits bei der Spüle abgestellt hatte.

Katharina reagierte als Erste.

»Willst du denn von uns weggehen?«, fragte sie, während Britta und ihre Schwester einander nur stumm ansahen. »Das wäre aber schade.«

»Weißt«, strahlte Franzi, »die Lisa, die möchte, dass ich zu ihnen ziehe, wenn ihr Baby da ist, das ist doch nett von der Lisa, gell?«

»Das ist es natürlich.«

»Dann hätt ich eine richtige Familie« fuhr das Mädchen fort. »Schade, dass die Lisa nicht die Mama ist, aber die ist ja leider tot.«

Kerstins Erstarrung hatte sich nun gelöst. »Aber ich hab doch gesagt, dass ich deine Pflegemama bin«, fuhr sie Franzi an. Ihr Ton war so scharf, dass ihre Mutter missbilligend die Stirn runzelte. »Ist das denn nicht genug?«

Franzi allerdings schien es gar nicht zu bemerken. »Freilich, aber schau, du kannst doch ruhig meine Pflegemama bleiben, und die Lisa wäre dann meine andere Mama.« Ihr war eine Idee gekommen. »Dann hätte ich auf einmal zwei Mamas und einen Papa. Obwohl meine echte Mama tot ist. Das ist doch schön, findest du nicht?«

»Es ist so, Franzi … der Mathias, der wird nicht mit der Lisa zusammenleben, sondern mit mir!«, platzte Kerstin heraus.

Ihre Mutter und ihre Schwester wechselten einen besorgten Blick, und das Kind schaute sie mit großen Augen an. »Ja, aber … du bist doch in den Nick verliebt …«

»Nein, der Nick und ich, wir haben gemerkt, dass unsere Liebe zueinander nicht so groß ist wie meine Liebe zu Mathias.«

»Aber der Mathias ist doch der Papa von Lisas Baby«, brachte Franzi ganz entsetzt hervor.

Kerstin atmete tief durch. »Der Mathias ist dein Papa und der Papa von Lisas Baby. Und das wird er auch immer bleiben. Aber die Lisa und der Mathias, die sind kein Paar mehr. Sie waren einmal zusammen, aber das ist vorbei. Der Mathias gehört jetzt zu mir.« Kerstin bemühte sich tapfer, aber erfolglos, ihrer Stimme einen festen Klang zu verleihen.

»Ja, aber die Lisa hat doch gesagt, dass sie und der Mathias …«

Im selben Moment sagte Britta: »Kerstin, komm doch mal bitte.« Sie ließ ihrer Schwester keine Zeit für eine Antwort und schob sie regelrecht aus der Küche.

Franzi blickte Katharina mit schwimmenden Augen an. »Ich wollt halt so gern eine richtige Familie haben, wie die Annika, mit Geschwistern und so«, sagte sie. Katharina sah, wie tapfer sie gegen die Tränen kämpfte, und küsste sie auf die Stirn.

»Mit der Kerstin und dem Mathias hättest du ja auch eine richtige Familie«, sagte sie tröstend. »Und das Baby von der Lisa würde dein Halb-

Geschwisterchen. Das wäre doch auch schön, gell?«

»Ja, das wäre schön«, erwiderte Franzi leise. Es klang nicht gerade überzeugt. Katharina nahm sie in den Arm. »Manchmal ist die Sache mit der Liebe ganz schön schwierig bei uns Erwachsenen, weißt«, murmelte sie und dachte dabei an einen gewissen Alois Kofler.

»Ist der Nick jetzt nicht mehr Kerstins Freund?«

»Der Nick ist nicht mehr Kerstins Liebster und im Moment ist er ein bisschen böse auf sie. Aber später sind die beiden sicher wieder gut Freund«, versicherte Katharina. Daran hatte sie zwar ihre Zweifel, aber das sollte nicht Franzis Problem sein. Das arme Kind war durcheinander genug. Sie nahm sich vor, mit dieser unmöglichen Person Lisa Arnsfeld ein ernstes Wörtchen zu reden. Schließlich musste es gerade einer Lehrerin doch bewusst sein, dass ein Kind in Franzis Situation nichts dringender brauchte als Stabilität.

Unter Brittas strengem Blick tippte Kerstin Mathias' Nummer in das Handy. »Ich bins!«, sagte sie, als er sich meldete. »Ich weiß, ich sollte dich nicht stören, aber leider geht es nicht anders.«

Sie berichtete, was Lisa zu Franzi gesagt und wie sie reagiert hatte.

»Also, so ein Miststück!«, rief Mathias so laut, dass Britta jedes Wort verstand. »Bitte gib sie mir doch einmal, die Franzi.«

»Ich hol sie gleich«, sagte Kerstin. »Aber da ist noch was anderes …«

Brav wiederholte sie alles, von dem ihre Schwester verlangt hatte, sie solle es ihm jetzt auf der Stelle sagen: dass Lisa am Tag, als Eva starb, von Franzi erfahren hatte, wo deren Mutter sich befand, sie also höchstwahrscheinlich wirklich eine Mörderin war, und dass sie nun auf keinen Fall mehr zwei Tage warten durften, bis sie zur Polizei gingen.

Unter dem kritischen Blick ihrer Schwester leistete Kerstin tapfer die nötige Überzeugungsarbeit. »Ja. … Nein, tu das nicht. Es hat keinen Sinn, vorher noch einmal mit ihr zu reden! … Wenn du nicht zur Polizei gehen willst, geh ich alleine, gleich, wenn ich aufgelegt habe! … Gut, ich komme.«

Britta nickte befriedigt, während Kerstin mit ihrem Handy in die Küche ging.

»Der Papa möchte mit dir reden.« Sie überreichte Franzi das Handy.

»Grüaß di, Papa«, sagte Franzi. Sie klang schon wieder ganz fröhlich, und Kerstin fiel ein Stein vom Herzen. Das Mädchen lauschte einige Momente lang. »Ja, freilich freut es mich, dass du in die Kerstin verliebt bist«, sagte sie schließlich, und Kerstin schossen die Tränen in die Augen. »Aber die Lisa kann ich ja trotzdem gern haben.« Sie hielt erneut inne. »Ja, ich dich auch, Pfüat di, Papa, ich geb dir noch rasch die Kerstin.«

Kerstin nahm das Handy, das Franzi ihr entgegenstreckte.

»Tut mir leid, dass ich dich bei der Arbeit gestört habe!«, entschuldigte sie sich.

»Ich bin froh, dass du angerufen hast! Und ehrlich gesagt, vor allem bin ich heilfroh, dass Franzi jetzt alles weiß. Wir hätten's ihr schon lang sagen sollen.«

»Jedenfalls ist's heute höchste Zeit geworden«, nickte Kerstin. »Wann soll ich zu dir kommen? Jetzt gleich?« Sie warf einen Seitenblick auf Franzi. Das Wort »Polizei« sollte sie in ihrer Gegenwart wohl lieber vermeiden.

Es gab eine kleine Pause, bis Mathias wieder sprach. »Reicht es nicht noch gegen fünf? Weißt du, ich sitze hier an einer komplizierten Zeichnung. Wenn ich die jetzt liegenlasse, muss ich nachher wieder ganz von vorne anfangen. Und die Zeit drängt halt.«

»Hauptsache, heute noch!«, sagte Kerstin erleichtert. »Gut, dann komme ich um fünf.« Sie beendete das Gespräch.

»Du, ich find's wirklich schön, dass du in den Mathias verliebt bist«, sagte Franzi. »Aber der Lisa müssen wir das auch sagen, die weiß das ja noch gar nicht.«

»Nein, aber überlass das bitte dem Mathias und mir«, bat Kerstin. »Die Lisa weiß das nämlich eigentlich schon länger, aber sie braucht halt Zeit oder hat das noch nicht richtig verstanden.«

»Aber Mathias ist der Papa von dem Baby von der Lisa.« Es klang halb wie eine Frage, halb wie eine Feststellung. »Warum wollen sie dann nicht heiraten?«

»So etwas gibt es eben, Schatz«, erklärte Kerstin schwach.

»Also wenn ich groß bin, dann werde ich mir einen Mann suchen, und dann werden wir heiraten, und dann werden wir ein Kind bekommen«, sagte Franzi ernsthaft.

»Des machst!«

»Und mein Mann wird dann aber nur von mir ein Kind bekommen.«

»Freilich, Schatz, das ist immer noch der beste Weg.«

Franzi wandte sich zur Tür. »Dann gehe ich jetzt meine Hausaufgaben machen.« Auf einmal fiel ihr etwas ein. »Du, Kerstin, ich habe den Umschlag gefunden!« Sie holte ihre Schultasche, zog das Geschichtsbuch heraus und klappt es auf. »Da ist er«, rief sie und wedelte mit dem Umschlag in der Luft.

»Darf ich einmal schauen?« Kerstin riss ihn ihr beinahe aus den Händen. Und dann sah sie ihn, den Beweis dafür, dass Mathias ihr über diesen Brief die Wahrheit gesagt hatte: Die Briefmarke stammte aus der Zeit vor dem Euro.

16

Katharina war froh, dass das kleine Drama, das sie in der Küche miterlebt hatte, sich offenbar in Wohlgefallen aufgelöst hatte. Von den eigentlichen Sorgen ihrer Tochter hatte sie gar nichts mitbekommen. Sie bekam überhaupt kaum etwas von dem mit, was zurzeit um sie her vorging, so sehr war sie mit Alois beschäftigt.

Gedanklich, heißt das. Denn gesehen hatte sie ihn nicht mehr, seit sie ihn aus ihrer Küche geworfen hatte. Stefan und Maria waren am Morgen abgereist, und sie zerbrach sich nun den ganzen Tag den Kopf, wie sie es anstellen konnte, Alois zu treffen. Es sollte wie zufällig wirken. Doch sie hatte natürlich keine Ahnung, wann er seinen Hof verließ. Außerdem musste sie ja auch noch ihrer Arbeit im Hotel nachgehen. Der Zustand der Ungewissheit nagte an ihr. Es war nun einmal eine Tatsache, dass die Nacht mit ihm ein wunderbares Erlebnis gewesen war. Und die gemeinsame Wanderung war einfach unbeschreiblich gewesen. Sie hatte sich wieder jung gefühlt. Und, freilich, in der Nacht auch begehrt und, ja, geliebt.

Liebte sie ihn, den Loisl? Nun, sie bekam einen nervösen Magen, wenn sie ihn sah, was bei ihr eher selten der Fall war, denn sie neigte an sich weder zu Nervosität, Hektik oder Stressanfälligkeit. Alois brachte Unruhe in ihr Leben, befand sie. Eine Unruhe, die belebte, eine Unruhe, die ihr die Ahnung längst vergangener Jugendlichkeit schenkte. Der Gedanke an ihn zauberte ein Lächeln in ihr Gesicht – selbst wenn sie daran dachte, dass er und nicht sie das Spiel gewonnen hatte, denn so betrachtete sie den nicht zustande gekommenen Verkauf seiner Wiesen mittlerweile.

Sie hatte ihm ja längst verziehen, genauer, sie gönnte ihm den Sieg. Hier ging es nun nur noch darum, das Gesicht zu wahren.

All dies bewegte sie, als sie die Tür ihres Hauses schloss. Es war halb drei Uhr, sie hatte sich schick gemacht. Eigentlich tat sie das ja immer, aber heute hatte sie ganz besonderen Wert auf ihre Kleidung gelegt. Sie hatte sogar Mascara aufgelegt und den Lippenstift aufgetragen, den sie gestern im Drogeriemarkt erstanden hatte und der ihre leichte Sonnenbräune unterstrich. Vor lauter Aufregung und natürlich auch wegen ihrer anstrengenden Tour auf den Enzianhügel hatte sie wahrscheinlich sogar etwas abgenommen, jedenfalls saß der Rock, den sie seit zwei Jahren nicht mehr hatte tragen können, wieder perfekt.

Sie straffte den Rücken. Die neuen Sandaletten mit dem kleinen Absatz klackerten auf dem Steinboden der Terrasse, als sie ihren Schritt in Richtung seines Hofes lenkte. Eigentlich hatte sie doch von Anfang an gewusst, dass sie den ersten Schritt tun würde. Er war ja solch ein Sturkopf.

Ihr Herz hämmerte im Stakkato trotz der zwanzig Tropfen Baldrian, die sie eben noch rasch heruntergestürzt hatte, aber darauf konnte sie keine Rücksicht nehmen. Beherzt verließ sie den Hotelkomplex.

Just, als sie um die Ecke bog, sah sie ihn entgegenkommen, und im gleichen Moment begegnete ihr sein Blick. Ihr blieb fast das Herz stehen. Er hatte die gleiche Idee wie sie gehabt! Er wollte herüberkommen. Ihr Magen verfiel erneut in Aufruhr. Sie fühlte sich wie ein Teenager, worauf man, fand sie, als Zweiundfünfzigjährige getrost verzichten konnte.

Alois hatte einen Moment innegehalten, doch dann hob er den Kopf ein bisschen höher, steckte die Hände in die Hosentaschen und beschleunigte seine Schritte.

»Ja, servus, Kathi«, brummte er.

Klang seine Stimme tatsächlich heiser? Vielleicht.

»Servus, Loisl. Lang nicht g'sehn«, begann sie forsch.

»Viel zu lang.«

Mitten auf der Straße blieben sie wie angewurzelt stehen, bis ein flotter Mopedfahrer sie verscheuchte. Mit einem befreiten Lachen zog er sie hinüber zu seinem Hof. Er ließ er den Arm dort weiter um sie gelegt, und sie genoss das Gefühl seiner warmen Haut auf ihren nackten Schultern. Wie gut, dass sie sich für das trägerlose Top entschieden hatte. Die Hitze war ohnehin wieder so groß, dass einem der Schweiß ausbrach, kaum dass man hinaus ins Freie getreten war. Freilich, ihr war der Schweiß erst ausgebrochen, als sie ihn gesehen hatte.

Immer noch fehlten ihr die Worte. Er war es, der die Stille unterbrach. »Ich hab mir gedacht, wir haben einiges zu bereden, meinst du nicht?«

»Könnt schon sein.«

Vor der Eingangstür zum Haus blieb er stehen. »Ich dachte, wir gehen zu mir? Ist dir das recht? Hier haben wir unsere Ruhe.«

»Ist denn deine Mutter nicht da?«, fragte sie.

»Doch, freilich. Aber sie sitzt hinterm Haus. Die Arthritis plagt sie wieder, und sie braucht viel Ruhe. Allein für sie ist's gut, dass wir den landwirtschaftlichen Betrieb aufgegeben haben. Mit dem Haushalt hat sie genug zu tun. Ich hätt ja längst eine Putzfrau angeschafft, aber da weigert sie sich. Sie kann halt sehr stur sein, meine Mama.«

»Dann weiß ich ja, wo's bei dir herkommt«, schmunzelte sie.

»Ich kenn da jemanden, der steht mir da in nichts nach«, antwortete er, öffnete die Haustür und ließ sie voran eintreten.

Der Flur war angenehm kühl, und das dämmrige Licht tat ihren Augen wohl. Diesmal führte er sie nicht wie gewöhnlich in die Küche, sondern in die gegenüberliegende Wohnstube, die sie immer noch so hübsch wie früher vorfand: die holzvertäfelten Wände, die niedrige Höhe, und tatsächlich gab es auch noch den alten Stubenofen, der ihr früher schon so gut gefallen hatte, damals, als sie zum ersten Mal in den Ferien aus der Stadt in das Dorf in den Bergen gekommen war. Dieser Bauernhof, bei dem sie nur die pittoreske Schönheit wahrgenommen hatte, das Gemütliche seiner kleinen Stuben, und nicht die harte Arbeit gesehen hatte, die ein Hof so mit sich brachte, er war ihr als ein Ort der Behaglichkeit immer in Erinnerung geblieben.

Das Hotel von Andreas' Eltern war auch hübsch gewesen, in jenen frühen Tagen. Aber der Hof von Loisl war ihr als Ort urbayerischer Gemütlichkeit erschienen. Eine Zuflucht vor den Unwägbarkeiten des Lebens. Freilich hatte sie im Laufe der Jahre mitbekommen, wie es mit dem Hof bergab gegangen war. Den Koflers hatte immer schon das Geld gefehlt. Es galt, drei Kinder großzuziehen. Um Gäste aufzunehmen fehlte der Platz, denn die Großeltern, die beide ein hohes Alter erreicht hatten, waren in ihrem Zuhause bis an ihr Lebensende betreut worden. Da blieb kein Platz für Gästebetten und schon gar keine Zeit, sich auch noch um die Fremden zu kümmern.

Später hatte sein Bruder Hans in einen stattlichen Hof eingeheiratet, und seine Schwester Resi hatte einen netten Schreiner in Mittenwald gefunden. Doch selbst um die verkleinerte Familie zu ernähren, hatte es an allen Ecken und Enden gefehlt. Nein, die Gemütlichkeit fand normalerweise nur in den Köpfen der Besucher statt. Das Leben war hart auf dem Bauernhof.

Nun also wollte ihr Loisl einen neuen Weg beschreiten. Allein oder mit ihr? Das galt es herauszufinden.

Plötzlich spürte sie, wie die Befangenheit von ihr abfiel. Sie setzte sich auf die Holzbank unter dem Kreuz in der Ecke, legte die gefalteten Hände auf den Tisch und blickte gespannt zu ihm auf. »Also, wo fangen wir an?«, begann sie. Es hatte ja keinen Zweck, um den heißen Brei herumzureden. Sie war schließlich eine Frau der Tat.

»Magst einen Enzian?«, fragte er mit schelmischem Gesichtsausdruck.

»So früh am Tag? Spinnst du?«, herrschte sie ihn an. »Aber wenn'st schon so fragst, her damit!«

Er ging hinüber in die Küche, und Katharina schaute hinaus auf die Wiese, die sich hinter dem Haus den Hügel hinauf erstreckte. Da erblickte sie seine Mutter. Elisabeth Kofler lag im Liegestuhl und hatte eine Zeitung neben sich auf dem Boden liegen. Sie schien Katharinas Blick zu fühlen, denn sie schlug die Augen auf.

Katharina stand auf, ging ans Fenster und öffnete es. Elisabeth sah zur Seite und blickte Katharina neugierig an.

»Ah, die Kathi, grüaß di. Lang nimmer g'sehn.«

Katharina winkte der alten Frau zu. »Grüaß di, Elisabeth. Wie geht's dir?«

Elisabeth Kofler lächelte. Sie war eine Frau mit einem schmalen, faltigen Gesicht. Auf den ersten Blick wirkte sie streng, doch auf den zweiten Blick entdeckte man die Güte in ihren braunen

Augen. Das markante Gesicht hatte Alois eindeutig von ihr, ebenso die schlanke Gestalt. Auch sie besaß schöne, schmale Hände, nicht eigentlich die Hände einer tatkräftigen Bäuerin. Sie war nicht sehr nervenstark, diese zarte Frau. Katharina mochte sie, vielleicht gerade weil sie ihr so unähnlich war.

»Gut, gut, danke. Und dir?«

»Mir geht's sehr gut, danke Elisabeth. Komm raus, dann können wir besser reden.«

In diesem Moment erschien Alois in der Stube. Er stellte den Schnaps und die Gläser auf den Tisch.

Katharina hob die Hand und rief: »Ich komm gleich, aber vorher haben dein Sohn und ich noch etwas zu besprechen.«

Sie hatte die Worte kaum ausgesprochen, da wurde sie von hinten um die Taille gefasst. Sanft drehte Alois sie zu sich herum. Sie schnappte nach Luft. Seine Mutter war vergessen. Atemlos schauten sie sich eine Weile schweigend an. Er neigte den Kopf und küsste sie genauso leidenschaftlich wie auf der Hütte.

Nach einer langen Weile konnte Katharina sich nicht mehr beherrschen, ein Kichern wie von einem jungen Mädchen blubberte in ihr hoch: »Deine Mutter sieht uns.«

»Vergiss nicht, ich bin schon groß, ich darf das.«

Mit einem zärtlichen Lächeln zog er sie auf das durchgesessene Sofa, das neben dem Fenster stand. Und erneut ergab sie sich seinen heißen Küssen.

Irgendwann hielten sie atemlos inne. Verlegen richtete sie ihr Haar.

»Es tut mir leid, dass du jetzt doch nicht zu deinem Golfplatz kommst«, sagte er mit belegter Stimme.

Ihre Befangenheit verschwand auf der Stelle. »Na, so ganz kann ich das nicht glauben.«

»Doch«, nickte er ernst. »Und wie das Geschäft mit dem Stefan zustande gekommen ist, so etwas ist eigentlich nicht meine Art, es ... hat sich einfach so ergeben.«

»Dem Enzian-Schnaps sei Dank«, lächelte sie.

»Nein, daran lag's nicht. Jedenfalls nicht allein«, fügte er grinsend an. »Es ist halt so, dass der Stefan und ich uns einfach gut verstanden haben. Er ist ein feiner Kerl, anders als ich, aber in Ordnung. Er kann mir wirklich helfen. Vielmehr hat er das bereits mit seinem saftigen Vorschuss.« Wieder erhellte ein Lächeln sein schönes Gesicht. »Er hat das Geld und ich das Wissen und die Kraft, ein solches Vorhaben umzusetzen. Wir beide ergänzen uns. Und er kann es kaum erwarten, etwas Neues auf die Beine zu stellen.«

»Ich weiß, ich kenne ihn schon etwas länger«, nickte Katharina.

Zärtlich schmiegte sie sich in seinen Arm. Wie gut er sich anfühlte. Und wie gut er roch! Über dreißig Jahre war sie ihm nicht mehr so nah gekommen. Freilich, manchmal hatte er sie auf einem der zahlreichen Dorffeste zum Tanz aufgefordert, doch da hatten sie immer einen gehörigen Sicherheitsabstand eingehalten, so, als ahnten sie, dass es gefährlich werden könnte, wenn sie sich näherkämen. Dennoch hatte sie die Glut gefühlt, die in ihm war.

Manches Mal hätte sie sich einen Funken dieser Glut für ihren Andreas gewünscht. Aber sie wollte nicht ungerecht sein. Andreas' liebevolle Art, seine warmherzige Ergebenheit, eine tiefe Liebe, die nicht vieler Worte bedurfte, hatte sie umhüllt wie … eine wärmende Joppe, sinnierte sie. Und sie hatte ihn ebenfalls geliebt, mit allen seinen Eigenheiten. Diese beiden Männer waren halt nicht miteinander zu vergleichen. Was hatte sie geeint, diese Freunde, die sie immer gewesen waren?

Ihre Loyalität. Ihre Verlässlichkeit. Ihre Güte. Nur dass Loisl halt ein wenig stärker gewesen war. Mit Andreas' Schwäche hatte sie ihre Probleme gehabt. Doch geliebt hatte sie ihn dennoch.

Sie lächelte.

»Einen Pfennig für deine Gedanken.«

Sie schüttelte den Kopf.

»Ich liebe dich, das ist dir doch bewusst?«

Sie wandte den Kopf und schaute ihm in seine klaren Augen, die jetzt wieder einmal ganz dunkel waren. »Ja, das weiß ich. Und ich liebe dich auch.«

»Dann wäre das eigentlich einmal klargestellt. Endlich.« Er sagte es so ernst, dass sie lächeln musste.

»Ich weiß bloß nicht, wohin uns unsere Liebe führt. Wir beide, wir haben unsere verschiedenen

Leben, wir ...« Hilflos zuckte sie die Schultern. »Ich muss drüben im Hotel arbeiten, du musst hier wirtschaften. Du hast deinen Hof, ich hab drüben meine Familie. Wie dir ja mittlerweile bekannt ist, ziehen Mama und Stefan hierher. Ich ... habe keine Ahnung, wie wir ein Leben zu zweit bewerkstelligen sollen.«

»Ach, wir sind doch erwachsen. Da wird uns sicherlich etwas einfallen.«

Da war es wieder, was sie an ihm so schätzte: sein herrlicher Optimismus. Nicht die Ängstlichkeit von Andreas, die sie immer hatte bekämpfen müssen. Mit Alois konnte man vorpreschen, musste nicht fürchten, den anderen zu überfordern. Eine völlig neue Perspektive.

»Aber ... was ist mit deiner Mutter? Die kannst du doch nicht allein lassen. Und ich kann unmöglich hier herüber zu dir ziehen. Ich ... muss mich um meine Familie kümmern.«

»Sie sind erwachsen.«

»Sicher ...«

»Ich möchte mit dir zusammen sein, das weißt du schon!«, stellte er fest.

Sie schloss einen Moment die Augen. Da war er, der Satz, den sie im Grunde so gern von ihm hörte, den sie jedoch auch fürchtete.

Wieder jemanden umsorgen! Wieder diplomatische Wege beschreiten, wo eigentlich alles in einem nach Angriff schrie. Wieder seine eigenen Wünsche hintenanstellen, wo sie nur an sich denken wollte. Wieder das Hineinfühlen, Sehnsüchte erahnen, die den anderen bewegten, ohne dass er in der Lage war, sie auszusprechen. Gefühle erspüren, für die ihm die Worte fehlten.

Alle diese Gedanken fuhren ihr in Sekundenschnelle durch den Kopf. Doch dann siegte die Liebe und sie wusste, auch sie wollte nicht mehr allein leben – was sie ja nicht tat, aber manchmal fühlte es sich halt so an. Sie sehnte sich nach seiner Wärme, sie liebte es, sich mit ihm zu unterhalten, und sogar ihre Streitgespräche. Früher hatten sie oft politische Diskussionen geführt, etwas, dem Andreas nach Möglichkeit ausgewichen war. Ihn hatte »politisches Geschwafel« wie er es nannte, das sie und Britta liebten, höllisch genervt. Aber was hatte diesen sensiblen Mann nicht genervt?

Mit Loisl war das anders. Der ging keiner handfesten Diskussion aus dem Weg, das wusste sie schon von zig Vereinssitzungen, bei denen er im Vorstand vertreten war. Ja, sie sehnte sich nach ihm, so einfach war das. Was bedeuteten da schon die kleinen egoistischen Vorlieben, denen sie in den letzten drei Jahren nachgegangen war? Sie musste sie ja nicht alle aufgeben. Sie standen erst am Anfang – und sie waren erwachsen genug, die Weichen zu einem zufriedenen Zusammenleben zu stellen.

»Ich würde dich gern heiraten«, gestand sie, »aber ich wüsste nicht, wie das Zusammenleben praktisch aussehen soll. Ich kann nicht zu dir ziehen und du kannst deine Mutter nicht allein lassen, denn dass sie mit zu uns zieht, ich glaube, so weit geht ihre Liebe nicht.«

»Nein, des tut sie freilich net«, ertönte da eine erstaunlich kräftige Stimme von der Tür her.

Beide hoben erschrocken den Kopf. »Geh, Mama, das gehört sich nicht, an der Tür zu lauschen«, neckte Alois sie grinsend.

Katharina bemerkte erleichtert, dass er kein bisschen befangen wirkte, im Gegensatz zu ihr selbst. Sie hatte gar nicht bemerkt, dass Elisabeth durch die Hintertür das Haus betreten hatte, denn die Wände waren dick und das Holz der Türen solide. Rasch nahm sie den Arm ihres Liebsten von ihrer Schulter, was Elisabeth mit einem Lachen quittierte.

»Bleibt's nur sitzen, ihr zwei.« Sie trat in die Stube und schloss die Tür hinter sich. »Bub, du kannst deine Kathi ruhig heiraten. Weißt, ich wollt es dir schon lange sagen, ich wusste nur nicht, wie ich's dir beibringen sollte. Der Hans möchte mich ja schon eine ganze Weile zu sich nehmen. Und die Marei und ich, wir verstehen uns zum Glück recht gut. Sie hätt nix dagegen, wenn ich zu ihnen ziehen würde. Aber ich hab halt immer gedacht, dass du dann hier allein herumwirtschaften würdest. Des hab ich nicht übers Herz gebracht.«

Alois räusperte sich. »Also, Mutter, du bist doch immer wieder für eine Überraschung gut«, sagte er dann. »Damit sollte unser Problem gelöst sein, meinst nicht, Kathi?«

Katharina blickte Elisabeth scharf an. »Und das sagst du jetzt nicht, um uns den Weg freizumachen, Elisabeth?«

»Freilich nicht«, schimpfte die. »Es ist so wahr wie ich hier steh'. Fragt den Hans und die Marei.«

»Du hättest mich allerdings sofort einweihen sollen«, sagte Alois. »Ich hab dich so oft gefragt, ob ich dir keine Hilfe beschaffen soll. Aber du wolltest nie.« Hilflos hielt er inne.

»Geh, Bub, du weißt, dass ich keine Fremde neben mir ertragen könnt«, sagte Elisabeth kopfschüttelnd. »Es ist ja nicht allein wegen der Arbeit. Aber die Kinder vom Hans tun mir gut.« Sie lächelte versonnen. »Ihr wisst, dass es mir lange nicht gut ging, nach dem Tod vom Ludwig. Die Madln vom Hans und der Marei sind meine Medizin. Und Platz genug haben's auch. Also mach dir wegen mir keine Gedanken, gebt euch die Hände und überlegt, wie ihr eure Leben zueinander bringen könnt«, befahl sie, drehte sich und verließ die Küche, wobei sie sorgfältig die Tür hinter sich schloss.

Einen Moment sahen Katharina und Alois sich sprachlos an. »Also deine Mutter ist wirklich ein Schatz«, lachte Katharina befreit auf. »Das würde bedeuten, du hast freie Bahn.«

»Was trotz allem nicht die Frage klärt, wo und wie wir in Zukunft gemeinsam wohnen werden«, gab er immer noch ernst zu bedenken.

»Schatz, du ziehst natürlich zu mir. Unser Haus bietet Platz für eine Riesenfamilie«, stellte sie klar.

»Ich weiß nicht …«

Sie schüttelte den Kopf und umschloss seine Rechte fest mit ihren Händen. »Schau, die Britta zieht demnächst ins Häusl, in deren Wohnung werden der Stefan und die Mama ziehen. Über kurz oder lang geht die Kerstin zu dem Mathias, da bin ich mir ganz sicher. Die beiden lieben sich, und ich spür es mit allen Fasern meines Körpers, dass die zwei noch in diesem Jahr zusammenziehen werden. Das würde bedeuten, dass du und ich Kerstins Wohnung nutzen können. Die Zeit, bis sie endgültig ausgezogen ist, werden wir sicherlich noch aushalten, immerhin haben wir ja meine Wohnung im Dachgeschoss. Mein Bett ist sogar etwas größer als das Lager in der Hütte.« Sie lächelte ihn liebevoll an. »Und mit dem Stefan verstehst du dich doch so gut. Überleg doch nur, wie ihr abends beisammensitzen könntet und fachsimpeln und planen.«

Sie sah, wie ein Leuchten in seine ohnehin strahlenden Augen trat, und war glücklich. Sie hatte ihn! Dieses Spiel war leicht gewesen, und diesmal würde sie den Sieg davontragen, da war sie ganz sicher.

»Ich weiß nicht so recht«, unterwarf er sich noch etwas zögerlich. »Eigentlich spricht ja nix dagegen.«

»Sag ich doch. Du hättest hier deine Mosterei, würdest mir also nicht jede Minute über den Weg laufen – was einer Partnerschaft nur förderlich sein kann«, fügte sie hinzu. »Und dein Haus – das würden wir schön machen, und dann hättest du zwei feine Wohnungen, die du prima vermieten könntest.«

»Geh, spinnst du?«

Trotz des Entsetzens in seiner Stimme erkannte sie, dass der Sieg der ihre war.

»Ich spinne nicht, ich bin nur praktisch«, sagte sie in ihrer vernünftigen Art. »Es wäre eine Schande, das Haus leerstehen zu lassen. Und du hättest ein weiteres Einkommen und kämst nicht auf die Idee, dass ich die reiche Hotelbesitzerin bin und du der arme Hansel.«

»Auf die Idee wäre ich nie gekommen«, widersprach er stolz.

Sie lachte. Sie wusste genau, wie sie ihn fangen konnte. »Also siehst du selbst ein, was für eine gute Idee ich hab«, nickte sie selbstzufrieden.

»Geh, du warst immer schon ein Teufelsweib, also wirklich!«

»Ich weiß«, nickte sie bescheiden. »Also schlägst du ein?« Sie reichte ihm die Hand.

Und in der Tat ergriff er sie. »Topp! Wir heiraten und ich zieh zu dir – wenn die Mama beim Hans ist …«

»Logisch. Und dann renovieren wir deinen schönen Hof und vermieten ihn. Du wirst sehen, was dir das für ein schönes Einkommen beschert. Ich denk, eine feste Vermietung wäre besser für dich, oder was meinst?«

»Freilich, ich will mir die Leut schon aussuchen, die hier einziehen.«

»Siehst du, das hab ich mir doch gleich gedacht. Also, die Sache gilt.«

Sie umarmte ihn stürmisch und dann küssten und herzten sie sich, seinen Vorschlag jedoch, mit ihm in sein Schlafzimmer zu gehen, schlug sie aus.

»Was hältst du davon, wenn wir heute im Kreis der Familie unsere Verlobung bekannt geben?«, fragte sie ihn schließlich liebevoll.

»Nix lieber als das.«

»Dann geh ich jetzt zu deiner Mama und lad sie ein, und dann freuen wir uns«, sagte sie schlicht und stand auf.

Er folgte ihr und so standen sie gemeinsam, Hand in Hand, wie es sich für Jungverliebte gehörte, vor seiner Mutter, die die Nachricht gelassen, jedoch mit strahlendem Gesicht entgegennahm. »Was lange währt, wird endlich gut«, sagte sie. »Und bei euch wird's gleich doppelt gut, denn ihr beiden habt's ja wirklich lang genug gebraucht, um zueinander zu finden. Und zu deinem Essen, Kathi, komm ich natürlich gern. Ich freu mich.«

Glücklich verabschiedete sich Katharina. Das würde ein Fest werden! Schade nur, dass Stefan und ihre Mutter bereits abgereist waren. Aber sie würden ja wiederkommen. Alles würde gut. Als sie einen abschließenden Blick auf die Wiesen hoch zum Enzianhügel warf, dachte sie: Und wen interessiert jetzt noch so ein Golfplatz? Gar niemanden!

17

Mathias hatte nach dem Telefonat mit Kerstin tatsächlich noch seine Zeichnung fertiggestellt. Was er ihr nicht verraten hatte, war, dass dafür höchstens noch zehn Minuten nötig gewesen waren. Nun war er fertig, und alles andere, was an Vorbereitungen noch zu tun war, konnte bis zum Abend warten. Jetzt würde er auf der Stelle zu Lisa gehen, damit er um fünf, wenn Kerstin kam, wieder hier war.

Er hatte es sich vor Kerstin nicht anmerken lassen wollen, doch der Gedanke, dass Lisa tatsächlich eine Mörderin sein könnte, war ihm naheliegender erschienen, als es ihm lieb war. Lisa war hochgradig neurotisch und zudem eine sehr eifersüchtige Person, die ihm mehr als einmal bewiesen hatte, zu welch unberechenbaren Taten sie fähig war. Bei ihrer ersten Trennung war es ihm nur haarscharf gelungen, dem Kristall-Aschenbecher auszuweichen, den sie ihm an den Kopf zu werfen versuchte. Ihre Drohung, sich das Leben zu nehmen, wenn er sie verließe, hatte ihm beim zweiten Versuch einer Trennung den Schlaf geraubt und ihn seine Psychologen-Freundin anrufen lassen. Dann ihr Umzug nach Seewinkel, nachdem er unmissverständlich und zum letzten Mal, wie er geglaubt hatte, klargestellt hatte, dass es zwischen ihnen aus sei.

Über eines schien Kerstin sich gar nicht im Klaren zu sein, und er war sich nicht sicher, ob dieses Unwissen gut oder schlecht war: Lisa wusste mittlerweile, dass er mit Kerstin liiert war. War Lisa wirklich eine Mörderin, dann bestand höchste Gefahr für seine Liebste. Er konnte nur hoffen, dass sie im Hotel sicher war, umgeben von so vielen Menschen. Trotzdem musste er unbedingt noch einmal mit Lisa alleine reden, bevor sie zur Polizei gingen. Sollte Lisa Eva zu Tode gebracht haben, dann würde es ihm gelingen, ein Geständnis aus ihr herauszulocken. Dann müssten sie Polizeiobermeister Bernd Ullstein nicht mit Vermutungen und ein paar Indizien dazu bringen, eine Verhaftung vorzunehmen – denn das konnte unter Umständen schwierig werden.

Er hatte sich nach dem morgendlichen Gespräch mit Kerstin bei seinem Vater nach Ullstein erkundigt, der daraufhin beschrieben hatte, wie es vor drei oder vier Jahren einen Einbruch im Geschäft gegeben hatte. Der Polizeibeamte war in dieser Schilderung gar nicht gut weggekommen. »Den haben sie zu uns mehr oder weniger strafversetzt, weil er in einer so ruhigen Gegend nicht besonders viel Schlimmes anrichten kann«, hatte Ferdinand Leitner erfahren, als man sich über den örtlichen Ordnungshüter beim Bürgermeister beschwert hatte. »Aber das hast du nicht von mir, Ferdl. Das lief nämlich alles … nun ja, nicht auf dem offiziellen Dienstweg.« Er hatte ihm außerdem empfohlen, in dringenden Fällen lieber die Polizeidienststelle in Waldhaus zu verständigen. Man sei dort über das Problem informiert und werde sich wichtiger Fälle annehmen, jedenfalls, wenn nicht gerade jede Woche bei ihnen vorgesprochen wurde.

Das, womit sie bei Ullstein aufkreuzen würden, musste also gleich Hand und Fuß haben, denn angenommen, Lisa wurde auf der Polizeiwache vernommen und anschließend wieder auf freien Fuß gesetzt, konnte das ja erst recht eine Katastrophe auslösen. Mathias hatte sich die Telefonumer der örtlichen Polizeidienststelle und sicherheitshalber auch derjenigen in Waldhaus im Handy gespeichert. Sollte Ullstein sich unwillig zeigen, würde er nicht lange mit ihm herumdiskutieren, sondern auf der Stelle dort anrufen.

Was er mit Lisa anstellen sollte, falls sie womöglich Lunte roch, war ihm noch nicht ganz klar, doch da vertraute er ganz auf seinen Instinkt und seine körperlichen Kräfte. Sich selbst vor ihr zu fürchten wäre ihm gar nicht in den Sinn gekommen. Sie waren immerhin zwei Jahre lang ein Paar gewesen, und er lebte schließlich immer noch.

Er wählte die Nummer von Lisas Wohnung.

»Hallo, Lisa.«

»Mathias? Was verschafft mir die Ehre deines Anrufes – und das am hellen Mittag?« Ihre Stimme, die sich träge angehört hatte, als sie sich meldete, klang jetzt scharf und klar an sein Ohr.

Himmel, wie sollte er beginnen? Er hatte sie in der Zeit, die er jetzt in Seewinkel war, noch nie angerufen. »Ich muss dich unbedingt sehen«, nahm er den Stier bei den Hörnern.

»Das klingt doch mal gut«, antwortete sie erfreut.

Gott sei Dank war sie nicht ironisch, wie er befürchtet hatte.

»Wann?«

»Wann könntest du?«

»Heute leider erst ab sieben. Ich muss am Nachmittag für eine kranke Kollegin einspringen, und danach haben wir Konferenz. Es ist meine erste, da darf ich auf keinen Fall fehlen.«

Er stöhnte innerlich auf.

»Geht es vielleicht auch jetzt gleich, wenn ich sofort loslaufe?«

Sie überlegte. »Dann haben wir aber nur eine halbe Stunde Zeit.«

»Das sollte ausreichen.«

»So? Na dann – meinetwegen. Den Grund deines Besuches möchtest du mir nicht mitteilen?«

Er zog scharf die Luft ein. »Nein, lieber nicht am Telefon«, sagte er. »Ich komme dann also. Bis gleich!« Er drückte entschlossen die rote Taste seines Mobiltelefons und atmete befreit aus. Der erste Schritt war getan.

Das Haus, in das Lisa nun schon zum zweiten Mal eingezogen war, war ein hübsches Holzhaus im oberbayerischen Stil. Sie bewohnte dort im Erdgeschoss eine kleine möblierte Zwei-Zimmer-Wohnung, während die Vermieter, ein junges Ehepaar, die oberen Räume nutzten.

Seine Ex-Freundin öffnete sogleich. Sie war längst nicht so schick angezogen wie sonst – dafür hatte sie wohl keine Zeit gehabt –, sondern in einem Hausanzug. Auch ihre Haare, die sie normalerweise offen trug, waren jetzt zu einem straffen Knoten gebunden, was ihrem Gesicht ein verhärmtes Aussehen verlieh. Sie kam ihm dünner als früher vor, doch da mochte er sich täuschen. So genau hatte er sie ja schon lange nicht mehr betrachtet. Sie wirkte müde und angestrengt. Die Stirnfalte zwischen den Augen, die Blässe, die Schatten auf der Haut, dies alles zeugte davon, dass sie mindestens zehn Jahre älter war, als er beim Kennenlernen geglaubt hatte.

»Sollen wir ins Dorf, in irgendein Restaurant? Ich habe heute noch nichts Gescheites gegessen«, schlug sie vor. Dass sie nur eine halbe Stunde Zeit hatte, schien sie vergessen zu haben. Aber vermutlich war das ohnehin nur eine Ausrede gewesen.

Er überlegte eine Sekunde. Eigentlich kein schlechter Gedanke, dann konnte sie nicht mit Gegenständen nach ihm werfen. Aber in einem Restaurant würde es ihr auch leichter fallen, auszuweichen und abzulenken. »Nein«, entschied er. »Ich möchte bitte hier bleiben. Hier können wir uns in Ruhe unterhalten.«

Sie ging durch den Flur voran und öffnete die rechte Tür, die, wie er wusste, ins Wohnzimmer führte.

Er schnupperte. »Was hast du gekocht? Irgendwie riecht's hier komisch.«

»Das ist der Muff, der ist aus dem alten Kasten nicht mehr wegzubekommen«, behauptete sie. »Deswegen wollte ich hier ja fort.«

Er sagte nichts. Beim ersten Einzug, daran erinnerte er sich genau, war ihm dieser Geruch nicht aufgefallen. Vermutlich hatte er irgendeine Ursache, die sich finden und beseitigen ließ. Doch er hütete sich, ihr das jetzt anzubieten. Abgesehen davon, dass er nicht genug Zeit hatte, um sich damit aufhalten zu lassen, es wäre ihm sowieso nicht gedankt worden. Lisa war notorisch unzufrieden. Nicht nur ihm war es immer misslungen, sie zufriedenzustellen.

»Setz dich doch«, sagte sie und wies auf einen der Sessel in der gemütlichen Fensternische, vor denen sich ein niedriger runder Hocker befand. Von dort hatte man einen ungehinderten Blick auf den gepflegten Bauerngarten.

»Hübsch hier«, begann er.

»Scheiße hier«, antwortete sie. »Hier unten hast du nichts als Ungeziefer. Ich kann kaum die Fenster zum Lüften öffnen, laufend krabbeln dir Spinnen oder anderes Ungeziefer in die Wohnung. Ich warte ständig darauf, Mäuse im Bett zu finden.«

»Du übertreibst.«

»Ich übertreibe nicht!« Sie setzte sich ihm gegenüber. »Möchtest du was trinken?«

Er schüttelte den Kopf. »Noch nicht. Vielleicht später.« Er musste seinen kühlen Verstand bewahren, und Kaffee hatte er heute bereits literweise getrunken.

Sie öffnete die Spange, die ihre Frisur hinten zusammengehalten hatte, und die Fülle ihres Haares fiel über ihre schmalen Schultern. Auch wenn Mathias solche Verwandlungen von früher kannte, die Wirkung war verblüffend. Mei, eine Schönheit war sie immer noch – wenn man von den schmalen Lippen absah, deren Linien sie sonst mit einem viel zu starken Lippenstift übermalte.

»Also, schieß los.«

»Es geht um den Tod Eva Breitners.«

Er bemerkte ihn sofort, den lauernden Ausdruck in ihren Augen, obwohl sie reaktionsschnell den Blick gesenkt hatte und sich mit dem Lack auf ihren schmalen, langen Nägeln beschäftigte.

»Was ist damit?«, fragte sie scheinbar desinteressiert.

»Er hatte keine natürliche Ursache.«

An ihre Angewohnheit, mit den Füßen zu wippen, wenn man mit ihr sprach, hatte er sich gewöhnt, doch jetzt wurde das Wippen stärker und machte ihn nervös.

Sie hob den Kopf und fragte: »Wie kommst du darauf?«

»Da ist zum einen, dass sie an einer Stelle ertrank, die sie normalerweise nicht freiwillig aufsuchen würde – nämlich in einem Strudelloch, gleich unter dem Wasserfall.«

»Die Strömung ist stark im Wildbach, sie wird einfach den Wasserfall hinuntergetrieben worden sein. Sie lag dort seit halb fünf am Nachmittag und wurde ja erst am folgenden Morgen gefunden.«

»Woher weißt du, dass sie dort seit halb fünf lag?«

Ihre Fußbewegung stoppte. »Das ... stand doch in der Zeitung.«

Das war mitnichten in der Zeitung gestanden, aber er sagte nichts dazu, sondern fuhr fort: »Zum anderen hat sie ihren Stiefel verloren – ein mögliches Zeichen, dass man sie zum Wasserfall gezerrt und dann hinabgestoßen hat.«

»Quatsch. Die Sandbank, auf der sie lag, war so seicht, da trägt's einen jeden fort, wenn man dort nur lange genug liegt. Und bei den vielen Steinen ... ich finde, du verrennst dich da in etwas. Ich wundere mich ohnehin, dass du mit dem Schwachsinn zu mir kommst.«

Auf ihren Wangen erschienen rote Flecken.

Von der Sandbank war erst recht nichts in den Zeitungen gestanden, denn von der hatten die ja nichts gewusst. Woher auch, da die Polizei sich gar nicht die Mühe gemacht hatte, den Wildbach oberhalb des Wasserfalls zu untersuchen, und von der Sandbank ebenfalls nichts gewusst hatte – sonst wäre ja der Stiefel dort nicht einfach stehengeblieben.

Lisa machte das Thema eindeutig nervös, obwohl sie ihr enervierendes Fußgezappel eingestellt hatte und nun steif wie eine Puppe ihm gegenübersaß. Ein Zeichen, dass sie wachsam war und jetzt keinen Fehler machen wollte.

Er blickte ihr scharf ins Gesicht, direkt in die hellblauen Augen, um keine ihrer Reaktionen zu übersehen. »Der Hauptgrund ist der, dass man eine Kette bei der Toten fand. Deine Kette, um genau zu sein.«

Ihre Pupillen, die sich geweitet hatten, als er die Kette erwähnte, verengten sich sogleich wieder, als sie ihm nach einer Sekunde antwortete: »Unsinn, die Kette, die die Franzi trägt, sieht halt aus wie meine. Von denen gibt es unzählige.«

Jetzt hatte er sie! »Also hast du sie bei der Franzi gesehen und erkannt.«

»Logisch, sie sah ja aus wie meine.«

»Zeig mir deine!«

Wieder weiteten sich ihre Pupillen. Sie umschlang die Sesselbeine und fiel beinahe in Schockstarre. Ihre Lider senkten sich, und ihr Blick wurde so kalt, dass ihm eine Gänsehaut über den Rücken lief. »Wie könnte ich das, die hat die Franzi ja augenscheinlich mitgehen lassen, wenn es wirklich meine ist.«

Mathias war sich jetzt seiner Sache völlig sicher und entschloss sich zu einem Frontalangriff. »Ich will dir mal was sagen, Lisa. Ich behaupte – und die Polizei wird mir da zustimmen –, dass du der Eva aufgelauert und sie ertränkt hast«, sagte er ganz direkt.

Lisa glich einer Statue, als sie die Hände von der Lehne löste, die sie umfasst hatte und sie fest auf dem Schoß verschränkte. »Das musst du erstmal beweisen«, sagte sie kalt.

»Gib's einfach zu, Lisa«, sagte er leise. »Gib zu, dass du Eva aus reiner Eifersucht ermordet hast.«

»Ja, ja, ja«, schrie sie so laut, dass er zusammenzuckte. »Weil dieses Miststück sich in unsere Beziehung gedrängt hat, mit dem Balg, den sie plötzlich aus dem Zylinder gezaubert hat.«

»Du redest von meiner Tochter«, wies er sie zurecht. »Und die Beziehung zwischen dir und mir war ohnehin schon beendet. Übrigens darf ich dich daran erinnern, dass du ebenfalls einen Balg, wie du es nennst, unter dem Herzen trägst.«

»Unter dem Herzen trägst«, äffte sie ihn nach. »Noch gesalbter kann man es ja nicht ausdrücken. Aber wenn du es genau wissen willst: Ich trage keinen Balg unter dem Herzen. Meine Schwangerschaft war erstunken und erlogen, du Idiot.«

Mathias war wie vom Donner gerührt. Mit allem hatte er gerechnet. Dass sie zetern würde, dass sie mit Sachen nach ihm werfen würde, dass sie ihn schlagen würde. Doch damit nicht. Da hatte er geglaubt, sie so gut zu durchschauen, aber an ihrer Schwangerschaft hatte er keine Sekunde gezweifelt.

»Kannst du denn nicht rechnen?«, höhnte sie. »Seit vier, ach was sag ich, fast fünf Monaten mindestens hatten wir keinen Verkehr mehr. Und den fünften Monat, das glaub mir, den siehst du. Und siehst du bei mir auch nur den Ansatz von einem Bauch?« Sie riss ihre Jacke, die sie offen trug, auseinander und schob das T-Shirt hoch, das sie darunter trug. »Na? Ist da auch nur der Hauch einer Kugel?«

Mathias erhob sich. »Wir beide werden jetzt schnurstracks zur Polizei gehen, und denen wirst du alles so sagen, wie du es mir gesagt hast.«

Das war nicht die Vorgehensweise, die er ursprünglich geplant hatte, doch es war das, was sein Instinkt ihm jetzt sagte.

Sie blieb sitzen und schwieg bockig.

Er ging zur Tür. »Und das werden wir jetzt sofort tun.«

Er öffnete die Tür und ging in den Flur. Doch dann hielt er einen Moment unschlüssig inne. Zuerst musste er telefonieren. Mit der Dienststelle in Seewinkel? Oder war es besser, sich lieber gleich an eine kompetenter besetzte wie die in Waldhaus zu wenden? Mit Lisa jetzt durch die Gegend zu fahren, um irgendwo irgendwen zu erreichen, dazu fehlte ihm allerdings der Nerv. Auf einmal bereute er es, Bernd Ullstein nicht wenigstens telefonisch vorgewarnt zu haben. Er war wirklich ein Esel.

Sie war nun ebenfalls aufgestanden, und er beobachtete sie wachsam. Ihr war zuzutrauen, dass sie hinüber in die Küche lief, um sich ein Messer zu schnappen. Aber stattdessen kam sie auf ihn zu, legte den Arm um ihn und schmiegte ihren Kopf an seine Schultern.

»Weißt du, Mathias, das ist doch alles nur aus Liebe zu dir geschehen«, sagte sie mit brüchiger Stimme.

Auf einmal vermeinte er, erneut ihre Sensibilität und Schutzbedürftigkeit zu spüren, Eigenschaften, die seinen Beschützerinstinkt anfangs so sehr geweckt hatten. Bis er gemerkt hatte, dass die Sensibilität nur gespielt war und dass es unmöglich war, sie zu schützen, weil man sie vor sich selbst hätte schützen müssen. Und das ließ sie nicht zu. Beinahe sanft löste er sich von ihr.

»Diese Masche zieht bei mir nicht mehr«, sagte er. Seine Stimme war rau. »Komm jetzt mit.«

»Darf ich mich wenigstens noch umziehen?«

Ihre Stimme zitterte. Mathias nickte, und sie verschwand in ihrem zweiten Zimmer, dem Schlafzimmer. Es dauerte nur fünf Minuten, bis er begriff, dass sie ihn ein weiteres Mal hereingelegt hatte. Da nämlich startete draußen deutlich vernehmbar ein Wagen und brauste in hohem Tempo davon. Vom Flur aus, wo er stand, konnte er ihn nicht sehen, aber als er mit zwei Sätzen an der Schlafzimmertür war und sie aufriss, fand er den Raum leer vor, und das Fenster stand offen.

Nun hatte sich diese Frau also dank seiner Dummheit doch auf die Flucht begeben. Am liebsten wäre er mit dem Kopf gegen die Wand gerannt, doch nun war es zu spät. Mit zitternden Händen nahm er sein Handy und rief – endlich – die Polizeistation an. Doch noch ehe der Anruf entgegengenommen wurde, drückte er wieder den roten Knopf. Es hatte ja doch keinen Zweck.

Bis er alles erklärt und die Polizei Alarm ausgelöst hatte, würde Lisa schon über alle Berge sein. Er hatte die Sache vermasselt.

Einen Moment lang war er völlig verwirrt. Dann rief er Kerstin an und beichtete ihr, was er getan hatte und wo er sich gerade befand.

Sie trafen sich eine halbe Stunde später vor der Polizeistation von Seewinkel, wo sie von Polizeiobermeister Bernd Ullstein schon erwartet wurden. Mathias hatte nach seinem Telefonat mit Kerstin auch bei ihm noch angerufen, denn ihm war eingefallen, dass er ja keine Ahnung hatte, ob sie ihn überhaupt dort antreffen würden.

Der Besuch beim örtlichen Ordnungshüter verlief ganz anders, als er geglaubt hatte. In Kürzestfassung berichtete er davon, dass Lisa ihm einen Mord gestanden habe, nun mit ihrem Auto auf der Flucht sei und dringend eine Fahndung nach ihr eingeleitet werden müsse.

»Wissen Sie ihr Autokennzeichen?«, fragte der Beamte.

Mathias sagte es ihm auswendig vor.

»Dann brauchen wir wahrscheinlich keine Fahndung.« Ullstein hatte das Kennzeichen auf einem Notizpapier notiert und machte sich an seinem Computer zu schaffen. Lautlos wiederholte er die Buchstaben und Zahlen, dann nickte er. »Ja, tatsächlich. Ein Fahrzeug mit diesem Kennzeichen ist gerade erst, vielleicht vor zehn Minuten, als Geisterfahrer gemeldet worden, deshalb habe ich es gleich wiedererkannt. Anscheinend hat Frau Arnsberg mit hoher Geschwindigkeit direkt auf den entgegenkommenden Verkehr zugehalten. Nach dem, was Sie da sagen, vermutlich in selbstmörderischer Absicht.«

»Lebt sie noch?«, fragte Kerstin beklommen.

Ullstein schüttelte den Kopf. »Sie war sofort tot. Glück im Unglück ist aber, dass es keine weiteren Toten gegeben hat.«

Mathias nickte. Dieser Selbstmord, das war ihm klar, hätte noch ein halbes Dutzend weiterer Menschen oder mehr mit in den Tod reißen können. Wie durch ein Wunder schien es aber nicht einmal ernsthaft Verletzte unter den anderen Verkehrsteilnehmern gegeben zu haben.

»In einem Dreißigtonner, der mit einem Kleinwagen zusammenprallt, ist es zwar alles andere als ungefährlich, aber der Fahrer immer noch besser geschützt als in einem Pkw. – Ich glaube, damit hat sich Ihr Fall erledigt«, erklärte Ullstein mit unverhohlener Erleichterung in der Stimme.

Mathias schaute Kerstin an, und sie nickte. Sie standen auf und verließen die Polizeistation.

Als sie später mit der Familie beisammen saßen, konnte Britta nur den Kopf schütteln. »So was gibt's doch gar nicht!«, regte sie sich auf. »Selbstverständlich muss in dieser Sache ermittelt werden!«

»Eva wird davon auch nicht wieder lebendig«, wandte Kerstin ein. »Und für Franzi wäre es eine furchtbare Belastung.«

Ja, Franzi! Für sie würde es ohnehin eine schlimme Nachricht sein, dass Lisa, die sie gern gehabt hatte, nun ebenso wie ihre Mutter gestorben war. Am liebsten hätte Kerstin ihr das ganz verschwiegen und behauptet, die Turnlehrerin wäre weggezogen. Aber das ging natürlich nicht.

»Ich glaube nicht, dass Ullstein sich vor dieser Mordermittlung drücken können wird«, sagte Britta kopfschüttelnd. »Denn auch bei einem Selbstmord wird ja ermittelt.«

»Vorausgesetzt, die Autobahnpolizei stuft es überhaupt als Selbstmord ein«, wandte Mathias ein. »Warum lassen wir das nicht einfach auf uns zukommen? Wenn die Polizei nicht von alleine etwas unternimmt, bin ich auch dafür, die Sache auf sich beruhen zu lassen.«

Britta gab zu, dass es seine Vorteile hätte, wenn die Sache einfach als Unfall abgehakt würde. Denn was machte es jetzt noch besser, wenn die Polizei bei ihnen herumstöberte?

»Aber so oder so: Wir werden alles tun, was Franzi hilft, über die Verluste hinwegzukommen«, wandte Mathias sich an Kerstin. »Dafür müssen wir ihr alle Liebe schenken, zu der wir fähig sind.«

Sie nickte. Liebe zu schenken, das war doch ganz leicht.